बिच्छू का खेल

अमित खान का जन्म गाज़ियाबाद जनपद के पिलखुआ क़स्बे में हुआ। उनके द्वारा लिखी गई पहली कहानी मात्र 12 वर्ष की अल्प आयु में और पहला उपन्यास मात्र 15 वर्ष की आयु में प्रकाशित हो गया था, जो संभवत: विश्व रिकॉर्ड है। उनके द्वारा लिखी गई कहानियाँ बहुत कम आयु में ही देश की बड़ी प्रसिद्ध पत्र-पत्रिकाओं में प्रकाशित हुईं। देश के बड़े प्रकाशन संस्थानों द्वारा अभी तक उनके द्वारा लिखे गए सौ से ज़्यादा उपन्यास प्रकाशित हो चुके हैं। उन्होंने 'डायमंड कॉमिक्स' भी काफ़ी बड़ी संख्या में लिखीं, जो हिंदी, अंग्रेज़ी और बांग्ला भाषाओं में प्रकाशित हुईं।

इसके अलावा आज उनका पात्र 'कमांडर करण सक्सेना' हिंदी उपन्यास जगत में मील का पत्थर बन चुका है, जिस सीरीज़ पर उन्होंने 58 उपन्यास लिखे। इस सीरीज़ पर एक बड़ी ऑडियो ड्रामा सीरीज़ भी 'Spotify' पर उपलब्ध है, जिसमें 'कमांडर करण सक्सेना' की आवाज़ बने हैं देश के चहेते सुपर स्टार—सोनू सूद! इस सीरीज़ पर वेब सीरीज़ भी निर्माणाधीन है।

वे आजकल मुंबई में रहते हैं और मुंबई फ़िल्म इंडस्ट्री में भी काफ़ी सक्रिय हैं। उनके द्वारा लिखी कथा-पटकथा, संवादों पर कई भाषाओं (हिंदी-मराठी-पंजाबी) में फ़िल्में बन चुकी हैं और 'एकता कपूर' द्वारा बनाई गई उनके इसी उपन्यास पर आधारित वेब सीरीज़ 'बिच्छू का खेल' भी सुपरहिट रही है। उनके और कई उपन्यासों पर भी वेब सीरीज़ और फिल्म बन रही हैं। टीवी पर भी वे अभी तक अलग-अलग धारावाहिकों के सौ से ज़्यादा एपिसोड लिख चुके हैं। उन्हें 'विश्व हिंदी अकादमी' द्वारा 'हिंदी सेवा सम्मान' से भी अलंकृत किया जा चुका है। 'नासिक इंटरनेशनल फ़िल्म फेस्टिवल' में भी उन्हें 'बेस्ट कथा-पटकथा' का अवार्ड दिया गया है।

Email- foramitkhan@gmail.com
Facebook- @AmitKhanWriter
Instagram- @amitkhanwriter
Twitter- @AmitKhanWriter
YouTube- @AmitKhanWriter

AF520085

PRATILIPI PAPERBACKS
प्रतिलिपि पेपरबैक्स

भारतीय भाषाओं की कहानियों का सबसे बड़ा मंच है प्रतिलिपि।

साहित्य प्रेमियों के बीच बहुप्रसिद्ध इस ऑनलाइन मंच पर बारह भाषाओं में नौ लाख लेखकों द्वारा रचित एक करोड़ से अधिक कहानियां मौजूद हैं। भारत के सबसे बड़े डिजिटल कॉमिक्स प्लेटफ़ॉर्म, 'प्रतिलिपि कॉमिक्स' के साथ-साथ प्रतिलिपि 'आईवीएम पॉडकास्ट', 'वेस्टलैंड बुक्स' और आठ भाषाओं में सर्वश्रेष्ठ ऑडियो कहानियों के ऐप 'प्रतिलिपि FM' को भी संचालित करता है।

हमारा नया इम्प्रिंट, 'प्रतिलिपि पेपरबैक्स' प्रतिलिपि की सफल कहानियों को प्रकाशित किताबों के रूप में बड़े पैमाने पर नए पाठकों तक ले जाने की एक कोशिश है। ऐप पर सबसे ज़्यादा पढ़ी और सराही गई कहानियों के अलावा हम अन्य विधाओं के कहानीकारों को भी प्रकाशित करेंगे जिन्होंने 'ट्रेड प्रकाशन' जगत में बहुत सफलता पाई है और उन्हें भी, जिनमें रोमांचक कहानियां कहने-लिखने की प्रतिभा है। हम आपको बेहतरीन मूल्य पर बेहतरीन कहानियों की गारंटी देते हैं।

अमित खान

बिच्छू का खेल

PRATILIPI PAPERBACKS | प्रतिलिपि पेपरबैक्स

PRATILIPI PAPERBACKS
प्रतिलिपि पेपरबैक्स

First published in Hindi as *Bichchhu ka Khel* in 2023 by Pratilipi Paperbacks, an imprint of Westland Books, a division of Nasadiya Technologies Private Limited

No. 269/2B, First Floor, 'Irai Arul', Vimalraj Street, Nethaji Nagar, Alapakkam Main Road, Maduravoyal, Chennai 600095

Westland, the Westland logo, Pratilipi Paperbacks and the Pratilipi Paperbacks logo are the trademarks of Nasadiya Technologies Private Limited, or its affiliates.

Copyright © Amit Khan, 2023

Amit Khan asserts the moral right to be identified as the author of this work.

ISBN: 9789357762984

10 9 8 7 6 5 4 3 2 1

This is a work of fiction. Names, characters, organisations, places, events and incidents are either products of the author's imagination or used fictitiously.

All rights reserved

Typeset by Birch India
Printed at Saurabh Printers Pvt. Ltd.

No part of this book may be reproduced, or stored in a retrieval system, or transmitted in any form or by any means, electronic, mechanical, photocopying, recording, or otherwise, without express written permission of the publisher.

कुछ टिप्पणियाँ अख़बारों से

आउटस्टैंडिंग थ्रिलर।

—महेश भट्ट, प्रसिद्ध फिल्म निर्माता-निर्देशक

नई जनरेशन में 'अमित खान' हैं, जो महान उपन्यासकार 'वेद प्रकाश शर्मा' और 'सुरेन्द्र मोहन पाठक' के बनाये रास्ते पर चल रहे हैं ।

—आउटलुक

अमित खान—हिंदी पल्प फिक्शन का बेहद मशहूर और सबसे युवा चेहरा।

—हिन्दुस्तान टाइम्स

हिंदी पल्प साहित्य के सबसे युवा लेखक, जिनकी निगाह लेखन के इस बदलते युग में इंटरनेट व्यवसाय पर भी है।

—फेमिना

अमित खान—वह लेखक, जिन्होंने अपनी ज़िद और शर्तों पर जिंदगी जी।

—दैनिक जागरण

अमित खान—थ्रिलर उपन्यासों की दुनिया में एक प्रभावशाली नाम है।

—मिड डे

12 साल की उम्र में पहली कहानी। 15 साल की उम्र में पहला धारावाहिक उपन्यास। यह किसी कहानी के किरदार का ज़िक्र नहीं है बल्कि 'अमित खान' नाम के एक ऐसे शख़्स का परिचय है, जिनका लिखा बच्चों से लेकर बुज़ुर्गों तक ने पढ़ा और अब पर्दे पर लाखों लोग देख रहे हैं।

—दैनिक जनवाणी

अमित खान- वह नाम, जो लेखन की दुनिया का अद्‌भुत व्यक्तित्व है।

—द फ्री प्रेस जनरल

चेतन भगत वर्सिस अमित खान।

—दिव्य भास्कर

प्रिय बिच्छू,

हाँ, मैं तुम्हें बिच्छू ही कहूँगा। बिच्छू कितना विचित्र नाम है, लेकिन अपनेपन के मधुर अहसास से भरा। तुम्हारा नाम अखिल रखा गया था, अखिल श्रीवास्तव! मुझे आज भी याद है, यह नाम तुम्हारी दादी ने तुम्हारे माथे पर ढेरों चुंबन अंकित करते हुए रखा था। लेकिन फिर तुम कब अखिल से बिच्छू बन गए, पता ही न चला।

बचपन से ही जरा-जरा-सी बात पर बुरी तरह क्रोधित हो उठना और फिर उसी बेहद गुस्से में कहीं एकांत में बंद होकर अपने शरीर को जगह-जगह से दाँतों से बुरी तरह काटना तुम्हारी अद्भुत आदत रही। अपनी कलाइयों को तो इतनी बुरी तरह चबा डालते तुम कि उनमें से खून रिसने लगता।

और इससे भी ज़्यादा हैरानी की बात ये थी कि तुम्हारी कलाइयों पर तथा शरीर पर दाँतों के जो निशान नमूदार होते, वो ऐसे होते, जैसे बिच्छू ने जगह-जगह डंक मार दिया हो। इसीलिए सब तुम्हें बिच्छू कहने लगे। तुम्हारी माँ आभा बता रही थी कि बुरी तरह क्रोधित होकर अपने शरीर को कष्ट देने की बचपन की तुम्हारी वह आदत आज भी कायम है। तुम अपने शरीर को किस बात का दंड देते हो बिच्छू, यह मैं आज तक नहीं समझ सका।

तुम मेरी इकलौती संतान हो। मेरे इकलौते पुत्र! बहुत आशाएं हैं मेरी तुमसे। मैं चाहता हूँ, तुम वकील बनो। ऐसे धुरन्धर वकील, जिसके नाम का डंका पूरे बनारस में बजे।

बिच्छू, तुम्हें पढ़ाने के लिए तुम्हारे इस बूढ़े बाप ने बहुत मेहनत की है। अब तो एम.ए. भी कर लिया है तुमने। सिर्फ एल.एल.बी. बाकी है। फिर तुम वकील

बन जाओगे। मेरा सपना साकार हो जाएगा। ल... लेकिन न जाने क्यों मंजिल के इतने नजदीक पहुँचकर मेरा दिल काँपने लगा है। मुझे लगता है जैसे कोई अनिष्ट होने वाला है, कोई भयंकर अनिष्ट!

बस...!

वह पत्र बाबू श्रीवास्तव ने इतना ही लिखा था। उस पत्र को पढ़ते हुए आभा देवी की आँखों में आँसू झिलमिलाने लगे।

होंठ काँपने लगे और हाथों में एक अजीब-सी लरजन पैदा हुई।

आभा देवी ने लकड़ी के बॉक्स में रखे उन ढेरों पत्रों को देखा, जो बाबू श्रीवास्तव ने समय-समय पर अखिल के नाम लिखे थे।

हर पत्र अधूरा था, आशंकाग्रस्त!

बाबू ने वह पत्र अखिल के नाम लिखे ज़रूर थे, लेकिन कभी कोई पत्र अखिल को दिया नहीं।

अलबत्ता हर पत्र में बाबू श्रीवास्तव ने एक बात बड़े जोर देकर कही थी, वो अखिल को वकील बनाना चाहते हैं।

अखिल को वकील बनाने के लिए अगर बाबू को अपनी सांसें भी कुर्बान करनी पड़ीं, तो वह करेंगे।

❑❑❑

बनारस - मंदिरों का शहर!

इसे हिंदू धर्म में सबसे पवित्र शहरों में से एक और 'धार्मिक राजधानी' भी कहा जाता है।

रात के दो बजे अस्सी घाट के करीब सड़क पर एक लगभग तैंतालीस-चवालीस वर्ष का अधेड़ व्यक्ति बड़ी तेजी से पैदल चला जा रहा था।

अभी थोड़ी देर पहले उस अधेड़ ने कहीं से टैक्सी लाकर एक गैराज में खड़ी की थी और अब वो जल्द-से-जल्द घर पहुँच जाना चाहता था।

उसने एक बड़े पुराने फैशन की पैंट, टूटा-सा जूता और हाथ की बुनी हुई मटमैले-से कलर की जर्सी पहनी हुई थी, जिसमें उसकी सर्दी दबाए नहीं दब रही थी।

अधेड़ ने महसूस किया कि उसे हल्का-सा बुखार भी है।

वह एक पतला-दुबला सांवली रंगत वाला अधेड़ था। बाल छोटे-छोटे थे और उसने आँखों पर चश्मा पहना हुआ था।

लगभग दस मिनट तक वह सड़क पर तेज-तेज कदमों से चलता रहा, फिर वह एक घर के सामने जाकर रुका।

पूरी गली सन्नाटे में डूबी थी।

अधेड़ ने दाएँ-बाएँ देखा, आसपास किसी को न पाकर उसने घर का दरवाजा अंदर धकेला।

तुरंत दरवाजा खुलता चला गया।

अधेड़ ने चोरों की तरह घर में कदम रखा, अंदर से साँकल लगायी और फिर बिल्कुल नि:शब्द एक कमरे में पहुँचा।

सामने ही कुर्सी पर बैठी आभा देवी उसे देख रही थी।

"त...तुम...!" अधेड़ उसे देखते ही चिहुंका- "तुम जाग रही हो अभी तक?"

उसे शॉक लगा था।

"आप जानते हैं कि मैं तब तक नहीं सोती, जब तक आप आ नहीं जाते।" आभा देवी एक गहरी साँस लेती हुई कुर्सी छोड़कर खड़ी हो गईं- "आज तो बहुत देर लगा दी आपने, कहाँ चले गए थे?"

वह अधेड़ व्यक्ति जो कि बाबू श्रीवास्तव ही था, उसने सबसे पहले अपने गले से मफलर उतारकर खूँटी पर टांगा, फिर कहा- "तुम्हें तो मालूम ही है आभा, आजकल सीजन चल रहा है। शाम के समय भदोही जाने के लिए कालीन का एक व्यापारी मिल गया, इसीलिए भदोही से आने-जाने में शाम हो गई।"

"क्यों इतनी मेहनत करते हैं आप?" तड़पकर कहा आभा देवी ने- "सारे दिन उस्मान भाई जैसे खतरनाक आदमी की कार चलाते हो और रात को अखिल से छुप-छुप कर टैक्सी। भगवान न करे कभी अखिल को पता चल गया कि आप टैक्सी चलाते हैं, तो क्या होगा?"

"क...कुछ नहीं होगा पगली।" बाबू ने स्नेहपूर्वक आभा देवी का कंधा थपथपाया- "अब बस थोड़े दिन की परेशानी और है। बहुत जल्द हमारा बेटा वकील बन जाएगा, वकील! उसे वकील के काले चोगे में देखने का बहुत अरमान है मेरा।"

बाबू श्रीवास्तव की बातें सुनकर आभा देवी की आँखें भर आईं।

"कभी-कभी बिल्कुल दीवानों जैसी बात करने लगते हैं आप।" आभा देवी ने भावुक होकर कहा- "अखिल को वकील बनाने के पीछे आप सब कुछ भूल चुके हैं। अपनी सेहत तक की परवाह नहीं रही।"

"हाँ, दीवाना हो उठा हूँ मैं आभा!" बाबू श्रीवास्तव के चेहरे पर एकाएक जलजले जैसे भाव नजर आने लगे- "और यह दीवानगी पिछले अट्‌ठारह वर्षों से है। क्योंकि मैंने अपनी मासूम-सी बहन को एक बलात्कारी का शिकार होकर मरते देखा है और फिर यह भी देखा है कि वह आततायी... जिसके कारण मेरी गुड़िया-सी बहन मौत की बलि चढ़ी, अदालत से बाइज्जत बरी हो गया। मेरी

तमाम कोशिशों के बावजूद बरी हो गया। क्योंकि मैंने जो वकील किया, वो बिक गया था आभा! उस आततायी ने खरीद लिया था मेरे वकील को।" बाबू के मुख से शब्दों की जगह जैसे अंगारे निकल रहे थे- "और तभी...तभी मैंने सौगंध खाई थी कि मैं बिच्छू को वकील बनाऊँगा। ऐसा वकील, जो हर मजलूम की बुलंद आवाज़ बन सके। जो नोटों से खरीदा न जा सके। जो-जो पूरे बनारस में ईमानदारी की एक बेहतरीन मिसाल हो।"

"ऐसा ही होगा।" आभा देवी की आँखों में भी आँसू झिलमिलाने लगे- "ऐसा ही बनेगा अपना बिच्छू। आप देखना एक दिन आपकी मेहनत ज़रूर रंग लाएगी।"

"मुझे उसी दिन का इंतज़ार है आभा!" बाबू श्रीवास्तव ने एक गहरी निःश्वास छोड़ी और फिर चारपाई पर बैठकर जूतों के फीते खोलने लगा- "जिस दिन अपना बिच्छू वकील बन गया, उस दिन मेरी सारी थकान उतर जाएगी। अपने बहुत बड़े फर्ज से अदा हो जाऊँगा मैं उस दिन।"

आभा देवी, बाबू को बड़े अनुरागपूर्ण नेत्रों से देखती रहीं।

प्यार से।

"बिच्छू कहाँ है?" बाबू ने आँखों से चश्मा उतारकर मेज पर रखते हुए पूछा।

"अपने कमरे में सो रहा है। आज थोड़ी देर से घर आया था।"

"क्यों?"

चौंका बाबू!

"मालूम नहीं। पिछले तीन-चार रोज से वह कुछ परेशान-सा नजर आ रहा है।"

बिच्छू की परेशानी की ख़बर सुनकर बाबू भी चिंतित हो उठा।

उसकी आँखों में पुतली के पास छाई सफेदी साफ दिखने लगी।

तभी आभा जर्सी उतारने में मदद करने के लिए बाबू के नजदीक पहुँचीं।

आभा देवी ने जैसे ही बाबू के हाथ को छुआ, चौंक उठी- "अरे! आपको तो तेज बुखार है।"

"कहाँ!!! ऐसे ही मामूली-सी सर्दी लग गई है।"

"आप क्यों अपनी जान के दुश्मन बने हुए हैं।" आभा देवी खिन्न स्वर में बोली- "थोड़ी देर बैठिए, मैं अभी आपके लिए चाय बनाकर लाती हूँ।"

❑❑❑

वह तीनों सुबह के वक्त एक साथ बैठे चाय की चुस्कियाँ ले रहे थे।

बाबू श्रीवास्तव की निगाह अखिल पर ही थी।

अखिल जो पाँच फुट आठ इंच लंबा, खूबसूरत, तंदुरुस्त नौजवान था, लेकिन इस वक्त उसके चेहरे की रंगत पीली पड़ी हुई थी।

गहरी पीली।

बाबू पूछे बिना न रह सका- "क्या बात है बिच्छू बेटे! तुम कुछ परेशान नजर आ रहे हो?"

"न...नहीं तो!" अपनी असलियत खुल जाने पर चौंका अखिल- "ऐसी कोई बात नहीं।"

"मैं तुम्हारा पिता हूँ बेटे!" बाबू ने अजीब-से लहजे में कहा- "तुम इस दुनिया की चाहे कितनी भी बड़ी हस्ती क्यों न बन जाना, लेकिन फिर भी अपने दिल की बात मुझसे नहीं छुपा सकते। जरा मेरी तरफ देखो।"

अखिल श्रीवास्तव न जाने क्यों उस क्षण अपने अंदर बाबू की तरफ देखने की ताव न ला सका।

"क्या तुम्हारे दिल में कोई बात नहीं है बेटे?"

अखिल झटके से उठकर खड़ा हो गया।

बाबू श्रीवास्तव और आभा देवी की तरफ पीठ कर ली उसने।

इस वक्त उसके चेहरे की रंगत देखने योग्य थी, जिस पर एक साथ कई रंग आ-जा रहे थे।

और दाँत, दाँत यूं बजने लगे थे, जैसे कोई बिच्छू डंक मारने के लिए आतुर हो उठा हो।

"हाँ।" एकाएक वो अर्द्धविक्षिप्तों की भांति बोला- "हाँ, मैं कुछ कहना चाहता हूँ आपसे।"

"तो फिर तुम कहते क्यों नहीं बेटे?"

"क्योंकि डरता हूँ।"

"किससे?" बाबू की हँसी निकली- "अपने डैडी से?"

"नहीं। इससे कि कहीं आप मेरी बात मानने से इंकार न कर दें।"

अखिल श्रीवास्तव के दाँत लगातार बज रहे थे।

वह जैसे किसी सैलाब को अपने अंदर रोके हुए था।

बाबू श्रीवास्तव भी मुस्कुराते हुए खड़े हो गए और अखिल के नजदीक पहुँचे।

"तुम सचमुच नादान हो बिच्छू बेटे!" बाबू शांत स्वर में बोले- "तुम आज तक अपने पिता को नहीं पहचान सके, उस पिता को जो तुम्हारी किसी भी बात के लिए अपनी जान तक देने की हिम्मत रखता है।"

"मुझे आप पर अपने से भी ज़्यादा भरोसा है डैडी!"

"तो फिर जो कहना है, स्पष्ट कहो। मुझे अपना दोस्त समझकर कहो।"

"वह कोई साधारण बात नहीं है डैडी!"

"बड़ी-से-बड़ी बातों को झेलने की शक्ति तुम्हारे डैडी में है बेटे!"

अखिल श्रीवास्तव दो कदम और आगे बढ़ गया।

उसकी आँखें सुर्ख होने लगी थीं।

"मैं अब और नहीं पढ़ना चाहता।" एकाएक उसने जैसे कोई भयंकर विस्फोट किया- "मैं वकील नहीं बनना चाहता।"

बाबू श्रीवास्तव और आभा देवी- दोनों हतप्रभ रह गए।

अचंभित!

बुरी तरह हैरान!

"य....यह तुम क्या कह रहे हो?" बाबू के मुख से चीख निकली।

"मैं अब सर्विस करना चाहता हूँ डैडी। म....मैं अब सहारा बन जाना चाहता हूँ आपका।"

"लेकिन क्यों?" बाबू ने कर्कश स्वर में कहा- "क्यों तुम्हारे दिमाग में ऐसा ख़्याल आया? क्या तुम्हें अपने बाप के बाजुओं पर भरोसा नहीं रहा?"

"यह बात नहीं डैडी।"

"तो फिर क्यों सोचा तुमने ऐसा?"

"क्योंकि वकील बनना आपके बिच्छू के नसीब में नहीं है। एल.एल.बी. में एडमिशन लेने के लिए पैसा चाहिए। डोनेशन चाहिए। डोनेशन जो हम नहीं दे सकते।" अखिल श्रीवास्तव चीख-चीखकर बोला- "इसलिए अपने बिच्छू को वकील बनाने का ख्वाब देखना छोड़ दीजिए। वकील पैसे वालों के लड़के बनते हैं डैडी! हमें कोई हक़ नहीं जो ऐसा ख्वाब देखें।"

"हक़ है बेटे!" बाबू अपने स्थान पर तनकर खड़े हो गए- "हक़ है हमें भी, वह मजबूत इरादे नहीं हुआ करते, जो इतनी जल्दी डगमगा जाएँ। बोल, डोनेशन के लिए कितनी रकम चाहिए तुझे?"

"1 लाख।"

"बस... 1 लाख!" बाबू हँसा- "सिर्फ 1 लाख के लिए इतना परेशान हो रहा है तू। घबरा मत बिच्छू बेटे, शाम तक तुझे 1 लाख रुपए मिल जाएँगे। तू एडमिशन की तैयारी कर।"

"लेकिन...।"

"सवाल नहीं।" बाबू ने कठोरतापूर्वक उसकी बात काट दी- "सवाल नहीं, तुझे सिर्फ एक बात याद रखनी है कि तुझे वकील बनना है। तेरी दृष्टि अर्जुन की तरह सिर्फ 'लक्ष्य' पर रहनी चाहिए, वो जरा भी न डगमगाने पाए। क्योंकि जब तेरी दृष्टि लक्ष्य से हटती है, तो तेरे बाप के कलेजे पर खंजर चलने लगते हैं।"

अखिल श्रीवास्तव झटके से अपने डैडी की तरफ मुड़ा।

इस समय उसके दाँत नहीं बज रहे थे।

उसके चेहरे पर अनेकों रंग नहीं आ-जा रहे थे, बल्कि उसकी आँखों में विस्मय था।

गहन आश्चर्य था।

और आभा देवी भी अखिल की तरह बाबू के बारे में यही सोच रही थी कि वो 1 लाख का बंदोबस्त कहाँ से करेंगे?

कैसे करेंगे?

❑❑❑

अखिल श्रीवास्तव कॉलेज से एडमिशन के लिए प्रॉसपैक्टस लेकर सीधा रश्मि के पास पहुँचा।

रश्मि चौबे उसकी गर्लफ्रेंड का नाम था।

आज की तारीख में रश्मि बनारस की एक मशहूर कॉलगर्ल थी और हाउसिंग सोसाइटी कॉम्पलैक्स के एक फ्लैट में तन्हा रहती थी।

लेकिन अखिल की और रश्मि की पहचान पुरानी थी।

तब की थी, जब रश्मि उसी के साथ पढ़ती थी।

वह माधुरी की तरह बेहद खूबसूरत और मासूम-सी नजर आने वाली गुड़िया-सी लड़की थी और बनारस की एक अच्छी राजनैतिक फैमिली से बिलांग करती थी।

परंतु एकाएक उसके साथ एक हादसा हुआ, जिसने उसके जीवन की सारी धारा ही उलट-पलट करके रख दी।

उस हादसे का नाम था...कुण्ठा!

कुण्ठा का असली नाम तो कुछ और ही था, लेकिन वो पूरे कॉलेज में 'कुण्ठा' के नाम से ही बेहतर जाना जाता था। कुण्ठा में इस दुनिया के तमाम ऐब थे। गुंडागर्दी वो करता था, शराब वो पीता था, सिगरेट वो पीता था, जुआ वो खेलता था, सारे काम करता था और बड़ी शान के साथ खुलकर करता था, लेकिन रश्मि को उसमें न जाने क्या खूबी दिखाई दी कि वो उसके प्रेमजाल में फँस गई। न सिर्फ प्रेमजाल में फँस गई, बल्कि उसके पेट में कुण्ठा का बच्चा भी ठहर गया।

कुण्ठा को जब बच्चे का पता चला, तो वह रश्मि के बाप का खौफ खाकर न सिर्फ कॉलेज छोड़कर, बल्कि बनारस छोड़कर ही भाग खड़ा हुआ।

उधर रश्मि के प्रेम के किस्से अब बनारस में इतने चर्चित हो चुके थे कि बच्चे-बच्चे की जबान पर थे। हालात यहाँ तक पहुँच गए कि रश्मि के पिता

को अपनी राजनैतिक छवि साफ-सुथरी बनाए रखने के लिए रश्मि का त्याग करना पड़ा।

बेचारी रश्मि!

न वह कुण्ठा की रही और न अपने पिता की।

तब उसने बनारस के कॉम्प्लैक्स में ही एक फ्लैट किराए पर ले लिया और पेट भरने के लिए एक छोटे से ऑफिस में रिसेप्शनिस्ट की जॉब कर ली।

उसने अपना एबॉर्शन कराकर बच्चे से छुटकारा पा लिया था।

अखिल श्रीवास्तव ने उसके फ्लैट की कॉलबेल दबाई।

दरवाजा रश्मि ने ही खोला।

"तुम!" अखिल को देखते ही उसके चेहरे पर रौनक आ गई- "आओ।"

अखिल ने फ्लैट में कदम रखा।

वह दो कमरों का फ्लैट था, जिसे रश्मि हर वक्त खूब सजाकर रखती थी।

"क्या कॉलेज में एडमिशन ले रहे हो?" रश्मि उसके हाथ में प्रॉसपैक्टस देखकर बोली।

"हाँ, कॉलेज में एडमिशन ले रहा हूँ।" अखिल निढाल-सा कुर्सी पर जाकर गिर पड़ा।

"यह तो खुशी की बात है कि तुम एल.एल.बी. में एडमिशन लेने जा रहे हो। तुम्हें खुश होना चाहिए, लेकिन....।"

"लेकिन मेरे चेहरे पर ख़ुशी नहीं है।" अखिल श्रीवास्तव बोला- "मेरे चेहरे पर निराशा है। गमों का डेरा है।"

"ऐसा क्यों?" रश्मि उसके सामने टेबल पर बैठ गई।

"क्योंकि इस खुशी के पीछे मौजूद पीड़ा का अहसास मुझे हो रहा है।" अखिल श्रीवास्तव का अवसादपूर्ण स्वर- "मैं जानता हूँ कि डोनेशन के 1 लाख रुपए इकट्ठे करने के लिए मेरे डैडी को कितनी जिल्लत उठानी होगी। रश्मि, मेरी डैडी देवता इंसान हैं।" एकाएक अखिल श्रीवास्तव की आवाज़ बुरी तरह रुंध गई- "तुम्हें शायद मालूम नहीं, वो... वो मेरी पढ़ाई का खर्चा वहन करने के लिए रातों को जाग-जागकर टैक्सी चलाते हैं और रश्मि... वो यह समझते हैं कि जैसे मुझे इस बारे में कुछ मालूम नहीं। म...मैं कुछ नहीं जानता और...और यही हालत मेरी माँ की है... वो मुझसे और डैडी से छिप-छिपकर मोहल्ले वालों के कपड़े सीती हैं, ताकि घर के खर्चे में अपना ज़्यादा-से-ज़्यादा योगदान दे सकें और मेरी पढ़ाई के लिए कभी पैसों की कमी न रहे।" कहने के साथ जोर-जोर से सुबकने लगा अखिल।

जबकि रश्मि, की गर्दन अखिल के माता-पिता के प्रति आदर भाव से खुद-ब-खुद झुकती चली गई थी।

"रोते क्यों हो अखिल!" रश्मि स्नेहशील स्वर में बोली- "तुम्हें तो अपने माता-पिता पर गर्व करना चाहिए।"

"हाँ, गर्व करता हूँ मैं उन पर।" अखिल ने अपने आँसू साफ किए- "मैं जानता हूँ कि इतना त्याग करने वाले माँ-बाप किसी को नसीब से ही मिलते हैं। ल...लेकिन कभी-कभी उनकी मेहनत देखकर टूटने लगता हूँ, मैं।"

"नहीं।" रश्मि ने कसकर अखिल श्रीवास्तव के कंधे पकड़ लिए और लगभग गुर्राई- "नहीं, तुम्हें टूटना नहीं है अखिल! तुम्हें वकील बनना है। अपने माता-पिता की उम्मीदों पर खरा उतरना है।"

अखिल श्रीवास्तव के कलेजे में ज्वार-भाटा-सा धधक रहा था।

❑❑❑

बाबू श्रीवास्तव को इस बात की बिल्कुल भी चिंता नहीं थी कि वो 1 लाख रुपए का बंदोबस्त कहाँ से करेंगे।

दरअसल अपने लैंडलार्ड उस्मान भाई के पास ऐसे ही आड़े वक्त के लिए बहुत बड़ी रकम जमा करा रखी थी, जो उनकी वर्षों की मेहनत थी और जिसे उन्होंने पार्टटाइम करके इकट्ठी की थी।

बाबू घर से बाहर निकले तो सीधे उस्मान भाई के आलीशान बंगले पर पहुँचे।

उस्मान भाई बनारस का बहुत बड़ा दादा था और उसकी तूती सारे शहर में बोलती थी।

सिर्फ यही नहीं- उस्मान भाई का बूट लैगिंग यानी शराब का इतना बड़ा कारोबार था, जो पूरे बनारस में किसी का नहीं था।

उस्मान भाई मुश्किल से पैंतीस-छत्तीस साल का जवान-जहान भैंसे जैसा आदमी था। उसकी खोपड़ी तरबूज की तरह प्लेन और साफ थी। आज जो उस्मान भाई सबसे बड़ा दादा, सुपर बॉस, गैंगस्टर, रैकेटियर और न जाने क्या-क्या बन बैठा था, वही उस्मान भाई आज से पंद्रह साल पहले बनारस शहर में ही भैंसे का गोश्त एक छोटे-से ठीये पर बाकायदा आवाज़ लगा-लगाकर बेचता था, लेकिन एकाएक उसके मुकद्दर के बंद कपाटों पर वक्त ने धूनी दी और वह क्या से क्या बन गया।

बाबू, उस्मान भाई के पास पहुँचा।

उस्मान भाई तब चेक का तहमद और रेशमी कुर्ता पहने एक बड़े हॉलनुमा कमरे में बेचैनीपूर्वक इधर-से-उधर घूम रहा था।

"आदाब उस्मान भाई!"

"क्या है बे भीड़ू!" उस्मान भाई, बाबू को देखकर थोड़े कर्कश स्वर में बोला- "कैसे आया?"

उस्मान भाई आज की तारीख में सुपर बॉस ज़रूर बन गया था, लेकिन वो तमीज-ओ-तहजीब के नजरिए से आज भी सुपर ईडिएट था और गाली-गलौज की बेहूदी भाषा में बात करने की उसकी पुरानी आदत अभी भी नहीं छूटी थी।

"उस्मान भाई!" बाबू विनीत स्वर में बोला- "मैं एक बहुत ही ज़रूरी काम से आपके पास आया था।"

"अबे तो बोलता क्यों नहीं! मेरा माइंड पहले से ही बहुत टेंशन में है।"

"उस्मान भाई....वो क्या है कि...।"

"क्या है?"

"उस्मान भाई, मेरे को थोड़ा-सा रोकड़ा चाहिए।"

उस्मान भाई ने फौरन अपने तहमद की गिरह से एक पाँच सौ का नोट निकालकर बाबू की तरफ बढ़ाया- "ले पकड़।"

"पाँच सौ के नोट से कुछ नहीं होना उस्मान भाई।" बाबू निश्चल अवस्था में ही खड़ा रहा।

"फिर कितने से होना है?"

"मुझे 1 लाख रुपए चाहिए?"

"क...क...!" उस्मान भाई के नेत्र फटे- "क्या बोला तू?"

"1 लाख।"

"तू पागल तो नहीं हो गया बे भीड़ू! तेरे दिमाग के पुर्जे तो ढीले नहीं हो गए! अबे अहमक, अगर आज की तारीख में उस्मान भाई के पास 1 लाख की रोकड़ होती, तो वो हाजी मस्तान या फिर दाऊद के मुकाबिल न खड़ा होता।"

"आप मजाक कर रहे हैं उस्मान भाई!"

"अबे साले, मैं तेरे से मजाक करूँगा। अपने ड्राइवर से मजाक करूँगा, मेरी क्या मति मारी गई है।"

"उस्मान भाई!" बाबू ने संजीदा स्वर में कहा- "देखिए, मैंने पिछले सात-आठ वर्षों के दौरान आपके यहाँ जितना ओवरटाइम लगाया है, वो सब पैसे आपके पास हैं। जो कम से कम लाख- सवा लाख होंगे। आप फिलहाल मुझे 1 लाख दे दीजिए, मैं आपका आभारी रहूँगा। आपकी दया से मेरे बेटे का कॉलेज में एडमिशन हो जाएगा।"

"अहमक आदमी, तेरे को मालूम है कि हमारे यहाँ हिसाब सात तारीख को होता है।"

"लेकिन मुझे आज ही 1 लाख रुपए चाहिए उस्मान भाई!" बाबू ने पुनः विनती की- "मेरे बेटे के भविष्य का सवाल है। सात तारीख में तो अभी बीस दिन बाकी हैं, तब तक तो उसका सारा साल खराब हो जाएगा।"

"भीड़ू मेरे को पहाड़ा मत पढ़ा। मैंने जो बोल दिया, सो बोल दिया। अब अपनी तशरीफ का टोकरा लेके यहाँ से बाहर निकल।"

"मैं नहीं जाऊँगा।"

"क्या?" उस्मान भाई ने सख्त हैरानी से बाबू की तरफ देखा- "क्या बोला बे तू?"

"मैं 1 लाख लिए बिना नहीं जाऊँगा उस्मान भाई!" बाबू के स्वर में सख्ती उभर आई थी- "मैं अपने बेटे का जीवन बर्बाद होते नहीं देखे सकता।"

"भो**ड़ी के तेरी तो!" उस्मान भाई के मुँह से एक बड़ी मोटी भद्दी-सी गाली निकली और उसका हाथ बाबू को झापड़ मारने के लिए हवा में उठा।

लेकिन!

मानो एकाएक करिश्मा हुआ।

बाबू श्रीवास्तव ने उस्मान भाई का हाथ हवा में ही पकड़ लिया।

दंग रह गया उस्मान भाई!

आश्चर्यचकित!

हैरान!

"तूने....तूने उस्मान भाई का हाथ पकड़ा!" उस्मान भाई वहशियों की तरह फुंफकारा- "तेरी इतनी हिम्मत हो गई स्साले... मादर***!"

"उस्मान भाई!" बाबू की आवाज़ में तपिश थी, भावनाओं की गर्मी थी-"मैं अपने बेटे के भविष्य के लिए किसी एक दादा का हाथ तो क्या, आप जैसे एक हजार दादाओं का हाथ हवा में रोक सकता हूँ।"

"स्साले... कमीने... तेरी यह मजाल हो गई!" उस्मान भाई ने चीखते हुए अपना हाथ मुक्त करा लिया- "कि एकाएक इतनी लंबी जबान बोलने लगा तू, सुअर अपनी औकात भूल गया। उस्मान भाई का रुतबा भूल गया। समझ तेरी मौत आ गई। भीड़ू आज तक किसी ने उस्मान भाई के सामने इत्ती लंबी जबान में बात नहीं की। आज मैंने तेरी जबान काटकर तेरे हाथ में न दे दी, तो मेरा नाम उस्मान भाई नहीं मादर***।" कहने के साथ क्रोध में आगबबूला हुआ उस्मान भाई, बाबू श्रीवास्तव पर बुरी तरह टूट पड़ा।

उसके लात-घूंसे बाबू पर यूं बरस रहे थे, जैसे कोई धोबी कपड़ों को कूट रहा हो।

और बाबू, उसके हलक से अब सिर्फ चीखें ही निकल रही थीं।

❑❑❑

"डैडी को अब तक आ जाना चाहिए था मम्मी!" अखिल श्रीवास्तव ने बेचैनीपूर्वक इधर-से-उधर टहलते हुए आभा देवी से कहा- "अब तो रात के ग्यारह-दस होने जा रहे हैं।"

"तू परेशान क्यों हो रहा है बेटे!" आभा देवी ने उसे दिलासा दी- "आ जाएँगे तेरे डैडी। तू जाकर सो जा।"

आभा देवी अखिल को दिलासा ज़रूर दे रही थीं, लेकिन उससे कहीं ज़्यादा वो खुद परेशान थीं।

बेहद चिंतित।

अखिल एक कुर्सी पर जाकर बैठ गया।

"मम्मी!" अखिल बोले बिना न रह सका।

"हाँ बेटे!"

"डैडी तो आज शायद पाँच बजे तक आने के लिए कह गए थे?"

"कह तो गए थे, लेकिन...।"

"मम्मी, न जाने क्यों मेरा दिल डर रहा है।" अखिल ने आभा देवी की बात काटी।

"क्यों डर रहा है तेरा दिल?"

"मैं उस्मान भाई के ठिकाने पर जाना चाहता हूँ। वहाँ से डैडी के बारे में सब कुछ मालूम हो जाएगा।" कहने के साथ अखिल श्रीवास्तव झटके से कुर्सी छोड़कर खड़ा हो गया।

"नहीं।" आभा देवी ने फौरन आगे बढ़कर उसके कंधे पकड़ लिए- "नहीं, तू उस्मान भाई के ठिकाने पर नहीं जाएगा।"

"लेकिन...।"

"नहीं जाएगा, मतलब नहीं जाएगा। तेरे डैडी ने तुझे वहाँ जाने के लिए मना किया हुआ है न?"

अखिल श्रीवास्तव न चाहते हुए भी अपना मन मसोसता हुआ एक बार फिर कुर्सी पर बैठ गया।

❑❑❑

दोनों के दिल रेल के इंजन की तरह धड़क रहे थे।

दोनों के दिलों में ही बुरी-बुरी आशंकाएँ जन्म ले रही थीं।

लेकिन वह दोनों ही एक-दूसरे को ढांढस बंधाते प्रतीत हो रहे थे।

जबकि आभा देवी और अखिल, दोनों का ही आलम ये था कि अगर वह अकेले होते, तो शायद अब तक फूट-फूटकर रोने लगते।

पौने बारह बजे किसी ने कॉलबेल दबाई।

कॉलबेल की आवाज़ सुनते ही फ़ौरन उछलकर खड़ा हो गया अखिल श्रीवास्तव!

फिर वह आँधी की तरह दरवाजे की तरफ लपका।

उसके पीछे-पीछे आभा देवी भी दौड़ीं।

अखिल ने धड़ाम से दरवाजा खोला और अगले पल उसके मुँह से चीख निकलते-निकलते बची।

सामने बाबू ही था, लेकिन खून में बुरी तरह लथपथ।

कपड़े फटे हुए।

शरीर पर कई जगह पट्टी बँधी थी।

"य...यह...!" आभा देवी तो उन्हें देखकर चीख ही पड़ी- "यह क्या हो गया आपको?"

"कुछ नहीं हुआ मुझे आभा!" बाबू के होठों पर एक पीड़ायुक्त मुस्कान दौड़ी- "कुछ नहीं हुआ। अंदर चलो।"

"लेकिन...।"

"अंदर तो चलो आभा, मैं तुम्हें सब कुछ बताता हूँ।"

आभा देवी दरवाजा छोड़कर एक तरफ खड़ी हो गई।

बाबू श्रीवास्तव ने अंदर कदम रखा।

"डैडी!" हॉल कमरे में पहुँचते ही अखिल ने भी बैचेनी के साथ पूछा-"सच-सच बताइए, क्या हुआ है आपके साथ?"

"बेटे, मैं जब उस्मान भाई के ठिकाने से लौट रहा था, तो एकाएक मेरी एक स्कूटर से टक्कर हो गई। उसी से यह सब चोटें लग गईं मुझे।"

"स्कूटर से टक्कर!" अखिल हैरानी से बाबू को देखता रह गया।

"हाँ।"

"आपको ज़्यादा चोटें तो नहीं आईं?" आभा देवी जल्दी से नजदीक पहुँचती हुई बोली।

"नहीं, बिल्कुल भी गंभीर चोटें नहीं हैं आभा! तुम जरा भी फिक्र न करो। मैं इस समय डॉक्टर के पास से ही आ रहा हूँ, उसने कहा है कि चिंता की कोई बात नहीं।"

बाबू श्रीवास्तव, आभा देवी को दिलासा दे रहे थे, जबकि अखिल की निगाहें उनके फटे हुए और खून से लिथड़े कपड़ों पर टिकी थीं।

"नहीं!" अखिल का दिल चीख-चीखकर कह रहा था- "नहीं! स्कूटर एक्सीडेंट में किसी के कपड़े इस तरह नहीं फट सकते। झूठ बोल रहे हैं ये। ज़रूर कोई और बात है।"

"बिच्छू बेटे!" बाबू श्रीवास्तव जैसे अखिल के दिल की बात भाँप गए, वह जल्दी से बोले- "देखो बेटे, यह मैं तुम्हारे लिए क्या लाया हूँ?" कहने के साथ बाबू ने अपनी जेब से पाँच सौ-पाँच सौ के नोटों की 2 नई गड्डियाँ निकालकर अखिल को दिखाईं- "बेटे, पूरे 1 लाख हैं ये। अब तुम्हें वकील बनने से कोई नहीं रोक सकता। तुम वकील बनोगे बिच्छू बेटे! बनारस के सबसे माइंडेड वकील! सबसे काबिल वकील! यह लो, 1 लाख अपने पास रखो।"

अखिल ने बाबू से 1 लाख रुपए ले लिए।

लेकिन न जाने क्यों उस दिन वह रुपए पकड़ते हुए उसके हाथ काँप रहे थे।

"जाओ।" फिर बाबू ने कहा- "अब तुम जाकर सो जाओ। तुम्हें जागते हुए बहुत रात हो चुकी है। सुबह उठकर फिर तुम्हें कॉलेज भी जाना है।"

अखिल श्रीवास्तव सोने के लिए अपने कमरे की तरफ बढ़ गया।

❑❑❑

सुबह लगभग पाँच बजे।

अभी संसार के सबसे प्राचीनतम शहरों में से एक काशी यानी बनारस के घाटों पर सूर्य की किरणें भी ठीक से आच्छादित नहीं हो पाई थीं, कि बाबू श्रीवास्तव के घर की डोरबेल चीख उठी।

डोरबेल की आवाज़ सुनकर सबसे पहले आभा देवी की आँख खुली।

फिर अखिल श्रीवास्तव की निद्रा भंग हुई।

दरवाजा अखिल ने खोला।

सामने पूरे लाव-लश्कर के साथ एक इंस्पेक्टर खड़ा था।

वह लगभग अड़तीस साल का, काले रंग और कसरती बदन वाला खुर्राट-सा व्यक्ति था।

"मिस्टर बाबू श्रीवास्तव यहीं रहते हैं?" सब-इंस्पेक्टर ने कड़क लहजे में पूछा।

"जी हाँ, यहीं रहते हैं।"

"तुम कौन हो?" इंस्पेक्टर ने गुर्राकर ही पूछा।

"मेरा नाम अखिल श्रीवास्तव है, मैं उनका पुत्र हूँ।"

"ओह!"

न जाने क्यों 'पुत्र' के नाम पर उस इंस्पेक्टर की आँखें गोल दायरे में सिकुड़ती चली गईं।

तभी अखिल की दृष्टि इंस्पेक्टर की जेब के ऊपर लगी 'नेम प्लेट' पर पड़ी।

बड़ा अद्भुत नाम था उस इंस्पेक्टर का- निकुंज तिवारी।

इंस्पेक्टर निकुंज तिवारी।

"अखिल!" तिवारी कर्कश स्वर में कह रहा था- "मैं तुम्हारे डैडी से मिलना चाहता हूँ।"

"लेकिन वह तो इस वक्त सो रहे हैं।"

"कोई बात नहीं, उन्हें फौरन जगाया जाए।"

"सॉरी!" अखिल खेद प्रकट करता हुआ बोला- "मैं उन्हें नहीं जगा सकता हूँ।"

"क्यों भई?" तिवारी की आँखों में हैरानी के भाव नमूदार हुए।

"क्योंकि रात उनका स्कूटर से एक्सीडेंट हो गया था, उन्हें गंभीर चोटें आई हुई हैं।"

"स्कूटर से एक्सीडेंट!"

हँसा तिवारी।

"हाँ, लेकिन तुम हँस क्यों रहे हो?"

"यह बात तुमसे किसने कही बे?" तिवारी बोला- "कि तुम्हारे डैडी का स्कूटर से एक्सीडेंट हो गया है?"

"खुद डैडी ने ही कहा।" अखिल श्रीवास्तव सस्पेंस में उलझा हुआ बोला- "लेकिन बात क्या है इंस्पेक्टर? आप क्यों मेरे डैडी के बारे में इतना खोद-खोदकर पूछ रहे हैं?"

"क्योंकि बिरादर, तुम्हारे डैडी का रात किसी स्कूटर से एक्सीडेंट नहीं हुआ, बल्कि उन्होंने एक हत्या कर दी है। खून कर दिया है उन्होंने एक।"

"न....नहीं!" अखिल श्रीवास्तव के हलक से आतंक मिश्रित चीख निकल गई- "नहीं...नहीं, ऐसा नहीं हो सकता।" अखिल श्रीवास्तव मानो बड़बड़ाया।

पागलों की तरह बड़बड़ाया।

यही हाल आभा देवी का हुआ।

"ऐसा ही हुआ है बरखुरदार, ऐसा ही हुआ है।" तिवारी अपने शब्दों पर जोर देकर कहता चला गया- "और तुम्हारे डैडी ने खून भी एक ऐसी हस्ती का किया है खलीफा, जो बनारस की तोप है। स्कड मिसाइल है। परमाणु बम है।"

"क...किसकी बात कर रहे हैं आप?"

"उस्मान भाई।"

तिवारी ने एक दूसरा बम फोड़ा।

सकते में खड़ा रह गया अखिल श्रीवास्तव!

आश्चर्यचकित!

"नहीं।" फिर वह बड़बड़ाया- "नहीं, ज़रूर आपको कोई वहम हो गया है इंस्पेक्टर! मेरे डैडी कभी ऐसा नहीं कर सकते। व...वो तो एक मक्खी पर भी दया-भाव रखते हैं, फिर वो भला एक इंसान की जान कैसे ले सकते हैं! वो भी उस्मान भाई जैसे इंसान की! उस्मान भाई, जिनकी बदौलत हमारा घर चलता है, जिनका नमक खाते हैं हम!"

"अबे!" तिवारी शुष्क लहजे में बोला- "अफसोस तो इसी बात का है कि तुम्हारे डैडी ने अपने उसी पालनहार, अपने उसी मालिक का खून कर दिया है, सीधी जबान में कहा जाए, तो नमक-हरामी कर दी है। सिर्फ 1 लाख रुपए की हक़ीर रकम के लिए खून कर दिया है, क्योंकि उस्मान भाई तुम्हारे एडमीशन के लिए 1 लाख रुपए उन्हें नहीं दे रहा था। इसीलिए बाबू श्रीवास्तव ने न सिर्फ उस्मान भाई को उनकी ही रिवॉल्वर से शूट कर दिया, बल्कि उनकी सेफ से 1 लाख रुपए भी ले भागा।"

अखिल श्रीवास्तव के दिमाग में जोर-जोर से सीटियाँ बजने लगीं।

अनार छूटने लगे।

तिवारी की यह बात सुनकर न जाने क्यों उसे यकीन हो गया कि उसके डैडी ने ज़रूर उस्मान भाई को टपका डाला है।

❑❑❑

बाबू श्रीवास्तव को सोते से जगाया गया।

फिर तिवारी ने उन्हें जैसे ही वह ख़बर सुनाई कि वह उस्मान भाई की हत्या करने के अपराध में उन्हें गिरफ्तार करने आया है, तो बाबू के छक्के छूट गए।

"क...क्या!" बाबू श्रीवास्तव ने हतप्रभ स्वर में कहा- "उस्मान भाई की हत्या हो गई?"

"न सिर्फ उनकी हत्या हो गई बाबू, बल्कि तुमने उनका अल्लापुर के लिए टिकट काटा है। तुमने की है उनकी हत्या।"

"न....नहीं।" बाबू के शरीर में झुरझुरी दौड़ गई- "नहीं, यह झूठ है। मैंने उस्मान भाई की हत्या नहीं की।"

बाबू के मुँह से चीख निकली।

"तो फिर तुम्हें यह चोटें कैसे लगीं?" तिवारी विनोदपूर्ण अंदाज में बाबू के शरीर का अवलोकन करता हुआ बोला- "क्या सचमुच किसी स्कूटर से एक्सीडेंट हो गया था? और अगर वाकई एक्सीडेंट हुआ, तो कृपया उस घटना का पूरा ब्यौरा मुझे बताइए साहेबान, मैं एफ.आई.आर. रिपोर्ट दर्ज करूँगा। उस स्कूटर चालक को हवालात की हवा खिलाऊँगा।"

अब...अब बाबू श्रीवास्तव की हालत देखने लायक थी।

चेहरा फक्क!

बाबू को एकाएक तिवारी की बात का कोई जवाब न सूझा।

"क्यों बाबू साहब!" तिवारी विजयी अंदाज में मुस्कुराता हुआ बोला- "अब चुप क्यों हो गए तुम? जबान को ताला क्यों लग गया?"

"इंस्पेक्टर!" बाबू ने लगभग आर्तनाद करते हुए कहा- "मेरी बात का यकीन करो, मैंने उस्मान भाई की हत्या नहीं की। मैं बेकसूर हूँ। ज़रूर तुम्हें कोई गलतफहमी हो गई है।"

"मेरे भाई, गलतफहमी पुलिस डिपार्टमेंट को नहीं, बल्कि तुम्हारे जैसे चालाक दिमाग के अपराधियों को हो जाती है!" तिवारी कहर भरे अंदाज में कहता चला गया- "वो समझते हैं, पुलिस वाले मतलब चूतिया होते हैं। उन्हें यह गलतफहमी हो जाती है कि कानून उन्हें कभी पकड़ नहीं पाएगा। वो कानून को धोखा दे सकते हैं, उसकी माँ-बहन ठोक सकते हैं, मगर कानून कुछ नहीं कर सकता। पर कानून की शान में किसी विद्वान ने एक बात ऐसे ही नहीं कही; कि कानून के हाथ बहुत लंबे होते हैं, बहुत-बहुत लंबे।"

"इंस्पेक्टर साहब!" बाबू आहत स्वर में बोला- "मैंने वाकई उस्मान भाई की हत्या नहीं की। मैं बेकसूर हूँ।"

"बड़ा नया डायलॉग बोला!!! मेरे भाई, पकड़े जाने के बाद हर अपराधी यही डायलॉग बोलता है।"

"लेकिन मैं हक़ीकत में ही निर्दोष हूँ। मैं किसी की भी सौगंध खाकर यह बात कहने के लिए तैयार हूँ।"

बाबू श्रीवास्तव की बातें सुनकर तिवारी सिर्फ मुस्कुराता रहा।

बिल्कुल इस तरह जैसे कोई बुजुर्ग किसी नन्हें-मुन्ने की बात सुनकर आनंदित हो रहा हो।

मजे ले रहा हो।

तिवारी ने अपने लश्कर के साथ पूरे घर की तलाशी ली, जिसमें पाँच सौ-पाँच सौ के नोटों की 2 गड्डियाँ भी अखिल के कमरे से बरामद हो गईं।

और उन गड्डियों के बरामद होते ही तिवारी का उत्साह दुगुना हो गया।

वह उन दोनों गड्डियों को बाबू के सामने नचाता हुआ बोला- "अब क्या कहोगे तुम बाबू श्रीवास्तव, यह गड्डियाँ कहाँ से आईं तुम्हारे पास?"

"कम-से-कम उस्मान भाई की सेफ से नहीं आयी।" बाबू ने तीखे स्वर में कहा।

"फिर कहाँ से आईं?"

"यह मैं नहीं बता सकता।"

"क्यों नहीं बता सकते?" तिवारी बहस करता हुआ बोला- "मेरे भाई, कोई भी इंसान का बच्चा अपनी जिंदगी के सिर्फ उसी पोर्शन को छिपाता है, जिसमें गुनाह के पैबंद लगे हों। जहाँ सिर्फ पाप की परछाइयाँ हों।"

"यह झूठ है।" बाबू चिल्लाया।

गला फाड़कर चिल्लाया।

"यही सच है।" तिवारी उनसे भी ज़्यादा तीखे स्वर में चीखा- "और अगर यह झूठ है, तो बताओ, यह 1 लाख रुपए तुम्हारे पास कहाँ से आए? शरीर पर यह चोटें कैसे लगीं?"

"ड....डैडी!" अखिल श्रीवास्तव भाव-विह्वल स्वर में मनुहार करता हुआ बोला- "आप बता क्यों नहीं देते इन्हें कि कहाँ से आए आपके पास यह 1 लाख रुपए?"

"मैं नहीं बता सकता बेटे, मैं नहीं बता सकता।"

तड़प उठा बाबू श्रीवास्तव।

छटपटा उठा।

"क्यों नहीं बता सकते?"

"क्योंकि... क्योंकि...।" आगे कुछ कहने की बजाय बाबू श्रीवास्तव फफक-फफककर रो पड़ा।

और आभा देवी!

आभा देवी अपने सुहाग को इस तरह तड़पता देखकर पत्थर की शिला में परिवर्तित हो गई थी।

❑❑❑

इंस्पेक्टर तिवारी, बाबू श्रीवास्तव को हथकड़ी लगाकर पुलिस स्टेशन ले गया।

उनके जाते ही अखिल श्रीवास्तव पर वह जुनून तारी हुआ, जो उसे दरिंदा और हिंसक जैसा न जाने क्या-क्या बना देता था।

अखिल एक कमरे में बंद हो गया।

उस पर बुरी तरह दरिंदगी सवार हो गई।

आँखों में लहू उतर आया।

अगर कोई इस हालत में अखिल को देख लेता, तो निःसंदेह उसके हलक से भयावह चीख निकल जाती।

डर जाता।

"अखिल!" बाहर से आभा देवी जोर-जोर से दरवाजा पीट रही थीं-"अखिल बेटे, दरवाजा खोलो! ऐसा नहीं करते बेटे, ऐसा नहीं करते।"

लेकिन अखिल, उसके कानों तक आभा देवी के शब्द पहुँच कहाँ रहे थे!

वह तो पागल हो उठा था।

अपनी कलाइयों को बुरी तरह चबाता हुआ वह पूरे कमरे में इधर-से-उधर भागा-भागा फिर रहा था, सिर्फ यही नहीं, इस बीच जो भी वस्तु उसके हाथ में आती, वह उसे उठाकर फेंक देता।

"अखिल!" आभा देवी दौड़ती हुई एक ग्लास विंडो के नजदीक पहुँचीं और अंदर का दृश्य देखकर हिस्टीरियाई अंदाज में चिल्ला उठीं- "नहीं बेटे, नहीं! ऐसा नहीं करते।"

उसने कुर्सी उठाकर इतनी जोर से सेंटर टेबल पर पटकी कि उसके परखच्चे उड़ गए।

उसके मुँह से निकलती आवाज़ें बाहर तक सुनाई दे रही थीं।

अखिल का बेपनाह जुनून देखकर एकाएक आभा देवी को न जाने क्या सूझा कि उन्होंने ग्लास विंडो का शीशा तोड़ दिया और फिर बड़ी फुर्ती से अंदर कमरे में कूदीं।

साथ ही उन्होंने अखिल को भी कसकर अपने बाहुपाश में जकड़ लिया।

"छोड़ो मुझे।" अखिल श्रीवास्तव हिंसकपूर्ण लहजे में बोला- "छोड़ो मुझे माँ! मुझे मर जाना चाहिए।"

"नहीं बेटे, नहीं।" आभा देवी बड़ी मुश्किल से अखिल को पकड़ पा रही थीं- "इसमें तेरा कोई कसूर नहीं बेटे! तेरे कारण कुछ नहीं हुआ।"

"झूठ बोल रही हैं आप। सब कुछ मेरे ही कारण हुआ है। मेरे ही कारण आज डैडी ने हत्या जैसा जघन्य अपराध किया। म...मैं आप पर बोझ हूँ माँ, मुझे मर जाने दो।"

"बेवकूफ लड़के!" चिल्लायीं आभा देवी- "तू क्या समझता है, तेरे डैडी ने उस्मान भाई की हत्या की है? तेरे डैडी हत्यारे हैं?"

"हाँ, हाँ-वो हत्यारे हैं।"

'तड़ाक्!'

उसी पल आभा देवी का एक झन्नाटेदार थप्पड़ अखिल के गाल पर पड़ा।

सन्न रह गया अखिल।

सन्न!

"अपने बाप को हत्यारा कहते हुए शर्म नहीं आती तुझे।" आभा देवी एकाएक तेजाबी लहजे में बोलीं, उनका चेहरा ज्वालामुखी की तरह धधकता चला

गया- "बाप भी वो, जो वकील बनाना चाहता है तुझे। कानून का सबसे बड़ा हिमायती, सबसे बड़ा मुहाफिज बनाना चाहता तुझे। और वही शख्स, तेरा वही बाप खुद जुर्म करेगा, हरगिज नहीं। किसी भी कीमत पर नहीं।"

अखिल का सारा जुनून हवा हो गया।

वो अब फटी-फटी आँखों से अपनी माँ को देख रहा था

उस माँ को, जिसकी पूजा की थी उसने।

"अखिल बेटा!" आभा देवी आक्रोश में कहती चली गई- "बहुत नासमझ निकला तू, जो अपने बाप का सही रूप न पहचान सका। लेकिन मैं पहचानती हूँ उन्हें। मैं जानती हूँ कि मेरा पति कातिल नहीं हो सकता। वो निर्दोष हैं।"

❑❑❑

दोपहर के वक्त।

बनारस की वह दोपहर भी सिंदूरी थी। ऐसी सिंदूरी, जैसे प्रकृति ने वहाँ के घाटों पर खून के कुछ छींटे बिखेर दिए हों।

रश्मि... रश्मि की हालत भी उन पहाड़ियों से जुदा न थी।

उसकी सिंदूरी आँखों में आँसू झिलमिला रहे थे।

रो रही थी वो।

अखिल श्रीवास्तव के जख्म देखकर तड़पते स्वर में कह रही थीं- "खुद को यह तुम किस बात की सजा देते हो अखिल? क्या तुम्हें कष्ट नहीं होता?"

"नहीं।" अखिल ने अपनी दोनों मुट्ठियों से कसकर लोहे की ग्रिल पकड़ ली- "नहीं, मुझे कष्ट नहीं होता रश्मि!" अखिल विषैले स्वर में बोला- "क्योंकि मैं बिच्छू हूँ, जहरीला बिच्छू! खुद को और दूसरों को कष्ट देना ही जिसकी हॉबी है।"

"ऐसा क्यों बोलते हो तुम?" रश्मि का स्वर सहानुभूतिपूर्ण था- "तुम क्या समझते हो, तुम्हारे कारण आज तुम्हारे डैडी को जेल हुई?"

"और किसके कारण हुई?" अखिल गुर्राया- "अगर उन्हें मेरे एडमिशन के लिए 1 लाख रुपए की ज़रूरत न होती, तो उन पर यह आरोप भी न लगता।"

रश्मि ने अपने गालों पर बहते आँसू साफ किए और वह शून्य भाव से अखिल श्रीवास्तव को देखने लगी।

"रश्मि!" अखिल कलेजे को चीरकर रख देने वाले शब्दों में कह रहा था-"मैंने अपनी मम्मी-डैडी का जीवन नरक बना दिया है। मुझे वकील बनाने की चाह में उन्होंने खुद की तमाम ख्वाहिशों को होम कर डाला है, लेकिन मैं अपने डैडी को सजा नहीं होने दूँगा। मैं बचाऊँगा उन्हें।"

"कैसे बचाओगे?"

रश्मि चौंकी।

"मैं बनारस का बड़े-से-बड़ा वकील करूँगा रश्मि!" अखिल कठोर लहजे में कहता चला गया- "मैं खुद कानून की एक-एक किताब चाट डालूँगा, लेकिन अपने डैडी को सजा नहीं होने दूँगा।"

"यह बहुत मुश्किल जंग होगी अखिल!" रश्मि आशंकित स्वर में बोली-"मुझे डर है कि कहीं तुम यह जंग हार न जाओ।"

"नहीं।" अखिल के चेहरे पर सख्ती उभरी- "मैं यह जंग नहीं हारूँगा।"

"मत भूलो, तुम्हारे मुकाबले उस्मान भाई के बेहद पैसे वाले लोग होंगे, बड़े लोग होंगे।"

"मुझे परवाह नहीं।"

"लेकिन अखिल, बनारस का बड़े-से-बड़ा वकील करने के लिए रकम चाहिए होगी, वो तुम कहाँ से लाओगे?"

"मैं सब बंदोबस्त करूँगा रश्मि!" अखिल बेहद इमोशनल अंदाज़ में बोला- "अगर मुझे अपने डैडी को बचाने के लिए मजदूरी भी करनी पड़ी, तो मैं करूँगा। मैं जरा भी नहीं हिचकिचाऊँगा।"

"मैं जानती हूँ कि तुम वचन और कर्म के पक्के हो। लेकिन....।"

"लेकिन क्या?"

"लेकिन फिर भी यह जंग इतनी आसान नहीं होगी। उस्मान भाई के गैंग के आदमी तुम्हारे डैडी से खार खाए बैठे होंगे, क्योंकि उनकी निगाह में उनके बादशाह, उनके आलमपनाह उस्मान भाई का कत्ल तुम्हारे डैडी ने ही किया है। ऐसी हालत में वो तुम्हारे डैडी को बड़ी-से-बड़ी सजा दिलवाने की हर मुमकिन कोशिश करेंगे।"

"मैं उनकी हर कोशिश का डटकर मुकाबला करूँगा रश्मि!"

"मैं इस जंग में तुम्हारी मदद करना चाहती हूँ।" एकाएक रश्मि बोली।

"कैसी मदद?"

जवाब में रश्मि अंदर कमरे में गई।

जब वो वापस लौटी, तो उसके हाथ में रुपयों से भरा एक डिब्बा था।

"य... यह सब क्या है?"

"कुछ रुपए हैं, इन्हें अपने पास रख लो अखिल!" रश्मि बोली- "यह रुपए इस जंग में तुम्हारी मदद करेंगे। मैं नहीं चाहती कि सिर्फ रुपयों की वजह से तुम अपने डैडी को खो दो।"

"नहीं!" अखिल का स्वर काँपा- "मैं इन रुपयों को नहीं लूँगा।"

"मैं जानती हूँ अखिल, यह मेरी मेहनत के रुपए हैं।" रश्मि की आँखों में फिर आँसू झिलमिला उठे- "लेकिन अगर इन रुपयों से किसी फरिश्ते की जान बच जाए, तो यह मेरे लिए सबसे बड़ा तीर्थ होगा। मैं समझूँगी कि मेरे अब तक के सारे पाप धुल गए। मैंने गंगा नहा लिया।"

"र... रश्मि!"

"फ... फिर वो मेरे भी तो डैडी लगते हैं अखिल!" रश्मि बोली- "या फिर मेरा उनके ऊपर कोई हक़ नहीं?"

"यह बात नहीं रश्मि! यह बात नहीं।" अखिल ने कसकर रश्मि को अपनी बाँहों में भर लिया।

समेट लिया।

❑❑❑

उसी दिन बनारस के इवनिंग न्यूज़ पेपर्स में उस्मान भाई मर्डर केस की बड़ी विस्तृत, ब्यौरेवार रिपोर्ट छपी।

उस रिपोर्ट में दो बातें ऐसी भी छपीं, जिन्होंने केस को और अधिक जटिल बना दिया।

पहली बात; पुलिस को उस्मान भाई की तिजोरी से कुछ फिंगरप्रिंट्स बरामद हुए थे और अब यह साबित हो चुका था कि वो फिंगरप्रिंट्स, बाबू श्रीवास्तव के ही फिंगरप्रिंट्स थे।

दूसरी बात; बाबू श्रीवास्तव के घर से जो पाँच-पाँच सौ के नोटों की नई गड्डियाँ बरामद हुईं, उन पर स्टेट बैंक, लंका मार्किट, बनारस की स्लिप लगी थी। इसके अलावा उस्मान भाई की तिजोरी में जो बाकी पाँच-पाँच सौ और दो-दो हज़ार के नोटों की नई गड्डियाँ रखी थीं, उन्हें भी स्टेट बैंक की लंका मार्किट ब्रांच से ही इश्यू किया था। सिर्फ यही नहीं, उस्मान भाई की उन ढेरों गड्डियों में से सिर्फ 2 गड्डियाँ गायब थीं, जोकि साफ़ तौर पर इस बात की तरफ इशारा करती थी कि उस्मान भाई की हत्या गारंटेड बाबू श्रीवास्तव ने ही की है।

एक इवनिंग न्यूज़ पेपर में उस्मान भाई की बेवा (विधवा) शहनाज बानो का भी बड़ा गरमा-गरम बयान छपा था।

उसने उत्तर प्रदेश की राज्य सरकार से दरख्वास्त की थी कि वो अपने शौहर के खून का बदला सिर्फ खून चाहती है। इसलिए फौरन से पेशतर बाबू श्रीवास्तव को फाँसी की सजा सुनाई जाए।

सिर्फ यही नहीं, शहनाज बानो की यह धमकी भी बड़े गुपचुप तरीके से उसके चमचों द्वारा बनारस के सभी वकीलों तक पहुँचाई जा चुकी थी कि जिस साले

वकील ने बाबू श्रीवास्तव का डिफेन्स लड़ा, उसी की लाइफ परफॉर्मेंस वो ख़राब कर देंगे। गाड़ी ऐसे गियर में डालेंगे कि फिर बहन*** फिर स्टार्ट ही नहीं होगी।

जिस वकील ने बाबू का डिफेन्स लड़ा, वही मरा।

यही वजह थी कि अखिल श्रीवास्तव वकील करने के लिए जहाँ भी गया, वहीं से उसे निराशा हाथ लगी।

कोई भी उसका केस लेने को तैयार न था।

लेकिन आखिरकार सुरेंद्र भाई तोलानी नाम का एक सिंधी वकील बाबू श्रीवास्तव का केस लड़ने को तैयार हो गया।

सुरेंद्र भाई तोलानी, जो एक दिलेर नौजवान था।

❑❑❑

सुरेंद्र भाई तोलानी ने गोल्ड फ्लैक की एक सिगरेट मुँह में लगाकर उसे म्यूजिकल लाइटर से सुलगाई तथा फिर लोहे के सींखचों के पार 'सेल' में खड़े बाबू श्रीवास्तव को गहरी नजर से देखा।

"बाबू, एक बात तो मैं आपको देखकर गारंटी से कह सकता हूँ।" तोलानी बोला- "कि आपने हत्या नहीं की।"

"क्यों?" बाबू श्रीवास्तव चौंका- "क्या यह बात मेरे चेहरे पर लिखी है?"

"ऑफकोर्स!" तोलानी ने नाक के जरिए सिगरेट का धुआँ उगला और अपने बराबर में गुमसुम खड़े अखिल श्रीवास्तव को देखा- "हर इंसान का चेहरा एक किताब होता है। आईना होता है। उसे सिर्फ पढ़ने वाला चाहिए और इस वक्त मैं आपके चेहरे पर लिखा एक-एक शब्द पढ़ रहा हूँ। आप सचमुच निर्दोष हैं, मैं कुछ गलत तो नहीं कह रहा बाबू श्रीवास्तव?"

बाबू श्रीवास्तव ने अपनी गर्दन नीचे झुका ली।

"लेकिन अगर आपने अपनी यह खामोशी इसी तरह बरकरार रखी, तो बिना शक मैं यह केस हार जाऊंगा और फिर आपको बड़ी-से-बड़ी सजा हो जाएगी।"

"पूछो, क्या पूछना चाहते हो तुम?" बाबू श्रीवास्तव ने शुष्क स्वर में कहा।

"सबसे पहले तो आप यह कबूल कीजिए कि आपने यह झूठ बोला था कि आपका एक्सीडेंट हुआ?"

"ह... हाँ, मैंने झूठ बोला।"

"गुड! अब बराये-मेहरबानी यह भी बताइए, आपने क्यों झूठ बोला?"

"क्योंकि मैं हक़ीकत बताकर अखिल और आभा को दुःख नहीं पहुँचाना चाहता था।"

"क्यों, ऐसी क्या घटना घट गई थी आपके साथ?" तोलानी ने आँखें बाबू की आँखों में डालीं।

"मेरी उस्मान भाई ने जमकर पिटाई की थी।"

"ओह! क्या सिर्फ यही वजह थी?"

"हाँ।"

"आपने उस्मान भाई को शूट नहीं किया?"

"बिल्कुल नहीं। मैंने उन्हें पलटकर एक थप्पड़ भी नहीं मारा।"

वह बात सुनकर अखिल श्रीवास्तव का खून खौलने लगा।

मुट्ठियाँ भिंचने लगीं।

वह बड़ी मुश्किल से अपने गुस्से को जाहिर होने से रोक पा रहा था।

"फिर आपके फिंगरप्रिंट्स!" सुरेंद्र भाई तोलानी तेजी से सवाल पूछता हुआ बोला- "उस्मान भाई की तिजोरी तक कैसे पहुँच गए?"

"वह ज़रूर इत्तेफाक रहा होगा। मैं उस्मान भाई की मार से बचने के लिए उनके कमरे में इधर-से-उधर भागा-भागा फिर रहा था, ज़रूर उसी दरम्यान मेरे हाथ तिजोरी पर पड़ गए और वहाँ फिंगरप्रिंट्स छूट गए।"

"लेकिन आपके पास वो 1 लाख रुपए कहाँ से आए, जो बाद में पुलिस को अखिल के कमरे से बरामद हुए?"

तुरंत बाबू ने अपने होंठ सख्ती से भींच लिए।

चुप।

"जवाब दो बाबू!" तोलानी नरम लहजे में बोला- "कहाँ से आए आपके पास वो 1 लाख?"

"मैं नहीं बता सकता।"

"आपको बताना होगा। यह जिंदगी और मौत का सवाल है। इसी एक क्लू की बिनाह पर हम केस हार सकते हैं।"

"मैं इस बारे में कुछ नहीं बता सकता। कुछ भी नहीं बता सकता।" बाबू बड़ी बैचेनी से लोहे के सींखचे पकड़कर नीचे बैठता चला गया।

अपने देवता स्वरूप पिता की यह दयनीय दशा देखकर कलेजा हिल उठा अखिल श्रीवास्तव का।

उसका दिल हाहाकार कर उठा।

"टाइम इज ओवर।" तभी सैल के वार्डन ने पीछे से आकर उन दोनों के कंधों पर हाथ रखा।

वह दोनों निराशा में डूबे 'सेल' से बाहर निकले।

❑❑❑

"साईं, हमें यह पता होना बहुत ज़रूरी है।" तोलानी अपने केबिन में बैठा कह रहा था- "कि तुम्हारे डैडी के पास वो 1 लाख रुपए कहाँ से आए।"

"लेकिन इस संबंध में तो वह खामोशी धारण किए हुए हैं।"

"हमें उस खामोशी को तोड़ना होगा।"

"कैसे?" अखिल ने पूछा- "कैसे टूटेगी वो खामोशी?"

"इसका सिर्फ एक तरीका है।"

"क्या?"

"तुम कल अकेले जाकर अपने डैडी से जेल में मिलो।"

"फिर?"

"वहाँ तुम्हें उनसे ऐसी इमोशनल बातें करनी होंगी कि उनके सेंटिमेंट्स भड़क उठें; और तब जज्बात की उसी रौ में तुम्हें उनसे पूछना है कि 1 लाख कहाँ से आए।"

"क्या वो बताएँगे?"

"शायद बतायें, लेकिन उनसे सच्चाई उगलवाने का यही एक कारगर तरीका है, पहले भी यह तरीका कई बार सफल साबित हो चुका है।"

"मिस्टर तोलानी!" अखिल श्रीवास्तव सहमते हुए बोला- "न जाने क्यों मुझे डर लग रहा है। परसों केस की पहली तारीख है।"

"डरो मत साईं! उस पर भरोसा रखो, जो दूर आकाश पर कहीं बैठा है।"

"लेकिन...।"

"फिलहाल जो मैं कह रहा हूँ, सिर्फ उस बारे में सोचो।" तोलानी ने सख्ती से अखिल की बात काट दी- "अगर हमें यह पता चल गया कि तुम्हारे डैडी को वह 1 लाख कहाँ से हासिल हुए, तो समझो हम आधा केस जीत जाएँगे।"

"मैं कल उनसे सच्चाई उगलवाने की पूरी-पूरी कोशिश करूँगा।"

"वैरी गुड! मे लक बी विद यू।"

❑❑❑

अगले दिन अखिल श्रीवास्तव जब खाने का टिफिन लेकर जेल पहुँचा, तो अभी 'मिलाई' का वक्त नहीं हुआ था।

उसने वार्डन को पाँच सौ का नोट दिखाया, तो वह फौरन कल की तरह उसे आज भी सीधा 'सेल' में ले गया।

अखिल ने देखा, उसके डैडी एक बड़े से चबूतरे पर मोटा-सा कंबल ओढ़कर लेटे हुए हैं।

उनके नजदीक ही एक लोहे की थाली, दो रोटियाँ और थोड़ी-सी सब्जी रखी हुई थी। शायद रात उन्होंने खाना नहीं खाया था।

"ड...डैडी!" अखिल ने कराहक़र उन्हें पुकारा।

फौरन बाबू श्रीवास्तव पलटा।

शेव बढ़ी हुई।

बाल उलझे हुए।

वार्डन जा चुका था।

बाबू श्रीवास्तव उठकर अखिल के पास आया। जालियों में से अखिल के हाथ पकड़ लिए।

अखिल ने महसूस किया, वह हाथ काँप रहे हैं।

"त... तू अकेला आया है बिच्छू बेटे?"

"ह...हाँ, अकेला आया हूँ मैं।" अखिल का भावविह्वल स्वर- "मम्मी भी कह रही थीं, लेकिन...।"

"नहीं।" बाबू ने अखिल की बात काट दी- "नहीं...तुझे अपनी मम्मी को लेकर यहाँ नहीं आना। ब...बिच्छू बेटे, मुझे इस हाल में देखकर आभा को बहुत दु:ख पहुँचेगा।"

"वह तो अभी भी बहुत दु:खी हैं, सारा दिन और सारी रात सिर्फ रोती रहती हैं। आँसू उनकी आँखों का जैसे स्थायी अंग बन चुके हैं।"

बाबू ने सलाखें पकड़ लीं, वह सुबक उठे।

रो पड़े।

"मम्मी ने आपके लिए दही-बड़े बनाकर भेजे हैं, आपको बहुत पसंद हैं न डैडी!" अखिल ने टिफिन खोला और फिर दोनों ढक्कन एक विशेष रूप से बनाए शैल्फ में से उन्हें पकड़ा दिए।

अगले पल बाबू पागलों की तरह दही-बड़े खाने लगा।

मुश्किल से दो मिनट में ही वो सारे दही-बड़े चट कर गए।

"डैडी!" अखिल विह्वल स्वर में बोला- "कल मुकदमे की पहली तारीख है।"

"जानता हूँ मैं...।"

"मुझसे सुरेंद्र भाई तोलानी कह रहा था।" अखिल बोला- "कि अगर उसे यह मालूम हो जाए कि आपके पास 1 लाख रुपए कहाँ से आए, तो वह आपको बचा सकता है।"

बाबू श्रीवास्तव ने फौरन अखिल की तरफ पीठ कर ली- "मुझसे वह सवाल मत पूछो बिच्छू बेटे, जिसका जवाब मैं देना नहीं चाहता।"

"लेकिन क्यों... क्यों नहीं देना चाहते आप इस सवाल का जवाब?"

"क...क्योंकि उस सवाल जवाब देकर मैं तुम्हें और दुःखी नहीं करना चाहता।"

"अभी कौन-सा सुखी हैं हम।" अखिल रुंधे स्वर में बोला- "जो और दुःखी हो जाएँगे और... और फिर आप यह क्यों नहीं समझते कि अगर आपने उस सवाल का जवाब नहीं दिया, तो हम यह केस हार जाएँगे। कानून आपको फाँसी चढ़ा देगा।"

"मुझे अपनी जान की परवाह नहीं।"

"लेकिन मम्मी... मम्मी की जान की तो आपको परवाह होनी चाहिए। आप यह क्यों भूलते हैं कि अगर आप फाँसी चढ़े, तो आपके साथ-साथ एक सुहागिन भी फाँसी चढ़ जाएगी। विधवा हो जाएँगी मम्मी।"

"नहीं- नहीं।" बाबू चीखा।

"डैडी!" अखिल आंदोलित स्वर में कहता चला गया- "आप अपनी जिद की वजह से अपना गला तो घोंट ही रहे हैं, लेकिन साथ ही एक हत्या और भी कर रहे हैं। सुहागिन की हत्या।"

"नहीं- नहीं।" बाबू पुनः चीखा।

"डैडी!" अखिल ने सींखचों के अंदर हाथ देकर बाबू के कंधे कसकर पकड़ लिए- "बताइए-बताइए आपके पास 1 लाख कहाँ से आए?"

"मैं नहीं बता सकता।"

"क्यों नहीं बता सकते?" अखिल चीखता हुआ कहता चला गया- "इसका मतलब उस्मान भाई की हत्या आपने ही की? आप ही ने उनकी तिजोरी से पैसे चुराए।"

"नहीं बिच्छू बेटे, नहीं।" रो पड़ा बाबू- "मैं चोर नहीं हूँ, मैंने हत्या नहीं की है।"

"अगर आपने वह नोट नहीं चुराए...तो कहाँ से आए आपके पास वह 1 लाख रुपए?"

"मैं नहीं बता सकता। मैं नहीं बता सकता बिच्छू बेटे! मैं मजबूर हूँ।" कहते हुए बाबू श्रीवास्तव ने एकाएक अपनी छाती कसकर पकड़ ली और फिर वह जोर से चीखते हुए पीछे जा पड़े।

"ड....डैडी!" अखिल दहशतनाक अंदाज में चीखा।

वार्डन भी हाय-तौबा मचाता भागा-भागा आया।

बाबू श्रीवास्तव को दिल का दौरा पड़ गया था।

❑❑❑

"जो कुछ हुआ, अच्छा नहीं हुआ अखिल!" सुरेंद्र भाई तोलानी गंभीरता की प्रतिमूर्ति बना कह रहा था- "साईं! हमें उन 1 लाख रूपयों की हक़ीकत का पता होना बहुत ज़्यादा ज़रूरी है, वरना हम यह केस हार जाएँगे।"

"मुझसे जितनी मुमकिन थी, मैंने कोशिश की वकील साहब।"

"जानता हूँ मैं! बखूबी जानता हूँ कि तुमने बेपनाह कोशिश की।"

"म... मैंने!" अखिल अवसादपूर्ण स्वर में बोला- "मैंने उन्हें चोर तक कहा वकील साहब! हत्यारा तक कहा और सिर्फ इसलिए कहा, ताकि वो जुनून में अंधे होकर सच्चाई बता दें। ल...लेकिन उन्होंने कुछ न बताया। कुछ नहीं बोले वो।"

"हूँ!" सुरेंद्र भाई तोलानी सिगरेट पीता हुआ कुर्सी छोड़कर खड़ा हो गया और फिर अखिल की तरफ से पीठ करके दीवार से लटके एक कैलेंडर को देखने लगा- "अखिल, इस घटना से एक बात तो साफ साबित होती है।"

"क्या?"

अखिल भी उठ खड़ा हुआ।

"यही कि 1 लाख रुपए के पीछे कोई बेहद ड्रामेटिक कहानी है। कोई बाबू की ऐसी दुखती हुई रग है, जिसे छूने से भी वो डरते हैं।"

"लेकिन अहम सवाल तो यह है।" अखिल बोला- "कि उस कहानी को उजागर कैसे किया जाए? उसे हाईलाइट में कैसे लाया जाए?"

"बाबू की अब तबीयत कैसी है?" एकाएक तोलानी ने बड़ा विचित्र सवाल पूछा।

"फिलहाल तो ठीक हैं।"

"हूँ!"

तोलानी का दिमाग एकाएक तेजी से चलने लगा और फिर उसके होठों पर मुस्कान दौड़ गई।

गहरी मुस्कान।

❑❑❑

उस्मान भाई की बेगम शहनाज बानो चार महीने दस दिन के लिए इद्दत में बैठी हुई थी।

इस्लामी शरियत के अनुसार जब किसी औरत का शौहर (हसबैंड) मर जाता है, तो वह चार महीने दस दिन तक घर से बाहर नहीं निकलती और किसी ऐसे मर्द से भी बातचीत नहीं करती, जिससे उसका निकाह जायज हो।

इसे 'इद्दत' कहते हैं।

इन दिनों शहनाज बानो इसी तरह की इद्दत में बैठी हुई थी।

यूं उस्मान भाई के मरते ही उसने गैंग का सारा काम खुद संभाल लिया था और इद्दत में बैठी हुई ही सारे अहम फैसले खुद ले रही थी।

टोनी नाम का एक बदमाश बदहवासों की तरह दौड़ता हुआ बंगले में आया और उसने एक औरत से जल्दी-जल्दी कुछ बात कही।

वह औरत फौरन अंदर परदे में शहनाज बानो के पास पहुँची।

"क्या बात है?" शहनाज बानो ने उत्सुकतावश पूछा।

"टोनी आया है, बड़ी बुरी ख़बर है।"

"क्या?"

"कहता है कि हमारी तमाम धमकियों के बावजूद कोई वकील, बाबू श्रीवास्तव का केस लड़ने को तैयार हो गया है।"

"क्या बकवास करती हो तुम?" शहनाज बानो झटके से तनकर खड़ी हो गई।

"यह सच है मैडम!"

"इसका मतलब उसे हमारे गुस्से का, हमारे जालो-जलाल का कोई खौफ नहीं। क्या नाम है उसका?"

"सुरेंद्र भाई तोलानी!"

"हूँ, तोलानी! सुरेंद्र भाई तोलानी।" शहनाज बानो किसी नागिन की तरह फुंफकारी।

"मैडम, एक और ख़बर है।"

"क्या?"

"बाबू श्रीवास्तव को आज जेल में दिल का दौरा पड़ गया था।"

"वल्लाह, यह तो खुशी की बात है। मर क्यों नहीं गया वो सुअर का बच्चा, हरामी। हमें सफेद कफन पहनाने वाला वो आस्तीन का साँप।"

"मैडम वकील सुरेंद्र भाई तोलानी ने उस दौरे का भी बेनिफिट उठाया है।"

"कैसा बेनिफिट?"

"उसने अदालत में अर्जी दी है कि उसके क्लाइंट की जिस्मानी और जेहनी हालत चूंकि ठीक नहीं है, इसलिए केस की तारीख एक हफ्ते के लिए मुल्तवी कर दी जाए।"

"नहीं।" चीखी शहनाज बानो- "नहीं, केस की तारीख मुल्तवी नहीं होगी। टोनी से जाकर कह दो, अदालत में वह अर्जी मंजूर नहीं होनी चाहिए। केस पर अदालत में बहस कल ही होगी।"

"जो हुक्म मैडम।"

"और सुनो।" शहनाज बानो दाँत पीसती हुई बोली- "एक बात और कहो टोनी से।"

"क्या मैडम?"

"उससे कहो कि कल तोलानी कोर्ट नहीं पहुँचना चाहिए।" शहनाज बानो की आवाज़ अंगारों की भांति धधक उठी- "आज रात ही उसे ठिकाने लगा दो। हम अपने शौहर के खून का बदला सिर्फ खून चाहते हैं कनीज!"

"ऐसा ही होगा मैडम!"

वह औरत स-सम्मान मुड़ी और उसने बाहर आकर टोनी को शहनाज बानो का फरमान सुना दिया।

❑❑❑

रात के पौने ग्यारह बजे एक मारुति जिप्सी सर्राटे के साथ दौड़ती हुई तोलानी की कोठी के सामने जाकर रुकी।

जिप्सी फौरन सनसनाती हुई अंदर घुस गई और फिर जिप्सी से एक-के-बाद-एक तीन हथियारबंद गुंडे कूद पड़े।

खतरनाक गुंडे!

"क...कौन हो तुम लोग?" उन्हें देखकर नाइट वॉचमैन की चीख निकली।

"यमराज हैं हम... तीन यमराज।" टोनी गुर्राया- "तोलानी किधर है?"

"साहब का नाम अदब से लो और...।"

"अदब की माँ का ****।"

फौरन टोनी का हाथ इतनी जोर से वॉचमैन के मुँह पर पड़ा कि आगे के तमाम शब्द उसकी लंबी चीख में परिवर्तित हो गए।

वीभत्स चीख में!

"स्साले! बहन*** हमें तमीज सिखाता है। तमीज की तो हमने कब की कमीज़ उतारकर फेंक दी। अब अपने बाप को तमीज सिखाएगा तू।"

तभी एक दूसरे गुंडे ने इतनी जोर से दोहत्थड़ वॉचमैन के सिर पर मारी कि उसे ऐसा लगा, जैसे किसी ने अपनी भरपूर ताकत से हथौड़ा मार दिया हो।

वो चीखता हुआ वहीं ढेर हो गया।

फिर वो तीनों आततायी कोठी की तरफ दौड़े।

दरवाजा लगा था, वो ग्लास विंडो तोड़कर अंदर कूद गए।

फिर उन्होंने तोलानी की खोज-ख़बर लेनी शुरू की।

लेकिन तोलानी वहाँ कहीं नहीं था।

वैसे भी वो कोठी में अकेला रहता था। बीवी-बच्चे कोई नहीं थे।

उन्होंने कोठी का जर्रा-जर्रा देख डाला।

एक-एक जगह देखी।

"तोलानी यहाँ नहीं है।" अंततः एक गुंडे ने घोषणा की।

"ऐसा कैसे हो सकता है?" टोनी बोला- "अगर तोलानी यहाँ न होता, तो कोठी का दरवाजा बाहर से लगा होता, जबकि तुम देख रहे हो कि कोठी के मेन गेट की साँकल भीतर से लगी है।"

"कोठी के पीछे भी एक गेट है।" तभी एक गुंडा वहाँ भागता हुआ आया-"वो खुला है।"

"इसका मतलब!" टोनी ने दाँत पीसे-"तोलानी पीछे से भाग गया। बहुत सुरता निकला यह तोलानी।"

"वो भागकर कहाँ गया होगा?"

"फिलहाल एक ही जगह जा सकता है। एक ही ठिकाना है उसका।"

"कौन-सा?"

टोनी ने ठिकाने के बारे में बताया।

सब फिर चौंके।

❑❑❑

अखिल और आभा देवी, वह दोनों सीधे खड़े किसी सूखे पत्ते की तरह काँप रहे थे।

उनके सामने खड़े थे, वह तीनों!

तीनों यमराज।

दो गुंडों ने अपनी ऑटोमेटिक गनें अखिल और आभा देवी के गले पर रखी हुई थीं।

"बोल!" टोनी हिंसकपूर्ण लहजे में गरजते हुए कह रहा था- "बोल, कहाँ है वो सुरेंद्र भाई तोलानी!"

"मुझे नहीं मालूम।"

फौरन टोनी ने अपनी बेल्ट उतार ली। पीतल के चौड़े बक्कल वाली मज़बूत बेल्ट।

"अभी भी वक्त है, जवाब दे दे बहन***।"

"मैं कुछ नहीं जानता।"

तुरंत बेल्ट हवा में घूमकर इतनी जोर से अखिल के शरीर पर पड़ी कि जब वह वापस लौटी, तो अखिल की शर्ट चिर्र-चिर्र करके फटती चली गई।

"नहीं।" चिल्लाई आभा देवी- "नहीं, मेरे बेटे को मत करो। मत मारो मेरे बेटे को।"

"नहीं मारेंगे हम तेरे बेटे को बुढ़िया, नहीं मारेंगे।"

टोनी इस बार आभा देवी के नजदीक पहुँच गया- "चल तू ही बता, कहाँ है वो वकील?"

"मैं नहीं जानती।"

टोनी ने भड़ाक से एक झापड़ आभा देवी के गाल पर मार दिया।

और वह झापड़ मारना गजब हो गया उसके लिए।

अखिल जो गन के साये में खड़ा अभी तक सूखे पत्ते की तरह काँप रहा था, एकाएक वो ज्वालामुखी बनकर टोनी पर टूट पड़ा।

उसने टोनी की गर्दन पकड़ ली और फिर वो अपना सिर बुरी तरह टोनी के चेहरे पर दे-देकर मारने लगा।

साथ ही दरिंदे की तरह चिल्लाता भी जा रहा था- "स्साले! कुत्ते!! तूने मेरी माँ को मारा। मैं तुझे मार डालूँगा।"

टोनी के छक्के छूट गए।

उसके नाक, मुँह, सिर सब जगह से खून बहने लगा।

खून-ही-खून।

अखिल का जुनून देखकर बाकी दोनों गुंडों के भी छक्के छूट गए।

उसकी आँखों में लहू था।

वह तीनों तोलानी को भूल गए।

वह सिर्फ अपनी जान बचाकर वहाँ से भागे।

बुरी तरह भागे।

❑❑❑

"कमाल है, मैं तोलानी को हर मुमकिन जगह ढूँढ़ चुका हूँ।" अखिल श्रीवास्तव बोला- "लेकिन उसका कहीं पता नहीं चल रहा।"

"तुम उसकी कोठी पर गए थे?" रश्मि ने पूछा।

"गया तो नहीं, अलबत्ता चार बार वहाँ टेलीफोन रिंग कर चुका हूँ, हर बार फोन वॉचमैन उठाता है। जबसे उस्मान भाई के गुंडों ने उसकी पिटाई की है, तबसे वो भी बहुत घबराया हुआ है। तोलानी का उसे भी कुछ पता नहीं कि वो

एकाएक कहाँ गायब हो गया है।" कहने के साथ ही अखिल श्रीवास्तव बार-बार बेचैनीपूर्वक इधर-से-उधर पहलू बदलने लगा था।

"अब क्या करोगे तुम?"

रश्मि की आँखें उसके चेहरे पर टिक गईं।

"समझ नहीं आ रहा कि क्या करूँ? अब से दो घंटे बाद डैडी की कोर्ट में पेशी है। तोलानी ने कोर्ट में एक हफ्ते तक मुकदमा रोकने की जो अर्जी दी थी, वो जज ने कल ही खारिज कर दी। मैं तो यही सोच-सोचकर हलकान हो रहा हूँ कि अगर दो घंटे के अंदर-अंदर मुझे तोलानी न मिला, तो कोर्ट में केस का क्या होगा! हम पहली ही पेशी में मुकदमा हार जाएँगे।"

"ऐसा मत बोलो!" रश्मि ने जल्दी से कहा- "भगवान सब ठीक करेगा।"

"मुझे तो अब एक आशंका और हो रही है।" अखिल श्रीवास्तव बोला।

"क्या?"

"कहीं तोलानी शहनाज बानो की धमकी का खौफ खाकर खुद ही अंडरग्राउंड न हो गया हो!"

"ऐसी बात होनी तो नहीं चाहिए।"

"क्यों?"

"क्यों अगर तोलानी को शहनाज बानो की धमकी या फिर उसके प्यादों का कोई खौफ होता, तो वह पहले ही तुम्हारा केस हाथ में न लेता। उसने तुम्हारा केस हाथ में लिया, इसी से साबित होता है कि वो जीदार आदमी है। खतरों से खेलना उसका शौक है।"

"अगर खतरों से खेलना उसका शौक है।" अखिल कातर स्वर में बोला-"तो अब कहाँ गायब हो गया वो? अब कहाँ मुँह छुपाए पड़ा है?"

रश्मि से कोई जवाब देते न बना।

वो चुप रही।

❑❑❑

ग्यारह बजे एक लोअर कोर्ट की पूरी दर्शक-दीर्घा दर्शकों से खचाखच भर चुकी थी।

न्यायाधीश महोदय अपनी कुर्सी पर आकर बैठ चुके थे।

दर्शक-दीर्घा की अग्रिम पंक्ति में आभा देवी और अखिल श्रीवास्तव मौजूद थे।

उन दोनों के चेहरों का रंग बुरी तरह उड़ा हुआ था और इसकी वजह थी, अभी तक सुरेंद्र भाई तोलानी का कहीं पता न होना।

उन दोनों के दिमाग में एक ही बात मंडरा रही थी, अब क्या होगा?

अब क्या होगा?

तभी दो गनमैन बाबू श्रीवास्तव को लेकर कोर्टरूम में आए और उन्होंने बाबू को विटनेस बॉक्स में खड़ा कर दिया।

"मी लॉर्ड!" तुरंत रजनीबाला नामक पब्लिक प्रॉसीक्यूटर की तेज़ आवाज़ कोर्टरूम में उभरी- "आप मुजरिमों के कटघरे में खड़े इस शख्स को देखिए। मासूम और भोला-भाला-सा नजर आने वाला यह शख्स एक खूनी है, एक कातिल है। इसने चौबीस जून की सुबह बनारस शहर के एक अति सम्मानित व्यक्ति और सरकारी तौर पर बूटलैगिंग यानी शराब का कारोबार करने वाले उस्मान भाई की गोली मारकर हत्या कर दी। वह उस्मान भाई, जिन्होंने इस शख्स की गुरबत पर रहम खाकर इसे अपनी पनाह में लिया। इसे ड्राइवर की नौकरी दी और हर महीने एक माकूल तनख्वाह से नवाजा। इस अहसान-फरामोश और नाशुक्रे शख्स ने उसी उस्मान भाई को मार डाला। एक देवता सरीखे इंसान को अपने गुस्से और असीमित इच्छाओं की बलि चढ़ा दिया।"

पब्लिक प्रॉसीक्यूटर रजनीबाला की बातें सुनकर अदालत में उपस्थित प्रत्येक शख्स की निगाहें मुजरिमों के कटघरे में खड़े बाबू श्रीवास्तव की तरफ उठती चली गईं।

हर आँख अब बाबू श्रीवास्तव को घूर रही थी।

"मीलार्ड!" पब्लिक प्रॉसीक्यूटर की तेज आवाज़ कोर्टरूम में गूँजी- "यह पूरा केस ओपन एंड शट केस है। मुजरिम बाबू श्रीवास्तव की बरसों से यह दिली ख्वाहिश रही है कि वो अपने इकलौते पुत्र अखिल श्रीवास्तव को वकील बनाए और उनकी यह ख्वाहिश बेपनाह जुनून की हद तक है। मीलार्ड! मुजरिम के बेटे अखिल ने इसी वर्ष एम.ए. किया है और अब उसे एल.एल.बी. में एडमिशन लेने के लिए 1 लाख रुपए चाहिए थे। वही 1 लाख रुपए, जो इस पूरे खूनी केस की बुनियाद बने।"

पब्लिक प्रॉसीक्यूटर रजनीबाला एक क्षण के लिए रुकी और फिर उन्होंने पुनः बोलना शुरू किया।

गरमजोशी के साथ बोलना शुरू किया।

"दरअसल बाबू 1 लाख रुपए लेने के लिए ही उस्मान भाई के पास गए थे, लेकिन जब उस्मान भाई ने मुजरिम को 1 लाख रुपए देने से इन्कार कर दिया, तो मुजरिम भड़क उठा और उसने उस्मान भाई की रिवॉल्वर से ही उस्मान भाई की हत्या कर दी। दैट्स ऑल! पूरा केस बहुत सिम्पल है। कहीं कोई उलझाव नहीं, कोई पेचीदगी नहीं।"

न्यायाधीश महोदय ने अपने कागज पर कुछ नोट्स लिखे और फिर नजर उठाकर बाबू की तरफ देखा।

"तुमने अपने बचाव के लिए कोई डिफेंस काउंसिल किया?"

बाबू कोई जवाब दे पाता, तभी कोर्टरूम के दरवाजे से एक भारी-भरकम आवाज़ उभरी- "जी हाँ! इन्होंने किया है एक डिफेंस काउंसिल और वह डिफेंस काउंसिल इस वक़्त आपके सामने है।"

पूरी कोर्ट में हलचल मच गई।

तेज हलचल।

सबकी नजरें दरवाजे की तरफ उठीं और अगले पल आभा देवी और अखिल श्रीवास्तव ने राहत की एक गहरी साँस ली।

दरवाजे पर अपना काला चोगा पहने हुए सुरेंद्र भाई तोलानी खड़ा था।

"मीलार्ड!" तोलानी चलता हुआ न्यायाधीश की मेज के करीब पहुँचा- "मैं सबसे पहले अदालत से इस बात के लिए माफी चाहूँगा कि मुझे यहाँ आने में देरी हो गई। लेकिन फिर भी मैं समझता हूँ कि मैं ठीक वक्त पर पहुँच गया।"

न्यायाधीश महोदय कुछ न बोले।

चुप रहे।

सुरेंद्र भाई तोलानी ने अपना वकालतनामा न्यायाधीश महोदय को सौंपने के लिए क्लर्क को थमा दिया।

न्यायाधीश महोदय ने एक सरसरी-सी दृष्टि वकालतनामे पर डाली, फिर बोले- "आप डिफेंस काउंसल की हैसियत से यह मुकदमा लड़ सकते हैं, मिस्टर तोलानी!"

"थैंक्यू मीलार्ड!" तोलानी ने आदर के साथ गर्दन झुकाकर कहा।

जबकि न्यायाधीश महोदय अब पब्लिक प्रॉसीक्यूटर की तरफ देखते हुए बोले थे- "यू मे प्रोसीड मिसेज पब्लिक प्रॉसीक्यूटर।"

❑❑❑

पब्लिक प्रॉसीक्यूटर रजनीबाला ने एक ऐसी उपेक्षित-सी दृष्टि तोलानी पर डाली, जैसे कह रही हो, अब आएगा खेल का असली मजा।

असली लुत्फ!

"मीलार्ड!" रजनीबाला आगे बोली- "जैसाकि मैं पहले ही कह चुकी हूँ कि यह एक ओपन एंड शट केस है। इसमें ऐसा कुछ नहीं, जिस पर अधिक बहस हो सके। यह बात आइने की तरह साफ है कि मुजरिम बाबू श्रीवास्तव ने ही उस्मान भाई का खून किया है।"

"ऑब्जेक्शन मीलार्ड!" एकाएक सुरेंद्र भाई तोलानी तीखे स्वर में बोला- "पब्लिक प्रॉसीक्यूटर साहिबा को मुजरिम और मुलजिम शब्द के बीच का फर्क पता होना चाहिए। अभी मेरे क्लाइंट के ऊपर हत्या का आरोप साबित नहीं हुआ, इसलिए पब्लिक प्रॉसीक्यूटर साहिबा मिस्टर बाबू श्रीवास्तव को मुजरिम नहीं, बल्कि मुलजिम कहक़र संबोधित करें।"

"हत्या का आरोप साबित हो चुका है।" रजनीबाला बोली।

उसकी आवाज़ में गरमी थी।

"वाह!" हँसा तोलानी- "अगर इस तरह आरोप साबित होने लगें, तो कोर्ट की जरुरत ही न रहे। डिफेंस काउंसल और पब्लिक प्रॉसीक्यूटर की बहस समाप्त हो जाएँ। मैडम, सिर्फ आपके या फिर उस्मान भाई के फैमिली मेंबर्स के कह देने भर से यह साबित नहीं हो जाता कि बाबू श्रीवास्तव खूनी है।"

"ऑब्जेक्शन सस्टेंड!" न्यायाधीश महोदय ने तोलानी के हक़ में अपना फैसला सुनाया- "पब्लिक प्रॉसीक्यूटर साहिबा, आप आगे से मिस्टर बाबू को मुलजिम कहक़र ही संबोधित करें। फिलहाल उन्हें मुजरिम कहना क़ानून और संविधान के एतबार से गलत है।"

रजनीबाला अपनी पहली पराजय पर तिलमिला उठी।

झुंझला उठी।

"और प्रॉसीक्यूटर साहिबा!" न्यायाधीश महोदय आगे बोले- "आप वह सबूत भी अदालत के समक्ष पेश कीजिए, जिनके आधार पर आप मिस्टर बाबू श्रीवास्तव को कातिल कह रही हैं। क्या आपके पास कोई चश्मदीद गवाह है?"

"चश्मदीद गवाह तो कोई नहीं मीलार्ड!" पब्लिक प्रॉसीक्यूटर बोली-"लेकिन एक बहुत मजबूत गवाह के तौर पर उस्मान भाई की बेवा मिसेज शहनाज बानो का बयान मेरे पास है। शहनाज बानो उस वक्त घटना-स्थल के करीब ही मौजूद थीं, जब वह तमाम खूनी वाकया हुआ।"

"सिर्फ बयान!" तोलानी बोला- "सिर्फ शहनाज बानो का बयान आपके पास है? खुद शहनाज बानो यहाँ कोर्टरूम में उपस्थित नहीं?"

"नहीं।"

"क्यों?"

"दरअसल शहनाज बानो इस वक्त चार महीने दस दिन की इद्‌दत में बैठी हुई हैं। इद्‌दत, जिसे इस्लामी शरिअत के मुताबिक हर वो औरत करती है, जिसका शौहर मर गया हो। इस बीच वो कहीं नहीं आती-जाती और मर्दों से नहीं मिलती-जुलती।"

"ओह!"

"इसलिए मिस्टर डिफेंस काउंसल!" रजनीबाला बड़े रौब से बोली-"मिसेज शहनाज बानो का हस्तलिखित बयान मेरे पास है, मीलार्ड!" रजनीबाला न्यायाधीश महोदय की तरफ घूमी- "अगर आपकी इजाजत हो तो मैं वह बयान अदालत को पढ़कर सुनाऊँ?"

"यस।"

पब्लिक प्रॉसीक्यूटर रजनीबाला तुरंत चहलकदमी करती हुई डेस्क तक गई और उसने वहाँ से कुछ कागज उठाए तथा शहनाज बानो का बयान पढ़ना शुरू किया।

तेज आवाज़ में पढ़ना शुरू किया।

"वह 24 जून की मनहूस सुबह थी मीलार्ड!" पब्लिक प्रॉसीक्यूटर भारी घनगरज करती हुई बोली-"वक्त दस और ग्यारह के दरम्यान का रहा होगा। मैं यानी शहनाज बानो उस वक्त अपने बेडरूम में लेटी 'पाकीजा आँचल' नामक उर्दू रिसाला पढ़ रही थी। वह हॉलनुमा कमरा मेरे बेडरूम से बहुत नजदीक है, जिसमें मेरे शौहर उस्मान भाई बिजनेस से ताल्लुक रखने वाले लोगों से मुलाकात किया करते थे।

मैंने पाकीजा आँचल रिसाले में छपी एक स्टोरी के अभी चंद सफे ही पढ़े थे कि एकाएक मुझे अपने शौहर तथा बाबू श्रीवास्तव की जोर-जोर से बोलने की आवाज़ें आनी शुरू हो गईं।

मीलार्ड! बाबू श्रीवास्तव की आवाज़ मैं इसलिए बखूबी पहचानती हूँ, क्योंकि वो हमारा पिछले सात-आठ सालों से ड्राइवर है और इस बीच मैं उसके साथ सैकड़ों मर्तबा पिकनिक, शॉपिंग या लांग ड्राइव पर गई हूँ।

मैंने उन आवाज़ों को ध्यानपूर्वक सुना, तो मुझे मालूम हुआ कि बाबू श्रीवास्तव मेरे शौहर से अपने बेटे के एडमिशन के लिए 1 लाख रुपए माँग रहा है, जबकि वो रुपया देने से इन्कार कर रहे थे। इसलिए उन दोनों के बीच तीखी झड़प हो रही थी।

मीलार्ड! मैंने उस दिन से पहले कभी बाबू श्रीवास्तव को अपने शौहर से इतनी ऊँची आवाज़ में बातें करते नहीं सुना था। बात इतनी बढ़ी कि वो मार-पिटाई तक पहुँच गई।

मीलार्ड और हाजरीन लोगों! बिना शक इस वक्त आपके जेहन में यह बात घूम रही होगी कि जब मैंने मार-पिटाई की वह आवाज़ सुनी, तो मैं सुलह-सफाई के लिए हॉल कमरे में क्यों नहीं गई? इसकी भी एक बड़ी खास वजह है और वो खास वजह ये है कि मुझे मेरे शौहर की तरफ से यह खास हिदायत थी कि मैं दिन के वक्त कभी भी हॉल के कमरे में कदम न रखूँ।

बहरहाल मार-पिटाई की उन हौलनाक आवाज़ों के बाद एकाएक शांति छा गई और फिर मेरी एक कनीज ने आकर मुझे वो खौफनाक ख़बर सुनाई, जिसने मेरी सुबह के उजाले जैसी पाक और मदहोश जिंदगी में रात की काली स्याही पोत दी। मीलार्ड! उस ख़बर को सुनते ही मैं चीखती हुई हॉल के कमरे की तरफ भागी और वहाँ मैंने जो मंजर देखा, उसने मुझे दर्द से पागल कर दिया। मेरे शौहर की लाश फर्श पर पड़ी थी। उनका चेहरा खून से इतनी बुरी तरह लथपथ था कि कोई भी दहशत से चीख उठे। सिर्फ यही नहीं, हॉल के कमरे में मौजूद तिजोरी भी खुली थी और उसमें रखे पचास लाख रूपयों में से 1 लाख रुपए गायब थे। सिर्फ 1 लाख रुपए।

मीलार्ड! मेरे शौहर का कातिल हंड्रेड परसेंट बाबू श्रीवास्तव है। मेरी आपके और आपके कानून से गुजारिश है कि वो बाबू श्रीवास्तव को मौत की सजा सुनाए, क्योंकि इससे कमतर सजा मेरे दिल के जख्म को और गहरा करेगी। मुझे यकीन है कि फैसला न्याय के हक़ में होगा।

(हस्ताक्षर)

शहनाज बानो

बोलते-बोलते पब्लिक प्रॉसीक्यूटर रजनीबाला ने एकाएक कुछ क्षण के लिए चुप्पी साध ली और कोर्टरूम में मौजूद सभी लोगों पर नज़रें दौड़ाई।

सब यूं दम साधे बैठे थे, जैसे फिल्म चलने के दौरान सिनेमाहॉल में एकाएक सन्नाटा तारी हो जाता है।

गहरा सन्नाटा।

"मीलार्ड!" पब्लिक प्रॉसीक्यूटर ने ही उस सन्नाटे को भंग किया- "मिसेज शहनाज बानो का यह हस्तलिखित बयान एक कंप्लीट बयान है। मैं समझती हूँ कि इसमें ऐसा कुछ बाकी नहीं रह गया, जो मिसेज शहनाज बानो कोर्टरूम में ही उपस्थित होकर कह पातीं।"

"यह अदालत!" एकाएक न्यायाधीश महोदय ने अपना फैसला सुनाया-"लंच टाइम तक के लिए बर्खास्त की जाती है। लंच के बाद इस केस पर फिर बहस होगी।" कहने के साथ न्यायाधीश महोदय अपनी कुर्सी छोड़कर खड़े हो गए।

पूरे कोर्टरूम में वार्तालाप का एकाएक तेज शोर उमड़ने लगा।

सब बातें करने लगे।

❑❑❑

लंच के बाद अदालत फिर बैठी।

कोर्टरूम में पहले जैसी ही गहमा-गहमी और भीड़ थी।

जबरदस्त भीड़!

"मीलार्ड!" डिफेंस काउंसल सुरेंद्र भाई तोलानी ने भारी घनगरज करते हुए केस की शुरूआत की- "मैं सबसे पहले अदालत का ध्यान मोहतरमा शहनाज बानो के उस बयान की तरफ लाना चाहूँगा, जिससे यह कहीं भी साबित नहीं होता कि उस्मान भाई का खून मिस्टर बाबू श्रीवास्तव ने किया।"

"साबित होता है।"

पब्लिक प्रॉसीक्यूटर चिल्लाई।

"जस्ट ए मिनट प्रोसीक्यूटर साहिबा!" तोलानी अपना हाथ बढ़ाकर उसे बोलने से रोकता हुआ बोला- "पहले मुझे अपनी बात पूरी करने दीजिए, फिर आपको भी अपनी बात कहने की पूरी आज़ादी होगी।"

वह बात तोलानी ने कुछ इस ढंग से कही कि पूरे कोर्ट-रूम में हँसी का फव्वारा छूट गया।

सब हँसे।

"मीलार्ड!" तोलानी वापस न्यायाधीश महोदय से संबोधित होता हुआ बोला- "आप मोहतरमा शहनाज बानो के बयान को मद्देनजर रखते हुए बताइए कि क्या उन्होंने कहीं ये लिखा है कि मिस्टर बाबू श्रीवास्तव ने उनके शौहर उस्मान भाई का कत्ल उनके सामने किया? कहीं नहीं लिखा, क्योंकि उस वक्त तो वह अपने बेडरूम में 'पाकीज़ा आँचल' नाम का उर्दू रिसाला पढ़ने में मशगूल थीं। उन्होंने सिर्फ यह अंदाजा ही लगाया कि उनके शौहर का कत्ल बाबू श्रीवास्तव ने किया, जबकि यह ज़रूरी नहीं मीलार्ड! उस्मान भाई का कत्ल कोई दूसरा व्यक्ति भी कर सकता है, जो मिस्टर बाबू श्रीवास्तव के वहाँ से चले जाने के बाद आया हो।"

"नहीं कर सकता कोई दूसरा व्यक्ति उस्मान भाई का कत्ल।" पब्लिक प्रॉसीक्यूटर चिल्लाई- "और उसकी कई वजहें भी हैं।"

"क्या वजहें हैं?" तोलानी रजनीबाला की आँखों में झाँकता हुआ बोला।

उसकी आँखों में ब्लेड जैसा पैनापन था।

"एक्जीबिट वन- उस्मान भाई के मर्डर के बाद उनके हॉल कमरे की तिजोरी खुली पाई गई और उसमें से 1 लाख रुपए गायब थे। सिर्फ 1 लाख रुपए मीलार्ड! विशेष रूप से ध्यान दिया जाए कि मिस्टर बाबू श्रीवास्तव को भी 1 लाख रुपए की ही ज़रूरत थी। अगर यह करतूत श्रीवास्तव साहब के अलावा किसी दूसरे व्यक्ति की होती, तो वह तिजोरी में से सिर्फ 1 लाख रुपए न चुराता, बल्कि पूरी तिजोरी ही साफ कर देता।"

"संभव है।" तोलानी ने आशंका जाहिर की- "कि वास्तविक हत्यारे ने बाबू को प्राइम सस्पैक्ट बनाने के लिए तिजोरी से सिर्फ 1 लाख रुपए गायब किए हों, ताकि हत्या का सारा इल्जाम बाबू श्रीवास्तव पर ही आए।"

तोलानी ने नया धमाका किया।

"बिल्कुल हो सकता है ऐसा भी।" पब्लिक प्रॉसीक्यूटर बेखौफ बोली-"लेकिन एग्जीबिट टू के तहत मिस्टर बाबू श्रीवास्तव के घर से 1 लाख रुपए की 2 नई गड्डियाँ पुलिस को बरामद हुई। क्या डिफेंस काउंसल बताएँगे कि वो गड्डियाँ मुलजिम के पास कहाँ से आईं? और सिर्फ यही नहीं मीलार्ड, वह दोनों गड्डियाँ भी लंका मार्किट की उसी स्टेट बैंक ब्रांच द्वारा ही इश्यू की गई थी, जो उस्मान भाई की तिजोरी में मौजूद हैं। बताइए मिस्टर डिफेंस काउंसल, इतना बड़ा इत्तेफाक कैसे हुआ?"

तोलानी से पब्लिक प्रॉसीक्यूटर के उस सवाल का एकाएक कोई जवाब न दिया गया।

वो चुप रहा।

वो जवाब भी कैसे देता, उसे खुद मालूम न था कि बाबू श्रीवास्तव के पास वो 1 लाख रुपए कहाँ से आए?

"सिर्फ यही नहीं मीलार्ड!" पब्लिक प्रॉसीक्यूटर रजनीबाला उत्साहित होती हुई बोली- "एग्जीबिट थ्री के अंतर्गत तिजोरी के ऊपर जो फिंगरप्रिंट्स मिले, वो हुबहू मुलजिम के फिंगरप्रिंट्स से मैच करते हैं।"

"यह इत्तेफाक भी हो सकता है।" तोलानी बोला-"कि जब उस्मान भाई मुलजिम की पिटाई कर रहे थे, तो उसी दौरान मुजलिम का हाथ तिजोरी के ऊपर लग गया हो और वहाँ फिंगरप्रिंट्स छूट गए हों।"

"बहुत खूब!" प्रॉसीक्यूटर हँसी- "सारे इत्तेफाक उसी दिन होने थे, लेकिन डिफेंस काउंसल साहब, आपको यह मालूम होना बहुत ज़रूरी है कि जिस शख्स की यहाँ खड़े होकर हिमायत कर रहे हैं, वो एक आला दर्जे का अपराधी है और पूरी तरह क्रिमिनल माइंडेड है। यह बात एग्जीबिट फोर के अंतर्गत अड़तीस कैलीबर की एफ-14 मार्क उस जर्मन रिवॉल्वर से होती है, जो घटना-स्थल पर पड़ी पाई गई, लेकिन उस पर कोई फिंगरप्रिंट्स नहीं थे। इससे साबित होता है कि मुलजिम फिंगरप्रिंट्स की खासियत से वाकिफ था और उसने बड़ी सहूलियत से रिवॉल्वर पर मौजूद अपने फिंगरप्रिंट साफ कर दिए, अलबत्ता वो तिजोरी के ऊपर से फिंगरप्रिंट्स मिटाना भूल गया।"

"मीलार्ड!" तोलानी थोड़ा विचलित स्वर में बोला- "मैं अदालत का ध्यान एक महत्वपूर्ण बात की तरफ आकर्षित करना चाहूँगा।"

"बोलो।"

"दरअसल उस्मान भाई के जिस्म से जो दो गोलियाँ बरामद की गईं, वो एक ख़ास तरह की बुलेट्स थीं, जिन्हें हालो प्वाइंट बुलेट्स कहा जाता है। इन बुलेट्स की खासियत यह होती है कि इनके वैपन ऑफ डिस्चार्ज यानी किस रिवॉल्वर से यह गोलियाँ चलाई गईं, इस विषय में कोई बैलेस्टिक एक्सपर्ट नहीं बता सकता। यही बात उस्मान भाई की बैलेस्टिक रिपोर्ट में लिखी है कि हम यह बताने में असमर्थ हैं कि यह गोलियाँ किस रिवॉल्वर से चलाई गईं। इसलिए मीलार्ड! अभी तो यही बात दावे से नहीं कही जा सकती कि उस्मान भाई की हत्या उन्हीं की रिवॉल्वर से हुई या फिर किसी दूसरी रिवॉल्वर से।"

"हत्या उस्मान भाई की एफ-14 जर्मन मेड रिवॉल्वर से ही हुई।"

"कैसे मालूम?"

"क्योंकि उस्मान भाई की एफ-14 जर्मन मेड रिवॉल्वर में भी हॉलो प्वाइंट बुलेट्स पड़ी थीं और उसके चैंबर में दो बुलेट्स कम थीं, मीलार्ड!" पब्लिक प्रॉसीक्यूटर उत्तेजित होकर बोली- "इसके अलावा मैं एग्जीबिट फाइव के अंतर्गत अदालत के सामने एक ऐसी चीज पेश करने जा रही हूँ, जिसके बाद यह लगभग पूरी तरह स्थापित ही हो जाएगा कि उस्मान भाई की हत्या बाबू श्रीवास्तव ने ही की।"

कोर्टरूम में सन्नाटा छाया रहा।

गहरा सन्नाटा!

जबकि रजनीबाला ने कागजों का एक छोटा-सा पुलंदा उठाकर न्यायाधीश महोदय के सामने रखा था।

"मीलार्ड!" रजनीबाला, न्यायाधीश महोदय से संबोधित होकर बोली-"यह कागजों का छोटा-सा पुलंदा कोई मामूली पुलंदा नहीं, बल्कि मुलजिम के जुनून की इंतहा है। यह वो खत है मीलार्ड, जो मुलजिम ने अपने बेटे अखिल के नाम लिखे तो, लेकिन कभी उन्हें अखिल को दिया नहीं। इंस्पेक्टर तिवारी ने कल ही ये खत एक पुलिस रेड के दौरान मुलजिम के घर से बरामद किए। मीलार्ड! यह तमाम खत भावनाओं का जबरदस्त प्रवाह है। जिनसे यह साबित होता है कि मुलजिम अपने बेटे अखिल उर्फ बिच्छू को जुनून की हद तक वकील बनाने का तलबगार था। मुलजिम ने लगभग हर खत में ये बात कही कि वो बिच्छू को वकील बनाना चाहता है। एक खत तो मुलजिम ने बेहद अजीबो-गरीब लिखा है।" रजनीबाला धाराप्रवाह बोलती चली गई- "मुलजिम लिखता है मीलार्ड कि अगर कभी उसे अपने बेटे को वकील बनाने के लिए किसी का कत्ल करना पड़ जाए, तो ऐसी परिस्थिति में वो क्या करेगा?" फिर मुलजिम ने कुछ रुककर आगे लिखा है कि वो बेहिचक कत्ल कर देगा।"

पब्लिक प्रॉसीक्यूटर रजनीबाला ने एक उपेक्षित-सी दृष्टि तोलानी पर डाली तथा फिर विजयी मुद्रा में बोली- "मीलार्ड! और मुलजिम ने अपने खतों में जो लिखा था, उसे सच करके दिखा दिया। अपने बेटे अखिल उर्फ बिच्छू को वकील बनाने के लिए उस्मान भाई की हत्या कर दी। मेरी अदालत से दरख्वास्त है कि इन सभी खतों का गहराई से अध्ययन किया जाए, क्योंकि बेपनाह जुनून में लिखे गए इन खतों से यह बात साफ़ साबित होती है कि मुलजिम अपने बेटे को वकील बनाने के लिए किसी भी हद तक जा सकता है।"

न्यायाधीश महोदय ने गौर से उन सभी लेटर्स पर नज़र डाली।

ध्यान से देखा।

फिर उन्होंने केस की दो दिन बाद की तारीख मुकर्रर करके अदालत बर्खास्त कर दी।

❑❑❑

"केस हमारे हाथ से निकलता जा रहा है।" सुरेंद्र भाई तोलानी स्विफ्ट डिजायर ड्राइव करते हुए झुंझलाकर बोला। वो आभा देवी और अखिल श्रीवास्तव के साथ कोर्ट से वापिस लौट रहा था- "सरकारी वकील के पास बाबू श्रीवास्तव के खिलाफ बहुत मजबूत-मजबूत सबूत हैं।"

"अब क्या होगा?" अखिल श्रीवास्तव ने आतंकित स्वर में पूछा।

"पहले यह बताओ साईं!" तोलानी दाँत पीसकर बोला- "कि वो तमाम लेटर उस मुस्टंडे इंस्पेक्टर तिवारी के हाथ कैसे लग गए?"

"वो कल आया था।" आभा देवी आहत स्वर में बोलीं- "उस वक्त मैं अकेली थी। कहने लगा कि उसे बाबू श्रीवास्तव के रूम की तलाशी लेनी है।"

"और आपने!" तोलानी गुर्राया- "उसे चुपचाप तलाशी लेने दी?"

"और क्या करती मैं?"

आभा देवी ने गहरी साँस ली।

"आपने उससे तलाशी का सर्च वारंट माँगना चाहिए था। जो उसके पास हरगिज न निकलता और इत्तेफाकन अगर वो आपको तलाशी का सर्च-वारंट दिखा देता, तो आपको उससे यह कहना चाहिए था कि मैं पहले अपने वकील को बुला लूँ, फिर तलाशी दूँगी। उसके बाद मैं देखता कि वो साला, कमीना तिवारी कैसे वो तमाम लैटर्स ले जाता। अब तो वो दिखा गया होशियारी। कर गया कबाड़ा।"

आभा देवी ने आहत भाव से अपनी गर्दन नीचे झुका ली।

"अखिल साईं!" तोलानी खिन्न स्वर में बोला- "यह ठीक नहीं हुआ। बहुत बुरा हुआ यह। तुम देखना वो लेटर हमारी दुक्की पीट देंगे।"

"अब क्या होगा?"

अखिल विचलित स्वर में बोला।

"सबसे बड़ी आफत तो ये है।" तोलानी ने कहा- "कि हमें श्रीवास्तव साहब की तरफ से कोई मदद नहीं मिल रही, अगर यह भी मालूम हो जाए कि उनके पास वो 1 लाख रुपए कहाँ से आए, तो शायद तब भी कोई बात बन जाए।"

"मुझे तो नहीं लगता कि वो इस बाबत कुछ बताएँगे।"

"फिर तो समझो जहाज डूब गया साईं! फिर तो हमने यह केस हारना ही हारना है। जीत के कोई लक्षण नहीं।"

"सुनो!" एकाएक आभा देवी बोलीं- "एक बार मैं कोशिश करके देखूंगी। शायद वो मुझे बता दें।"

"गुड!" तोलानी की आँखों में उम्मीद की तेज चमक नमूदार हुई- "यह अच्छा रहेगा।"

तभी कार एक झटके से बाबू श्रीवास्तव के घर के बाहर रुकी।

"वकील साहब!" अखिल झिझकते हुए बोला- "अगर इजाजत हो, तो मैं एक सवाल पूछूँ?"

"पूछो।"

"कल सारी रात आप कहाँ गायब रहे थे?" अखिल ने पूछा।

अखिल के सवाल पर मुस्कुराया तोलानी- "मैं मरहूम उस्मान भाई के गुंडों से बचने के लिए अपने एक दोस्त के हाइडोन में जाकर छुप गया था।"

"ओह! और आज कहाँ रहोगे?"

"आज भी उसी हाइडोन में रहूँगा। बहुत सेफ जगह है साईं! चिड़िया का बच्चा भी वहाँ पर नहीं मार सकता। लेकिन निश्चिंत रहो, केस की तारीख वाले दिन मैं सीधा कोर्ट पहुँच जाऊँगा।"

"सचमुच!" अखिल भावुक हो उठा- "सचमुच आप हमारे लिए बहुत खतरा उठा रहे हैं वकील साहब!"

"अरे नहीं!" तोलानी प्यार से बोला- "यह तो मेरा पेशा है साईं! ऐसे गुंडे-बदमाशों से तो रोज आँख-मिचौली खेलनी होती है। और हाँ सुनो, अगर तारीख वाले दिन से पहले कोई ख़ास बात पता चले, तो मुझे इस फोन नंबर पर सूचित करना।" सुरेंद्र भाई तोलानी ने अपना एक नंबर लिखकर अखिल को दे दिया।

फिर वह स्विफ्ट डिजायर सड़क पर पानी के धारे की तरह दौड़ती चली गई।

जबकि अखिल, तोलानी के बारे में सोच रहा था कि सचमुच कभी-कभी कैसे देवपुरुष इस दुनिया में जन्म ले लेते हैं, पराई आग में कूदने से जरा भी नहीं झिझकते।

जरा भी नहीं डरते।

❑❑❑

बाबू श्रीवास्तव 'सेल' में अपने सामने खड़ी आभा को देखकर बुरी तरह चौंका।

"ब...बिच्छू!" वह किसी विषधर की तरह फुंफकारा- "मैंने तुमसे मना किया था न कि अपनी मम्मी को लेकर यहाँ मत आना।"

"इससे कुछ मत कहो।" उनसे कहीं ज़्यादा तेज स्वर में फुंफकारीं आभा देवी- "मैं अपनी मर्जी से आई हूँ यहाँ। वैसे भी मैं माँ हूँ इसकी, माँ! अभी यह मेरे से इतना बड़ा नहीं हो गया कि मुझे कहीं भी आने-जाने से रोक सके।"

"लेकिन...।"

"कुछ मत बोलिए।" हाथ उठाकर अर्द्धविक्षिप्तों की तरह कहा आभा देवी ने- "मैं आज यहाँ आपसे कुछ कहने आयी हूँ, पहले उसे सुन लीजिए। मैं जानती हूँ कि आप अपना कत्ल कर देने पर तुले हैं। बेगुनाह फाँसी चढ़ जाना चाहते हैं।"

"यह... यह बात नहीं आभा!" तड़प उठा बाबू!

छटपटा उठा।

"यही बात है।" सख्ती से बोलीं आभा देवी- "अगर यह बात न होती, तो आप अब तक यह राज़ अदालत के सामने खोल चुके होते कि वह 1 लाख रुपए आपके पास कहाँ से आए।"

"त...तुम मेरी मजबूरी नहीं समझ सकतीं आभा!" बाबू ने कहा।

"मैं सिर्फ इतना जानती हूँ।" आभा देवी बोलीं- "कि कोई भी मजबूरी इतनी मजबूर नहीं हो सकती, जितनी इस वक्त आपकी जिंदगी साँसों की मजबूर है। आप अपनी हत्या कर रहे हैं, कोई बात नहीं, अपनी जान पर पूरा हक़ है आपको। ल... लेकिन एक बात बताइए।" गला रुंध गया आभा देवी का- "मेरे सुहाग की हत्या किस अधिकार से कर रहे हैं आप? किस अधिकार से आप मेरे माथे का सिंदूर और बिंदिया पोंछ देना चाहते हैं? मुझे इस सुर्ख साड़ी की जगह सफेद कफन ओढ़ाने का अधिकार किसने दिया है आपको?"

"अ....आभा !"

बाबू चिल्लाया।

"बोलिए मत आप... बोलिए मत।" आभा देवी की आँखों में आँसुओं की जगह अंगारे धधक रहे थे- "जरा देखिए अपने इस बिच्छू की तरफ, जिसे बचपन से ही वकील बनाने का ख्वाब देखा है आपने, और इस बिच्छू ने, इस पागल बिच्छू ने सदा आपके ख्वाब को साकार रूप देने के लिए बेपनाह मेहनत की है। आप वह दिन भूले नहीं होंगे, जब हमारे घर बिजली नहीं थी। तब भी यह बिच्छू रात को फुटपाथ पर रोड लैंप की रोशनी में पढ़-पढ़कर परीक्षाएँ दिया करता था और हमेशा अपनी क्लास टॉप करता था। आज उसी बिच्छू का भविष्य चीथड़े-चीथड़े होकर हवा में उड़ गया है। बताइए, खुद को फाँसी चढ़ाकर इसके भविष्य को मटियामेट करने का अधिकार किसने दिया है आपको? क्यों आप इसकी आँखों से वह सपना छीन लेना चाहते हैं, जिसे खुद आपने इसे देखना सिखाया है?"

"अ....आभा !" लोहे की सलाखें पकड़कर रो पड़ा बाबू- "तुम शायद यह बात सुन नहीं सकोगी कि मैंने वो 1 लाख कहाँ से हासिल किए?"

"हर औरत बड़ी-से-बड़ी बात सुन सकती है।" आभा देवी ने दृढ़तापूर्वक कहा- "सिर्फ इन शब्दों को छोड़कर कि उसका सुहाग उजड़ गया।"

"ठीक है।" बाबू श्रीवास्तव के उत्तेजनावश मसल्स फूलने-पिचकने लगे थे- "ठीक है आभा, अगर तुम सुनना ही चाहती हो, तो सुनो।" बाबू ने आभा देवी और अखिल की तरफ पीठ कर ली- "वह रुपए हमने एक डॉक्टर से लिए थे। मद्रासी डॉक्टर लिंगनाथन से। क्योंकि... क्योंकि हम अपना खून बेचते थे आभा! कई सालों तक अपना खून बेच-बेचकर हमने वह रकम डॉक्टर लिंगनाथन के पास इसलिए इकट्ठी की थी, ताकि कभी इमरजेंसी पड़ने पर वो हमारे बिच्छू की पढ़ाई के काम आ जाए। ल... लेकिन हम नहीं जानते थे कि हमारा वो पैसा हमारे लिए ही श्राप बन जाएगा। निर्दोष होते हुए भी हत्यारे करार दे दिए जाएँगे हम।" कहने के साथ ही बाबू श्रीवास्तव फूट-फूटकर रोने लगा।

जबकि आभा देवी और अखिल, वह दोनों भौंचक्के रह गए थे।

आश्चर्यचकित!

और अखिल, वह तो किसी मछली की तरह तड़प रहा था अंदर-ही-अंदर।

यह सोच-सोचकर उस पर अंगारों की बारिश हो रही थी कि उसके डैडी उसके लिए खून बेचते थे, अपने जिस्म का खून।

❑❑❑

दो दिन बाद अदालत में फिर उस केस पर बहस हुई।

जबरदस्त बहस!

"मीलार्ड! पब्लिक प्रॉसीक्यूटर रजनीबाला पहले की भांति उत्साहित स्वर में बोली- "मैं समझती हूँ कि केस पर काफी चर्चा हो चुकी है और इससे ज़्यादा बहस करना अदालत का कीमती समय नष्ट करना ही होगा। इसलिए आप फैसला सुनाकर अदालत का बहुमूल्य समय नष्ट होने से बचाएँ।"

न्यायाधीश महोदय ने सुरेंद्र भाई तोलानी की तरफ देखा- "तुम्हें कुछ कहना है मिस्टर डिफेंस काउंसल?"

"ऑफकोर्स!" तोलानी मुस्कुराता हुआ कुर्सी छोड़कर खड़ा हो गया- "प्रॉसीक्यूशन के बाद मैं अब अदालत में एक गवाह पेश करना चाहता हूँ, जिसकी विटनेस के बाद यह बात पूरी तरह साबित हो जाएगी कि बाबू श्रीवास्तव बेगुनाह हैं।"

"ऑब्जेक्शन मीलार्ड!" प्रॉसीक्यूटर चीखी- "मैं पहले ही कह चुकी हूँ कि अब इस केस पर और ज़्यादा बहस करना अदालत का कीमती समय नष्ट करना होगा।"

"लेकिन यह एक जिंदगी और मौत का सवाल है प्रॉसीक्यूटर साहिबा!" तोलानी भी बुलंद आवाज़ में चिल्लाया- "एक जिंदगी, जो अदालत के किसी भी समय से कहीं ज़्यादा बहुमूल्य है।"

"ऑब्जेक्शन ओवररुल्ड!" न्यायाधीश महोदय अपनी भारी-भरकम आवाज़ में बोले- "डिफेंस काउंसल मिस्टर तोलानी को अपना गवाह पेश करने की इजाजत है।"

"थैंक्यू मीलार्ड! आई एम वैरी ओब्लाइज्ड टू यू।" तोलानी अपना सिर नवाकर बोला।

जबकि पब्लिक प्रॉसीक्यूटर रजनीबाला के शरीर में एक बार फिर चिंगारियाँ-सी सुलग उठी थीं।

मद्रासी डॉक्टर लिंगनाथन एक लगभग चालीस साल का, भारी-भरकम शरीर वाला तंदुरुस्त इंसान था। उसके शरीर का रंग यूं तो एकदम काला था। नाक-नक्श भौंडे थे, लेकिन फिर भी उसके चेहरे पर रौनक नजर आती थी।

डॉक्टर लिंगनाथन हमेशा आँखों पर आईसाइट का ऐनक लगाए रहता था, जिसकी दोनों कमानियाँ एक खूबसूरत चेन में फँसी थीं और वो चेन लिंगनाथन के गले में पड़ी रहती थी।

सुरेंद्र भाई तोलानी बड़े नाटकीय अंदाज में टहलता हुआ डॉक्टर लिंगनाथन के नजदीक पहुँचा।

"महाशय!" तोलानी ने कहा- "मैं सबसे पहले आपका शुभ नाम आपसे पूछना चाहूँगा।"

"मुझे डॉक्टर लिंगनाथन कहते हैं।" वो काला आदमी थोड़ा संभलकर हिंदी बोलता हुआ बोला, लेकिन फिर भी उसकी हिंदी में मद्रासी जबान का पुट स्पष्ट नजर आ रहा था।

"डॉक्टर लिंगनाथन!" तोलानी ने उसका नाम दोहराया- "यानी पेशे से डॉक्टर हैं आप?"

"जी हाँ। मैं बनारस के सर सुंदरलाल हॉस्पिटल में पैथोलॉजी विभाग में हूँ।"

"पैथोलॉजी विभाग यानी....।"

"वह विभाग जहाँ मल, मूत्र और खून इत्यादि टेस्ट होते हैं।"

"यानी पैथोलॉजिस्ट हैं आप।"

तोलानी एक-एक बात को खूब डिटेल में कहता हुआ बोला।

"जी हाँ।"

"आप अपने सामने विटनेस बॉक्स में खड़े इस शख्स को देख रहे हैं?" तोलानी ने बाबू की तरफ उँगली उठाई- "क्या आप पहचानते हैं उन्हें?"

"अन्ना, उस आदमी को तो मैं पिछले कई सालों से जानता हूँ। बाबू श्रीवास्तव नाम है उसका।"

"बाबू श्रीवास्तव को कैसे जानते हैं आप?" तोलानी ने अगला सवाल किया।

"यह आदमी हमारे हॉस्पिटल के ब्लड बैंक में अक्सर अपना खून बेचने आता था। इसका खून चूंकि मैं ही निकालता था, इसलिए मेरी इससे जान-पहचान हो गई। अन्ना बाद में मेरे को मालूम हुआ कि यह आदमी अपने बेटे की पढ़ाई के वास्ते खून बेचता है। दिस इज वैरी गुड मैन स्वामी! वैरी नाइस मैन। बाद में उसने एक काम और किया।"

"क्या?"

तोलानी की नजरें उठीं।

"इसे अपना ब्लड बेचने के बाद जो पेमेन्ट मिलती थी, यह वो पेमेन्ट मेरे पास जमा करने लगा। बोला, डॉक्टर यह पेमेन्ट कभी इमरजेंसी में मेरे काम आ जाएगी।"

"फिर इन्होंने कभी आपसे वो पैमेन्ट ली?" तोलानी ने पूछा।

"हाँ, ली। यह नाइसमैन चौबीस जून को खून से बुरी तरह लथपथ हालत में मेरे पास आया अन्ना! मैंने सबसे पहले इसकी फर्स्ट-एड की। फिर इसने मुझसे वन लेख (1 लाख) रुपीज माँगे।"

"जो आपने इन्हें दिए?"

"बिल्कुल दे दिए। आखिर वो मेरे पास इस नाइसमैन की अमानत थे।"

"जो वन लेख रुपीज आपने बाबू श्रीवास्तव को दिए।" तोलानी ने पूछा-"वो कैसे थे? सौ-सौ के नोटों की शक्ल में थे, पाँच-पाँच सौ के नोटों की शक्ल में थे या फिर...?"

"वो पाँच-पाँच सौ के नोटों की दो न्यू गड्डियाँ थीं अन्ना!" डॉक्टर लिंगनाथन, तोलानी की बात काटकर बोला- "वो गड्डियाँ मैंने कुछ दिन पहले स्टेट बैंक की लंका मार्किट ब्रांच से निकलवाई थीं और उस वक्त इत्तेफाक से वो मेरे ब्रीफकेस में पड़ी थीं।"

"यानी आपका स्टेट बैंक की लंका मार्किट ब्रांच में एकाउंट भी है।"

"जी हाँ।" लिंगनाथन बेहिचक बोला।

सुरेंद्र भाई तोलानी एकाएक न्यायाधीश महोदय की तरफ मुड़कर बुरी तरह चीखता हुआ बोला- "आपने प्वाइंट नोट किया मीलार्ड! डॉक्टर लिंगनाथन का भी स्टेट बैंक की लंका मार्किट ब्रांच में एकाउंट है और बाबू श्रीवास्तव को 1 लाख रुपए की वह दो नई गड्डियाँ चौबीस जून को डॉक्टर लिंगनाथन ने ही दी थीं। बाबू श्रीवास्तव ने वह गड्डियाँ उस्मान भाई की तिजोरी से नहीं चुराई मीलार्ड! डॉक्टर लिंगनाथन के बयान के बाद अब यह बात पूरी तरह साबित हो जाती है कि बाबू श्रीवास्तव बेकसूर हैं, निर्दोष हैं। उन्होंने उस्मान भाई का खून नहीं किया, बल्कि किसी दूसरे चालाक हत्यारे ने बाबू श्रीवास्तव को फँसाने की कोशिश की है।"

पूरी कोर्ट में एकाएक शोर-शराबा मचना शुरू हो गया।

तेज शोर-शराबा!

डॉक्टर लिंगनाथन के उस बयान ने एक झटके में केस के रुख को ही बदल दिया था।

और पब्लिक प्रॉसीक्यूटर रजनीबाला, उसके चेहरे का रंग तो अब पीला पड़ता नजर आ रहा था।

"क्या आप बता सकते हैं?" पब्लिक प्रॉसीक्यूटर रजनीबाला ने एकाएक पूछा- "कि वह गड्डियाँ आपने कितने दिन पहले स्टेट बैंक की लंका मार्किट ब्रांच से निकलवाई थीं?"

"यह तो मुझे याद नहीं।"

बस पब्लिक प्रॉसीक्यूटर रजनीबाला एकदम शेर बन गई।

"मीलार्ड!" रजनीबाला धनगरज करते हुए बोली, "इन्हें यही नहीं मालूम है कि 1 लाख रुपए की वह रकम इन्होंने कब अपने बैंक से निकाली? 1 लाख की रकम कोई छोटी नहीं होती मीलार्ड! इसी से साबित होता है कि यह सब बाबू श्रीवास्तव को बचाने के लिए रचा गया षड्यंत्र है। जाल है। सच यह है कि बाबू श्रीवास्तव ने ही उस्मान भाई का मर्डर किया है।"

पूरी कोर्ट में फिर शोर-शराबा मचना शुरू हो गया।

तेज शोर-शराबा!

केस ने फिर नया टर्न ले लिया था।

"ऑर्डर-ऑर्डर!" न्यायाधीश महोदय ने कई मर्तबा मेज पर हथौड़ी बजाकर अदालत में खामोशी पुर्नस्थापित की।

❑❑❑

"मीलार्ड!" कुछ सोचकर पब्लिक प्रॉसीक्यूटर एक बार फिर पूरे उत्साह में न्यायाधीश महोदय की तरफ घूमी- "डॉक्टर लिंगनाथन से मैं कुछ सवाल और पूछने की भी इजाजत चाहूँगी।"

"इजाजत है।"

प्रॉसीक्यूटर रजनीबाला विटनेस बॉक्स के नजदीक पहुँची और डॉक्टर लिंगनाथन की आँखों में झाँकते हुए पूरे जोश में बोली- "मिस्टर लिंगनाथन, आपने अपने बयान के दौरान मुलजिम बाबू श्रीवास्तव को कई मर्तबा 'नाइसमैन' कहक़र संबोधित किया है। क्या मैं पूछ सकती हूँ कि ऐसा क्यों?"

"क्योंकि वो है ही नाइसमैन।" डॉक्टर लिंगनाथन का शांत स्वर।

हालाँकि अब वह कुछ घबराया हुआ भी नज़र आने लगा था।

"यानी आप मुलजिम को एक अच्छा इंसान मानते हैं?"

"बिल्कुल मानता हूँ। जो मैन अपने बेटे की एजुकेशन के वास्ते अपना ब्लड तक बेच सकता है, वो नाइसमैन नहीं होगा तो क्या होगा?"

"मुलजिम ने जब हॉस्पिटल में ब्लड बेचने जाना शुरू किया, क्या आप मुलजिम को उससे पहले से जानते थे?"

"नहीं, हॉस्पिटल में ही हमारी जान-पहचान हुई।"

"और वो कारोबारी जान-पहचान!" पब्लिक प्रॉसीक्यूटर चिल्लाती हुई बोली- "इतनी जल्दी आत्मिक रिश्तों में बदल गई कि मुलजिम अपना खून बेच-बेचकर आपके पास रकम इकट्ठी करने लगा?"

"यह कोई बड़ी बात नहीं अन्ना।" डॉक्टर लिंगनाथन भी चिल्लाते हुए बोले- "इंसान अपनी लाइफ में कब किससे इंप्रेस हो जाए, कुछ पता नहीं चलता।"

"यानी आप दोनों एक-दूसरे से प्रभावित थे?" रजनीबाला पुनः बोली।

"बिल्कुल।"

"एक और प्वाइंट नोट किया जाए मीलार्ड!" रजनीबाला हलक फाड़कर चीखती हुई ही न्यायाधीश महोदय की तरफ मुड़ी- "डॉक्टर लिंगनाथन कह रहे हैं कि वो मुलजिम के जीवन-दर्शन से प्रभावित रहे हैं। सिर्फ यही नहीं मीलार्ड!

डॉक्टर लिंगनाथन मुलजिम से इतने इंप्रेस हैं कि वो मुलजिम पर हत्या जैसा जघन्य अपराध लगने के बावजूद उसे अदालत में भी बार-बार 'नाइसमैन' कहने से नहीं चूक रहे।"

"इन सब बातों से तुम क्या सिद्ध करना चाहती हो?" न्यायाधीश महोदय ने उत्सुकतावश पूछा।

"मैं यह सिद्ध करना चाहती हूँ मीलार्ड!" पब्लिक प्रॉसीक्यूटर पहले की तरह ही गरजते हुए बोली- "कि जो व्यक्ति मुलजिम से इस कदर प्रभावित हो, इंप्रेस हो, उसका बयान निष्पक्ष कैसे हो सकता है? इसीलिए डॉक्टर लिंगनाथन अपने हरदिल अजीज मुलजिम की जान बचाने के लिए अदालत में खड़े होकर यह झूठा बयान दे रहे हैं कि वह 1 लाख रुपए उन्होंने मुलजिम को दिए। जबकि इन्हें यह याद भी नहीं है कि वह 1 लाख रुपए इन्होंने कब अपने बैंक की ब्रांच से निकलवाए। सच तो यह है कि वह 1 लाख रुपए उस्मान भाई की तिजोरी से ही चुराए गए थे। बाबू श्रीवास्तव ने ही उस्मान भाई का मर्डर किया है। यही आदमी कातिल है। खूनी है। इसे सख्त-से-सख्त सज़ा मिलनी चाहिए मीलार्ड! इसे फाँसी की सज़ा मिलनी चाहिए।"

पब्लिक प्रॉसीक्यूटर के इन शब्दों ने अदालत में हंगामा कर दिया।

तेज हंगामा!

"ऑर्डर-ऑर्डर!" न्यायाधीश महोदय ने पुनः मेज पर हथौड़ी पीटी।

बार-बार पीटी।

"मीलार्ड!" अदालत के हंगामें के बीच ही तोलानी चीखता हुआ बोला-"मेरी आलिम-फाजिल दोस्त एक ऐसे व्यक्ति के चरित्र पर कीचड़ उछाल रही हैं, जो न सिर्फ एक डॉक्टर है, बल्कि समाज में भी उसकी नेकनामी के चर्चे चारों तरफ हैं।"

"मैं कीचड़ नहीं उछाल रही मिस्टर डिफेंस काउंसल!" रजनीबाला कर्कश स्वर में बोली- "बल्कि मैं सच बयान कर रही हूँ। सिर्फ सच। अगर यह सच नहीं है, तो आप इसे गलत साबित करके दिखाएँ? झूठ साबित करके दिखाएँ?"

तोलानी के मुँह पर ताला झूल गया।

उसके पास कोई जवाब न था।

❑❑❑

उस दिन लंच के बाद न्यायाधीश महोदय ने अपना फैसला सुनाया।

"डॉक्टर लिंगनाथन के बयान ने इस केस में परिवर्तन लाने की कोशिश की थी।" न्यायाधीश महोदय अपनी भारी-भरकम आवाज़ में बोले- "लेकिन वो

अदालत के समक्ष कोई ऐसा सबूत पेश न कर सके, जिससे यह साबित होता कि उन्होंने वाकई चौबीस जून को 1 लाख रुपए मिस्टर बाबू श्रीवास्तव को दिए थे। लिहाजा प्रॉसीक्यूशन द्वारा बाबू श्रीवास्तव पर लगाए गए सभी आरोप साबित होते हैं और यह अदालत मुजरिम बाबू श्रीवास्तव को उस्मान भाई की हत्या करने के अपराध में फाँसी की सजा सुनाती है।" कहने के साथ न्यायाधीश ने अपनी कलम तोड़ दी और वह कुर्सी छोड़कर उठ खड़े हुए।

"नहीं जज साहब, नहीं!" आभा देवी अर्द्धविक्षिप्तों की भांति चिल्लाती हुई न्यायाधीश महोदय की तरफ दौड़ीं- "इन्हें फाँसी की सजा मत दीजिए जज साहब! यह बेकसूर हैं। बेगुनाह हैं।"

"माँ!" अदालत में ही बिलख-बिलख कर रो पड़ा अखिल भी, वह आभा देवी को संभालने के लिए उनके पीछे-पीछे दौड़ा- "नहीं माँ, मत रोओ इनके सामने। यह पत्थर के इंसान हैं। पैसे को पूजते हैं यह सब। इनके कानों तक आपकी फरियाद नहीं पहुँच पाएगी।"

"ब...बिच्छू बेटा!" आभा देवी अखिल के सीने से लगकर फूट-फूटकर रो पड़ी।

बिलख-बिलख कर रो पड़ी।

जबकि बाबू श्रीवास्तव, उसने अपने हलक से निकलने वाली चीखों को रोकने के लिए अपने होंठ दाँतों से चबा डाले थे।

बाबू सुबकते हुए विटनेस बॉक्स में नीचे बैठता चला गया।

उसे गश आ गया था।

❑❑❑

वह रात आभा देवी और अखिल श्रीवास्तव के लिए कयामत की रात थी।

तबाही की रात।

वह पूरी रात उनकी जागते हुए और फूट-फूटकर रोते हुए गुजरी।

आँसुओं का सैलाब जैसे हर बाँध को तोड़ने को आतुर था।

यही बहुत बड़ा शुक्र था कि उस रात अखिल श्रीवास्तव पर वो खौफनाक दौरा न पड़ गया, जो ऐसे आलम में उसे हिंसक बना देता था और शायद खुद पर दौरा पड़ने से वो इसलिए रोक सका, क्योंकि अब अपनी माँ का ख़्याल रखना था उसे।

आभा देवी, जो बार-बार दीवारों से अपना सिर टकराने लगती थीं।

और तब अखिल रुंधे स्वर में अपनी माँ से एक ही बात कहता- "घबराओ मत माँ, मैं डैडी को फाँसी नहीं होने दूँगा। मैं बचाऊँगा उन्हें माँ! मैं हाईकोर्ट में याचिका दायर करूँगा।"

और अखिल श्रीवास्तव ने सचमुच हाईकोर्ट में याचिका दायर की।

लेकिन कुछ ही दिन में वो याचिका भी थोड़ी-बहुत सुनवाई के बाद खारिज कर दी गई।

फिर पंद्रह अप्रैल का वो मनहूस दिन भी आया, जिस दिन बाबू श्रीवास्तव को बेगुनाह फाँसी पर लटका दिया गया।

मार डाला गया उन्हें।

अपने डैडी की चिता को मुखाग्नि देते समय चीख-चीखकर रो पड़ा अखिल।

बाबू श्रीवास्तव, वो निर्दोष आदमी अब राख में बदल चुका था।

❑❑❑

"अ...अखिल !" चीख निकल गई रश्मि के मुख से- "त... तुम इतनी रात गए अखिल?"

"हाँ।" आँसू झिलमिला रहे थे अखिल की आँखों में, होठों से लफ्ज निकलते हुए काँप रहे थे- "हाँ, मैं इतनी रात गए तुम्हारे पास आया हूँ रश्मि! अपना स... सब कुछ लुटाकर। र...रश्मि, अपने डैडी की अस्थियों को हमेशा के लिए सागर में बहा आया हूँ मैं।"

"अ...अखिल!" कलेजा चाक-चाक होता चला गया रश्मि का भी, उसकी आँखों में भी आँसू झिलमिला उठे- "स...सब्र से काम लो अखिल !"

"सब्र!" विक्षिप्तों की तरह हँसा अखिल- "हाँ, सब्र त.....तुम उस इंसान के लिए सब्र करने को कह रही हो, जो बेगुनाह फाँसी चढ़ गया। दूर चला गया हमेशा-हमेशा के लिए इस नामुराद दुनिया से।"

"मैं तुम्हारे दिल की हालत समझ रही हूँ अखिल!" कराहक़र बोली रश्मि-"मैं जानती हूँ कि इस वक्त कैसा पहाड़ टूट रहा है तुम पर।"

रश्मि, अखिल को संभालकर अपने बेडरूम में ले गई।

फिर उसने ब्रांडी का एक पटियाला पैग बनाकर अखिल को दिया- "लो अखिल! पी लो इसे। तुम्हारा दिल थोड़ा संभलेगा।"

अखिल एक ही घूँट में पूरा पैग पी गया।

उसने साँस तक नहीं ली।

उसकी आँखें सुलग रही थीं।

❑❑❑

अखिल श्रीवास्तव उर्फ बिच्छू जिस तूफान को पिछले कई रोज से अपने अंदर रोके हुए था, वह आया और बड़ी तेज गति से आया।

अखिल अपने घर गया और जब वहाँ उसने पहली बार अपनी माँ को विधवा के सफेद लिबास में देखा, तो वही दौरा पड़ गया उसे।

हिंसक बन गया वो।

दरिंदा।

अलबत्ता उस दौरान उसने चीख-पुकार की ऐसी कोई हरकत न की, जिससे आभा देवी को पता चले कि उसे दौरा पड़ रहा है।

खतरनाक किस्म का दौरा पड़ रहा है।

वह गीली लकड़ियों की तरह अकेला जलता रहा, रोता रहा।

❑❑❑

बनारस की वह शाम भी खून से लबरेज थी।

इस समय अखिल सारनाथ स्तूप के पास था। वो सारनाथ स्तूप, जिसे सम्राट अशोक ने भगवान बुद्ध की याद में बनवाया था। वही वो जगह थी, जहाँ भगवान बुद्ध ने सबसे पहले शांति का उपदेश दिया था।

अखिल श्रीवास्तव इस समय शांति के उपासक भगवान बुद्ध की शरण में ही था, लेकिन बहुत गुस्से में था।

उसकी आँखों में मौजूद खून इस बात का गवाह था कि अखिल श्रीवास्तव अभी भी अपने डैडी की मौत को भुला नहीं पाया है।

वह जख्म उसके अंदर मौजूद है।

रश्मि भी उस वक्त अखिल के साथ-साथ ही चल रही थी।

स्तूप में काफी ऊँचाई पर जाकर रुक गया अखिल!

फिर रश्मि की तरफ देखता हुआ भन्नाए स्वर में बोला- "बताओ रश्मि! मुझे क्यों लेकर आई हो यहाँ?"

"अखिल!" रश्मि उसके चेहरे पर मौजूद मनोभावों को देखकर सहमती हुई बोली- "मैं तुम्हें एक बात बताने के लिए लेकर आई हूँ, लेकिन...।"

"लेकिन क्या?"

"लेकिन मैं डरती हूँ अखिल!" रश्मि ने अपना चेहरा स्नेहपूर्वक अखिल के सीने से टिका दिया- "कि कहीं वह बात सुनकर तुम सचमुच दरिंदे न बन जाओ।"

"दरिंदा!" हँसा अखिल, उसकी हँसी दर्दभरी थी- "दरिंदा तो मैं हूँ रश्मि! मेरी आँखों में देखो, क्या इनमें तुम्हें कोई शैतान नजर नहीं आता? बिच्छू हूँ मैं, बिच्छू! और एक बिच्छू सिर्फ दरिंदा ही तो हो सकता है।"

"अखिल!" रश्मि ने उसके कंधे पकड़कर झंझोड़े- "होश में आओ अखिल।"

"होश में, मैं हूँ रश्मि! होश में हूँ मैं। तुम यह बताओ, यहाँ क्यों लेकर आई हो मुझे।" कहने के साथ अखिल श्रीवास्तव ने एक सिगरेट निकालकर उसे लाइटर से सुलगाई।

"त...तुम?" भौंचक्की रह गई रश्मि- "तुम सिगरेट कब से पीने लगे अखिल?"

"अफसोस! तुमने मुझसे यह नहीं पूछा रश्मि कि तुम जहर कब से पीने लगे हो?"

अचरज से अखिल को देखती रह गई रश्मि!

विस्मय से।

"जो शख्स जहर पीने लगा हो, उसके लिए सिगरेट या फिर शराब पीनी क्या बड़ी बात है? म... मैंने अपने डैडी की मौत का जहर पिया है। मैंने जब अपनी मम्मी को विधवा के सफेद कपड़ों में देखा, तब जहर पिया।"

"बस करो।" तड़प उठी रश्मि - "अब बस करो अखिल!"

रश्मि छटपटा रही थी।

सिगरेट का धुआँ आकाश की तरफ उछालते हुए कहा अखिल ने- "तुमने मुझे बात नहीं बताई रश्मि!"

"ठीक है, सुनो! तुम्हारे डैडी को फाँसी नहीं हुई अखिल, बल्कि उनकी हत्या की गई है; हत्या!"

"क्या कह रही हो तुम?" उछल पड़ा अखिल- "ए... ऐसा कैसे हो सकता है?"

"ऐसा ही हुआ है।" एक-एक शब्द चबाती कहती चली गई रश्मि- "और जानते हो उनकी हत्या किसने की?"

"क...किसने की?"

"सुरेंद्र भाई तोलानी ने।"

रश्मि ने धमाका कर दिया।

"न...नहीं।" चीख निकल गई अखिल के मुख से।

उसके हाथ से सिगरेट छूटकर नीचे जा गिरी।

❑❑❑

"नहीं!" अखिल श्रीवास्तव बड़बड़ाया- "नहीं, ऐसा नहीं हो सकता।"

"ऐसा ही हुआ है।"

रश्मि की आवाज़ में दृढ़ता थी।

"लेकिन सुरेंद्र भाई तोलानी... वो देवता स्वरूप आदमी...?"

"ढोंग था वो सब उसका। नाटक रच रहा था वो तुम्हारे साथ। सुरेंद्र भाई तोलानी, मरहूम उस्मान भाई का आदमी था अखिल! चमचा था वो उसका। उसने जो कुछ किया, उस्मान भाई की बीवी शहनाज बानो के कहने से किया।"

"य... यानी डैडी का केस उसने शहनाज बानो के कहने से लिया?"

नए-नए धमाके हो रहे थे।

"हाँ।"

"ऐसा क्यों किया शहनाज बानो ने?"

"क्योंकि शहनाज बानो को डर था कि कहीं वकीलों को दी गई उसकी चेतावनी के बावजूद, बनारस का कोई वकील तुम्हारा केस लड़ने के लिए तैयार न हो जाए। इसलिए शहनाज बानो ने पहले से ही सुरेंद्र तोलानी को तुम्हारे डैडी का केस लड़ने के लिए तैयार किया। तोलानी को समझाया गया कि अगर तुम अपने डैडी के डिफेंस के लिए उसके पास पहुँचो, तो उसने फौरन हाँ करनी है। इससे शहनाज बानो को दो बेनीफिट थे।"

"कैसे बेनीफिट?"

"पहला बेनीफिट, तुम तोलानी को वकील करके संतुष्ट हो गए कि हाँ, तुमने अपने डैडी के डिफेंस के लिए कोई धुरन्धर वकील कर लिया है। दूसरा बेनीफिट, हुआ फिर भी वही जो शहनाज बानो चाहती थी।"

"य... यानी सुरेंद्र भाई तोलानी मेरे डैडी का केस जानबूझकर हारा?"

अखिल के दिमाग में एक और धमाका हुआ।

"ऑफकोर्स! सारा नाटक उसने शहनाज बानो के कहने से ही किया।"

"और... और उसकी कोठी पर तीन गुंडों ने उस पर जो हमला किया था, वह सब?"

"वह भी नाटक था, जो तोलानी ने शहनाज बानो को सुझाया, ताकि तुम उस पर ज़्यादा-से-ज़्यादा विश्वास कर सको- और अखिल... यह अपने दोस्त के जिस हाईडोन में जाकर छिपने की बात करता था, जानते हो वो किसका हाईडोन था?"

"किसका?"

"शहनाज बानो का हाईडोन। उसका बंगला। वो सुरेंद्र भाई तोलानी उसके खूबसूरत बंगले के 'हरम' में जाकर खूब रासलीलाएँ रचाता था।"

"नहीं!" अखिल की गर्दन इंकार की सूरत में हिली- "नहीं, तोलानी इतना बड़ा धोखेबाज नहीं हो सकता।"

वह चीखा।

"वो हरामजादा इससे कहीं ज़्यादा बड़ा धोखेबाज है। उसने तुम्हारे डैडी को जानबूझकर प्री-प्लानिंग ढंग से फाँसी के फंदे तक पहुँचाया है। वो हत्यारा है।"

"ल...लेकिन...!" अखिल बोला- "लेकिन तुम्हें यह सब बातें कैसे मालूम हुईं?"

"मेरे ऑफिस में एक लड़की काम करती है। उस्मान भाई के आदमी से उसका चक्कर है। रात उस्मान भाई का वो आदमी उसके घर आया था। शराब पिए हुए था। शराब के नशे में उसने वह सारी बातें उसे बताईं।"

अखिल श्रीवास्तव ने एक नई सिगरेट सुलगा ली और वह बेचैनीपूर्वक इधर-से-उधर टहलने लगा।

पागलों की तरह।

उसके दिमाग में धमाके-पर-धमाके हो रहे थे।

तेज धमाके।

न जाने क्यों उसे यकीन नहीं आ रहा था कि सुरेंद्र भाई तोलानी इतनी कमीनी हरकत कर सकता है।

और अगर वाकई उसने ऐसी कमीनी हरकत की है, तो यह दुनिया का शायद सबसे बड़ा धोखा है।

सबसे बड़ा विश्वासघात है।

❑❑❑

अखिल श्रीवास्तव अपने बंद कमरे में एक कुर्सी पर बैठा था।

आँखें मूंदे हुए।

कुर्सी जोर-जोर से आगे-पीछे हिल रही थी।

दिमाग में ज्वार-भाटे जैसी स्थिति थी।

नसें चटक रही थीं।

क्या सचमुच तोलानी, शहनाज बानो का आदमी है?

कातिल है?

गद्दार है?

क्या वो जानबूझकर उसके डैडी का केस हारा?

कुर्सी और ज़्यादा जोर-जोर से आगे-पीछे होने लगी।

बुरी तरह हिलने लगी।

कितनी ही देर वो कुर्सी पर बैठा आगे-पीछे झूलता रहा।

फिर एक झटके से कुर्सी रुकी।

अखिल श्रीवास्तव का पूरा शरीर पसीने से तर था।

अखिल श्रीवास्तव अपने पसीने को झटकता और किसी नाग की तरह लहराता हुआ कुर्सी छोड़कर खड़ा हो गया।

उस वक्त वह नाग नजर आ रहा था।

जहरीला नाग।

सुबह के वक्त अखिल, सुरेंद्र भाई तोलानी की कोठी पर पहुँचा।

"क्या बात है बाबू शाब!" अखिल को बेधड़क कोठी के अंदर घुसता देख वॉचमैन उसकी ओर दौड़ा- "किससे मिलना है?"

रुका अखिल!

फिर मुड़ा और उसने वॉचमैन की तरफ देखा।

उस वक्त उसकी आँखों में ऐसे 'हिंसक' भाव थे कि सकपका उठा वॉचमैन भी।

दहशत उसके चेहरे पर तैर गई।

"क...क्या बात है बाबू शाब?" वॉचमैन की आँखों में आतंक की छाया तेरी।

"मुझे तोलानी से मिलना है।" अखिल की विषधर जैसी आवाज़- "तुम्हारे साहब तोलानी से।"

"व... वो तो इधर नहीं हैं शाब!"

"फिर किधर हैं?"

"उ...उस्मान भाई के बंगले पर।"

उस जवाब को सुनते ही खून उछल-उछल कर अखिल श्रीवास्तव की कनपटी पर ठोकरें मारने लगा।

❑❑❑

सुरेंद्र भाई तोलानी बुरी तरह नशे में धुत्त था।

उसने रेशम-सी मुलायम गोरी चमड़ी वाली एक औरत को पकड़कर अपने जिस्म से बिल्कुल सटाया हुआ था और दूसरे हाथ से वो स्विफ्ट डिजायर ड्राइव कर रहा था।

इस समय स्विफ्ट डिजायर बनारस के मशहूर गुरुदेव मार्किट के करीब से गुजर रही थी।

"साली!" तोलानी उसके गोरे-चिट्टे पेट पर हाथ फेरता हुआ बोला- "आज तेरी खैर नहीं।"

"क्यों?" वह औरत मुदित मन से हँसी- "आज क्या करोगे?"

"क... क्या? पूछती है साली कि आज क्या करूँगा। जैसे खुद तुझे मालूम नहीं। पट्ठी आज तू शहनाज बानो की तरफ से तोहफा है मेरे लिए। आज तेरा तिया-पाँचा एक होगा।"

"तिया-पाँचा।" वह पुनः हँसी।

जोर से हँसी।

"हँसती है।" तोलानी ने भी हँसते हुए उसके जिस्म पर एक ऐसी जगह हाथ घुमाया कि वो उछल पड़ी- "हँसती है। बहुत दिन से निगाह थी मेरी तुझ पर। आज हत्थे चढ़ी है।"

"बहुत खतरनाक मूड में मालूम होते हो मियां।" औरत बोली।

"पट्ठी, तेरा तो आज मैंने मुरब्बा बनाकर चाट जाना है।"

"याद रखो, मैं शहनाज बानो की नंबर एक कनीज (नौकरानी) हूँ। उस्मान भाई के हरम की सबसे शानदार रौनक।"

"तभी तो मैंने तेरे में और ज़्यादा पिंचर लगाना है।" तोलानी बोला।

"पिंचर!"

पिंचर के नाम वो फिर हँसने लगी।

तोलानी का ध्यान सड़क की तरफ कम और रेहाना नाम की उस कनीज की तरफ ज़्यादा था।

"वैसे एक बात तो माननी होगी मियां।" रेहाना बोली- "कि तुम्हारे भेजे में दिमाग है। अक्ल के घोड़े अच्छे दौड़ा लेते हो तुम।"

"कैसे जाना?"

"अरे उस बाबू श्रीवास्तव नाम के बुड्ढे और उसके लड़के अखिल को किस तरह बेवकूफ बनाया। उनकी जगह कोई भी होता, तो वह तुम पर विश्वास कर लेता। तुम्हारी एक्टिंग ही इतनी गजब की थी।"

"तोलानी नाम है मेरा डार्लिंग, तोलानी!" दंभपूर्वक बोला- "हर चीज तोलकर करता हूँ। हर चीज की मात्रा मालूम है मुझे। उस बुड्ढे ने अपने बिच्छू बेटे के नाम जो खत लिख थे, उनका हिंट मैंने ही इंस्पेक्टर तिवारी को दिया था, ताकि वो उन्हें बरामद कर सके और वैसा ही हुआ।"

"लेकिन तुम उन खतों की बाबत कैसे जानते थे?" रेहाना ने पूछा।

"एक दिन भावनाओं की रौ में आभा देवी ने मुझे उन खतों की बाबत बता दिया था।"

"ओह! सचमुच बहुत कुत्ती चीज हो तुम।" रेहाना बोली।

उसी क्षण तोलानी का हाथ उसके पेट से फिसलकर नाभि से नीचे की तरफ बढ़ा।

तेजी से बढ़ा।

"य... यह क्या करते हो तुम?" वो नेत्र फैलाकर उछली।

"चुपचाप बैठी रह त्रिया!" तोलानी ने उसे दोबारा कब्जा लिया- "पारसा मत बन। साली इसी मर्ज की दवा है और पूछती है कि क्या करते हो?"

रेहाना फिर पहले की तरह उसकी छाती से लगकर बैठ गई।

"अरे! अरे!" एकाएक वो भयभीत होकर चिल्लाई- "कार संभालकर चलाओ।"

तभी सांय से एक ट्रक उनके बिल्कुल बराबर से गुजर गया।

खतरनाक अंदाज में गुजरा।

"आज तुम मुझे मरवाओगे।"

"मरेगी तो तू है ही आज साली!" तोलानी कुत्सित ढंग से हँसा।

वो स्विफ्ट डिजायर कितनी ही देर इसी तरह बनारस की सड़कों पर दौड़ती रही।

"तोलानी!" रेहाना आहिस्ता से बोली।

"हूँ।"

"एक बात बताऊँ?"

"बोल।"

"मुझे लगता है वो बुड्ढा, वो बाबू श्रीवास्तव बेगुनाह था। वो खामखाह फाँसी चढ़ गया।"

सुरेंद्र भाई तोलानी ने अचरजपूर्वक रेहाना की तरफ देखा- "तुझे क्यों लगता है ऐसा?"

वह चौंका था।

"बस लगता है, अखबारों में छपे उसके बयान से लगता है। तोलानी, मेरा दिल कहता है कि यह ठीक नहीं हुआ। उस बुड्ढे को चाहे जो सजा हो जाती, लेकिन फाँसी नहीं लगनी चाहिए थी।"

रेहाना की बात सुनकर तोलानी एकाएक गंभीर हो उठा।

उसके चेहरे पर अब से थोड़ी देर पहले जो शरारत झलक रही थी, वो गायब हो गई।

वह अब संजीदा था।

"सच पूछती है, तो मुझे भी यही लगता है।" तोलानी बोला- "कि उस्मान भाई की हत्या बाबू ने नहीं की थी, वो बेकसूर था।"

"फिर भी तुमने उसे फाँसी चढ़वा दिया?"

"मजबूरी थी मेरी। पट्ठी, अगर मैं उस बाबू को जबरदस्ती फाँसी न चढ़वाता, तो तू मुझे कैसे हासिल होती? वो ढेर सारा रूपया कैसे हासिल होता, जो शहनाज बानो की तरफ से मुझे इनाम के तौर पर मिला?"

"सिर्फ मेरे लिए, सिर्फ रुपए के लिए तुमने एक बेगुनाह को फाँसी पर चढ़वा दिया?"

रेहाना की आवाज़ में हैरानी बढ़ी।

"मेरी चन्नी, अब बंद कर उन बातों को।" तोलानी इस तरह मुँह बनाकर बोला, जैसे उस वार्तालाप से उसका मुँह कसेला हो गया हो।

रेहाना चुप हो गई।

लेकिन वो तोलानी की उस हरकत से खुश नजर नहीं आ रही थी।

"सच तो ये है पट्ठी!" तोलानी ने खुद ही दोबारा वो प्रसंग छेड़ा- "एक बार तो मैं भी यह सोचकर डरने लगा था कि कहीं वो बुड्ढा सजा से बच न जाए। दरअसल, जब उस मद्रासी डॉक्टर लिंगनाथन ने अदालत में आकर बाबू के पक्ष में गवाही दी थी, तब इस बात की पूरी-पूरी उम्मीद जाग उठी थी कि वो अदालत से बाइज्जत बरी हो जाएगा।"

"फिर बरी क्यों नहीं हुआ वो?"

शैतानी ढंग से हँसा तोलानी।

बेहद हरामी किस्म की मुस्कान उसके चेहरे पर नमूदार हुई- "क्योंकि फैसला होने से एक घंटा पहले ही लंच टाइम में मैंने जज को खरीद लिया था। पाँच लाख रुपए में बिक गया जज और उसका इन्साफ।"

तभी तोलानी की कोठी आ गई।

अगले ही पल स्विफ्ट डिजायर कोठी के लंबे-चौड़े ड्राइव-वे पर दौड़ती हुई विशाल कनोपी के नीचे जाकर रुकी।

फिर तोलानी रेहाना की कोली भरे-भरे कार से बाहर निकला और अपने बेडरूम की तरफ बढ़ गया।

कोठी के पूरे लॉन में सन्नाटा था।

गहन सन्नाटा।

मौका देखकर वॉचमैन सामने खोखे पर चाय पीने चला गया।

दो मिनट बाद एकाएक स्विफ्ट डिजायर का पिछला दरवाजा बड़ी आहिस्ता से यूं खुला कि कहीं चींटी जैसी आवाज़ भी पैदा न हो जाए।

फिर सीट के नीचे से बिच्छू की तरह रेंगता हुआ एक इंसानी साया बाहर निकला।

अखिल श्रीवास्तव।

इस वक्त अखिल की आँखों में खून था और उसके मुँह से चिर-परिचित हिस्स जैसी आवाज़ निकल रही थी।

वो किसी आँधी की तरह तोलानी और रेहाना के पीछे-पीछे बेडरूम की तरफ बढ़ गया।

❑❑❑

सुरेंद्र भाई तोलानी रेहाना के ऊपर सवार था।

दोनों के शरीर तांबे की तरह धधक रहे थे।

वासना का ज्वर अपने उबाल पर था।

"डार्लिंग!" रेहाना आनंदित होते हुए बोली- "अंदर से बेडरूम का दरवाजा तो बंद कर लो।"

"यहाँ कोई नहीं आएगा।" तोलानी ने उसे कसकर अपने शरीर के साथ भींच लिया- "बाहर गेट पर वॉचमैन पहरा दे रहा है।"

कहने के साथ तोलानी रेहाना के गाल चुभलाने लगा।

नि:संदेह उसके शरीर में भी वासना की आग बढ़ती जा रही थी।

"त....तोलानी।" वो आहिस्ता से फुसफुसाती हुई बोली।

"हूँ।"

"तुम्हें डर नहीं लग रहा तोलानी?"

"कैसा डर?" तोलानी उफनती साँसों के मध्य हँसकर बोला- "तुमसे डरना चाहिए मुझे?"

"नहीं।"

रेहाना का गंभीर लहजा।

"तो फिर?"

"बिच्छू से...बिच्छू से डर लगना चाहिए।"

"क्यों?" तोलानी बोला।

"क्योंकि मैंने सुना है तोलानीं, वो बहुत खतरनाक लड़का है। बहुत गुस्से वाला। तोलानी, अगर तुम्हारी गद्दारी के बारे में बिच्छू को मालूम हो गया तो क्या होगा?"

"क्या होगा? उसे भी उसके बाप के पास पहुँचा दिया जाएगा डार्लिंग!" कहने के साथ तोलानी ने अपनी पैंट उतारकर सेंटर टेबल की तरफ उछाल दी-"और सावधान रेहाना, अब इस टॉपिक पर और कोई बात नहीं होनी चाहिए।"

उसके बाद तोलानी बड़े मनोयोग से रेहाना के शरीर से कपड़े उतारने में मशगूल हो गया।

उसे अब कुछ नहीं सूझ रहा था।

जबकि अखिल श्रीवास्तव, जो दरवाजे के पास खड़ा उनके वार्तालाप का एक-एक शब्द सुन रहा था, उसकी आँखों में वहशत थी।

दरिंदगी!

वो अपने होठों को दाँतों से चबा रहा था।

❑❑❑

उसी दिन शाम के वक्त।

अखिल ने चाय का कप खाली करके सेंटर टेबल पर रखा।

फिर एक सिगरेट सुलगा ली।

"क्या बात है अखिल!" रश्मि ने पीछे खड़े होकर स्नेहपूर्वक उसके कंधों पर हाथ रखे- "तुम कुछ परेशान नजर आ रहे हो?"

"मैंने एक फैसला किया है रश्मि!" अखिल वाल क्लॉक की सेकंड वाली सुई निहारते हुए बोला।

"कैसा फैसला?"

"मैं तोलानी का कत्ल करूँगा।" अखिल ने बड़े सहज भाव से कहा।

"क...क्या?" रश्मि के मुँह से चीख निकल गई- "नहीं...नहीं...!"

अखिल कुर्सी छोड़कर खड़ा हो गया और दृढ़ कदमों से एक कोने में रखे शीशे के एक्वेरियम की तरफ बढ़ा- "मैं सचमुच तोलानी का क़त्ल करूँगा रश्मि!"

एक्वेरियम के पानी में रंग-बिरंगी मछलियाँ इधर-से-उधर दौड़ रही थीं।

अखिल उन्हें घूरने लगा।

"रश्मि, तुमने सच ही कहा था।" अखिल आगे बोला- "यह भरोसे वाले बहुत ज़्यादा घटिया होते हैं। जिस पर भरोसा करो, वही भरोसे की माँ-बहन ठोकता है। तोलानी मेरे डैडी का कातिल है। उसने हमें धोखा दिया है, ऐसा धोखा दिया है, जिसे हरगिज भी माफ नहीं किया जा सकता। उसने सिर्फ डैडी का ही नहीं मेरे भरोसे का भी मर्डर किया है।"

"लेकिन कत्ल!" सहम गई रश्मि- "नहीं...नहीं, मैं तुम्हें तोलानी का कत्ल नहीं करने दूँगी। क्या तुमने अपने डैडी का हश्र नहीं देखा? तुम्हारा भी ऐसा हश्र होगा अखिल ! तुम भी बेरहमी के साथ फाँसी चढ़ा दिए जाओगे।"

"नहीं।" अखिल आत्मविश्वास के साथ मुस्कुराता हुआ रश्मि की तरफ पलटा- "मेरा ऐसा हश्र नहीं होगा।"

"क्यों?"

"क्योंकि मेरे डैडी सच में कातिल नहीं थे। वो बेगुनाह थे। अगर उन्होंने सचमुच उस्मान भाई का कत्ल किया होता, तो वो भी बच जाते, क्योंकि कातिल एक चालाक शख्स होता है। अपने बचाव के रास्ते पहले ही खोजकर चलता है वो।"

"हर कातिल कत्ल करने से पहले यही सोचता है कि वो बच जाएगा अखिल!" रश्मि बोली- "कानून पकड़ नहीं पाएगा उसे, लेकिन वो फिर भी पकड़ा जाता है।"

"सच कहा तुमने, कातिल फिर भी पकड़ा जाता है। लेकिन हर कातिल नहीं।"

"मतलब?"

रश्मि चौंकी।

चेहरे पर हैरानी के भाव उभरे।

"आज भी तमाम दुनिया के पुलिस रिकॉर्डरूम में ऐसी न जाने कितनी फाइलें होंगी, जिनकी मर्डर मिस्ट्री कभी सॉल्व नहीं हो पाई। वो आज भी एक मिस्ट्री ही हैं रश्मि और उनके मुजरिम सड़कों पर खुलेआम घूम रहे हैं। जानती हो, पुलिस उन मुजरिमों को कभी क्यों नहीं पकड़ पाई?"

"क्यों नहीं पकड़ पाई?"

रश्मि के नेत्र सिकुड़ गए।

"क्योंकि वह सभी मुजरिम बहुत आला दिमाग के इंसान थे, उन्होंने कत्ल इस ढंग से किए कि पुलिस कल्पना भी नहीं कर सकती और उन अपराधियों तक पहुँचना तो पुलिस के लिए दुर्लभ ही है।"

"लेकिन कानून के बारे में यह जो कहा जाता है कि अपराधी चाहे कितना ही चालाक क्यों न हो।" रश्मि बहस करती हुई बोली- "वो कभी-न-कभी ज़रूर पकड़ा जाता है, क्या यह झूठ है?"

"हाँ, यह झूठ है। यह भ्रम ऐसा है, जो कानून के प्रकांड पंडितों द्वारा जनमानस को डराने के लिए फैलाया गया है। रश्मि, मैंने एल.एल.बी. ज़रूर नहीं की, लेकिन 'लॉ' की इतनी बुक्स पढ़ीं हैं कि शायद किसी भी वकील से ज़्यादा मुझे कानून के बारे में नॉलेज है। विशेष रूप से क्राइम तो मेरा फेवरेट सब्जेक्ट रहा है। रश्मि, तुम देखना मैं उसका कत्ल इस ढंग से करूँगा कि पहले कभी किसी ने ऐसा कत्ल नहीं किया होगा। वह कत्ल अपराध जगत के लिए एक अविस्मरणीय अध्याय बन जाएगा कि पुलिस इतिहास में उसे सदा-सर्वदा याद रखा जाएगा।"

"म...मुझे डर लग रहा है। तुम तोलानी को कत्ल करने के बारे में मत सोचो अखिल!"

रश्मि भयभीत थी।

"यह ज़रूरी है।"

"लेकिन तोलानी को कत्ल कर देने से तुम्हारे डैडी तो नहीं लौट आएँगे?"

"मैं जानता हूँ कि वो लौट नहीं आएँगे, लेकिन इससे उनकी आत्मा को शांति मिलेगी।"

"और अगर तुम्हें कुछ हो गया, तो तुम्हारी मम्मी का क्या होगा?"

रश्मि अपलक अखिल को देख रही थी।

"मुझे कुछ नहीं होगा।"

"तुम समझते क्यों नहीं अखिल?"

"एक बात तुम अच्छी तरह समझ लो रश्मि, तोलानी को अब कत्ल होने से कोई नहीं बचा सकता। यह संभव नहीं कि मेरे देवता जैसे डैडी का कातिल इस दुनिया में जीवित घूमता रहे। उसे भी मरना होगा।" कठोर शब्दों में कहने के साथ अखिल ने फिर सिगरेट का टोटा फर्श पर फेंका और फिर उसे अपने जूतों से मसलने लगा।

बुरी तरह!

बहुत ज़्यादा बुरी तरह।

❑❑❑

"बिच्छू बेटे!" थाली में रोटियों को देखकर चौंकीं आभा देवी- "क्या बात है, आज तुमने एक रोटी भी पूरी नहीं खाई?"

"मुझे भूख नहीं है।"

"भूख नहीं है तुझे!" हैरानी से बोलीं आभा देवी- "तू शायद भूल गया लगता है कि तुझे मटर-पनीर की सब्जी कितनी अच्छी लगती थी। जिस दिन घर में मटर-पनीर बनता, उस दिन तू टूट पड़ता था खाने पर। और...और आज कह रहा है कि तुझे भूख नहीं है।"

"मैं अपने एक दोस्त के घर चला गया था माँ!" अखिल शुष्क स्वर में बोला- "वहीं उसने मुझे जबरदस्ती नाश्ता करा दिया।"

अखिल उदास था।

"अपने उस दोस्त का नाम तो मुझे बताएगा बिच्छू बेटे।"

अखिल तड़पकर रह गया।

छटपटा उठा।

"देख।" आभा देवी विह्वल स्वर में बोलीं- "देख मेरी तरफ... देख बेटे।"

अखिल ने देखा अपनी माँ की तरफ।

और तुरंत उसके कलेजे पर छूरियाँ चलती चली गईं।

उफ्!

पिछले चंद रोज में ही कितनी कमजोर हो गई थीं वो। गालों में हड्डियाँ साफ दिखाई देने लगी थीं। आँखों के नीचे रो-रोकर काली झाइयाँ पड़ गई थीं।

सफेद साड़ी में बिल्कुल लाश नजर आ रही थीं।

जिंदा लाश!

और...और इस सबके पीछे सुरेंद्र भाई तोलानी था।

तोलानी, जिसने उसकी माँ के होठों से मुस्कान छीन ली थी, शरीर से सुहाग जोड़ा छीन लिया था।

अखिल श्रीवास्तव के शरीर में एक बार फिर ज्वालामुखी धधकने लगा।

आग लगने लगी।

"मैं जानती हूँ बेटे!" आभा देवी लरजे स्वर में बोलीं- "कि अपने डैडी की मौत का गम तुझे बहुत ज़्यादा परेशान कर रहा है। बर्दाश्त नहीं कर पा रहा है तू उस सदमें को।"

"ए....ऐसी बात नहीं है माँ।"

"मुझे देख बेटे...तेरे तो सिर्फ डैडी का स्वर्गवास हुआ है, लेकिन मैंने तो अपने पति को खोया है। अपने हमेशा-हमेशा के जीवन-साथी को खो दिया है मैंने। और... और तब भी मैं अपने कलेजे पर पत्थर रखे हुए हूँ। इतना बड़ा पहाड़-सा गम चुपचाप झेल लिया है मैंने। या फिर... या फिर कोई और बात है बेटे, जो अंदर-ही-अंदर तुझे खोखला किए दे रही है?"

"न...नहीं।" अपनी चोरी पकड़े जाते देख घबरा उठा अखिल- "नहीं माँ, कोई बात नहीं।"

"कोई बात तो ज़रूर है बेटे!" आभा देवी जिद्दी स्वर में बोलीं- "मैं पिछले कई दिनों से नोट कर रही हूँ कि तू हरदम खोया-खोया रहता है। अपनी माँ से कोई बात छिपाने की कोशिश कर रहा है तू।"

"नहीं, तुम्हें वहम हो गया है माँ।"

"नहीं, वहम नहीं हुआ मुझे। बहुत बरसों से जानती हूँ मैं अपने बिच्छू को। बेटे, बस एक बात याद रखना।"

"क... क्या?"

"गुस्से में कोई ऐसा कदम न उठा देना, जिसे मैं बर्दाश्त न कर सकूँ। अपने सुहाग का सदमा बर्दाश्त कर लिया है मैंने, लेकिन बिच्छू बेटे, मैं शायद तुम्हें खोने का सदमा बर्दाश्त नहीं कर पाऊँगी।" बोलते-बोलते बुरी तरह भावुक हो उठीं आभा देवी और उनकी आँखों से आँसू बहने लगे।

"कुछ नहीं होगा मुझे माँ, कुछ नहीं होगा।" अखिल श्रीवास्तव बिलखते हुए आभा देवी के आँसू साफ करने लगा- "तुम्हारा यह बिच्छू ऐसा नहीं करेगा, जिससे तुम पर कोई आँच आए।"

❑❑❑

लेकिन बिच्छू आग से खेलने जा रहा था।

भयानक आग से।

अगले ही दिन उसने सुरेंद्र भाई तोलानी के कत्ल की योजना पर काम शुरू कर दिया।

वो फैसला कर चुका था कि वो तोलानी का कत्ल बड़ी जबरदस्त स्कीम के तहत करेगा।

सिर्फ यहीं नहीं, अखिल श्रीवास्तव ने यह फैसला भी किया कि वो तोलानी को भी इस बात की कानों-कान भनक नहीं लगने देगा कि उसे उसकी काली करतूत के बारे में पता चल गया है।

वो सब कुछ जान गया है।

वह सब कुछ गुप्त रख रहा था।

बहरहाल, एक खतरनाक सनसनी का 'श्रीगणेश' हो चुका था।

ऐसी सनसनी, जहाँ पग-पग पर खतरे थे। चिंगारियाँ और शोले थे।

धधकते शोले!

अखिल श्रीवास्तव ने तोलानी का कत्ल करने के लिए जो सबसे पहला कदम उठाया, वो ये था कि अपराध जगत से संबंधित बड़े पैमाने पर लिटरेचर (साहित्य) पढ़ना शुरू किया, ऐसा लिटरेचर जिसमें दुनिया भर में की गईं हत्याओं के बड़े प्रामाणिक कारनामें दर्ज थे।

उस लिटरेचर को पढ़ने के पीछे अखिल की मंशा ये थी कि वो उन हत्याओं से प्रेरणा लेना चाहता था और उन्हीं से मेल खाती हुई तोलानी के कत्ल की कोई 'सुपर स्कीम' बनाना चाहता था।

पहली घटना आस्ट्रेलिया के साउथ वेल्स की थी, जिसने अखिल को बेहद इंप्रेस किया।

काफी प्रभावित किया।

घटना बहुत पुरानी थी।

कोई चालीस साल पहले की।

साउथ वेल्स के एक डॉक्टर ने अपनी बीवी के कत्ल की योजना बनाई। दरअसल, उसे अपनी बीवी के कैरेक्टर पर शक था और इस बात की आशंका थी कि उसकी बीवी सेक्स के लिए दूसरे मर्दों के पास भी जाती है।

डॉक्टर ने अपनी बीवी पर शक जाहिर न किया।

वह चुप रहा।

लेकिन मन-ही-मन वो उसे कत्ल कर देने का दृढ़ संकल्प कर चुका था।

वो सोच चुका था कि सेक्स की ऐसी हाय-हाय करने वाली औरत का मर जाना ही बेहतर है।

डॉक्टर ने कत्ल की योजना बनानी शुरू कर दी।

उसने कई तरह के जहरों के बारे में पढ़ा।

लेकिन नहीं, जहर से कत्ल करना उसे नहीं जँचा।

वो अपनी बीवी का इस ढंग से कत्ल करना चाहता था कि पुलिस या आम समाज उसे स्वाभाविक मौत ही समझे।

और एक ऐसी भूकंपकारी स्कीम डॉक्टर ने आखिरकार सोच ही ली।

स्कीम हंगामाखेज थी।

एक रात उसने अपनी गरमा-गरम बीवी को सेक्स के लिए उत्तेजित किया और जिस वक्त उसकी बीवी का बदन वासना की आग में बुरी तरह धधक रहा था। सांसें उत्तेजनावश ऊपर-नीचे हो रही थीं, तभी उसने पहले से ही तकिए के नीचे छिपाया गया एक खाली इंजेक्शन बाहर निकाला।

इन्जेक्शन में एक बूँद भी दवाई नहीं थी।

वो खाली था।

उसकी बीवी कुछ समझ पाती, उससे पहले ही डॉक्टर ने इन्जेक्शन की निडिल उसके दिल के ऊपर वाली छाती में घुसा दी और पिस्टन दबा दिया।

तत्काल एक मिनट से भी पहले उसकी बीवी की मौत हो गई।

दरअसल, इन्जेक्शन में मौजूद हवा उसकी मौत का कारण बनी।

हवा ने नसों में दौड़ते खून का संचालन एकदम अवरुद्ध कर दिया और सीधे उसके हार्ट बीट पर प्रहार किया, जिससे उसकी फौरन ऑन द स्पॉट मौत हो गई।

सचमुच यह एक अद्‌भुत हत्या थी।

आश्चर्यजनक!

इस हत्या का सबसे बड़ा प्रभावी पक्ष ये था कि पोस्टमार्टम की रिपोर्ट भी उस हत्या को हत्या साबित नहीं कर सकती थी।

पोस्टमार्टम की प्रक्रिया में भी वह एक स्वाभाविक मौत ही साबित होती।

और वही हुआ।

सबने उस 'हत्या' को नॉर्मल डेथ ही समझा।

सिर्फ हार्टअटैक।

डॉक्टर की बीवी का दाह-संस्कार हो गया।

किसी ने शक की एक उँगली भी न उठाई।

लेकिन रहस्य खुला।

बाद में डॉक्टर को जब यह मालूम हुआ कि उसकी बीवी निर्दोष थी। वो उसके प्रति समर्पित थी। वो सेक्स की ऐसी हाय-हाय करने वाली औरत न थी कि गैर मर्दों से भी संभोग करती घूमे, तो वह अपराधबोध से बुरी तरह ग्रस्त हो उठा।

उसकी मानसिक दशा विक्षिप्त होने लगी।

तब वो खुद पुलिस स्टेशन गया और उसने वहाँ जाकर अपना अपराध कबूला।

हत्या के विचित्र तरीके ने उस वक्त पूरे आस्ट्रेलिया में तहलका मचा दिया था।

बाद में हॉलीवुड में उस मर्डर मिस्ट्री पर दो फिल्में बनीं।

दोनों सुपर-डुपर हिट रहीं।

उन्होंने कामयाबी के बड़े झंडे गाड़े।

❑❑❑

अखिल श्रीवास्तव ने सिगरेट सुलगा ली और वो हत्या के उस तरीके पर गौर करने लगा।

उसमें कहाँ-कहाँ कमियाँ थीं।

किस-किस जगह?

निःसंदेह वो एक फुलप्रूफ मर्डर था, लेकिन उस मर्डर में एक कमी तो आज यह पैदा हो गई थी कि उस मर्डर की हल्की-सी झलक एक हिंदी फिल्म में भी दिखा दी गई थी।

अलबत्ता वो फिल्म कोई बहुत ज़्यादा सफल नहीं हो पाई।

कामयाब नहीं हो पाई।

परंतु फिर भी वो योजना आम हो चुकी थी और उसे बहुत लोग जानते हो सकते थे।

दूसरी कमी, डॉक्टर को अपनी बीवी के इन्जेक्शन लगाने के लिए जैसा शानदार मौका हासिल था, वैसा कोई मौका अखिल श्रीवास्तव को तोलानी के इन्जेक्शन लगाने के लिए हासिल नहीं हो सकता था।

तोलानी एक मर्द था।

जबकि वह एक औरत थी।

तीसरी कमी, डॉक्टर ने इन्जेक्शन लगाने से पहले अपनी बीवी को सेक्स का झाँसा देकर उसे उत्तेजित किया, उसकी साँसों की और दिल की रफ्तार को बढ़ाया। इसीलिए हवा ने ज़्यादा जल्दी फंक्शन किया और वो ज़्यादा जल्दी तीर की तरह दिल की तरफ दौड़ी।

लेकिन अखिल, तोलानी की साँसों को और दिल की रफ्तार को उस तरह बढ़ाने में असक्षम था।

बिल्कुल असक्षम!

उस अवस्था में मुमकिन था कि तोलानी इन्जेक्शन लगने के बाद भी बच जाता।

अखिल ने फौरन वो योजना स्थगित कर दी।

वो योजना संदेहजनक थी और इसमें इस बात की कोई गारंटी नहीं थी कि तोलानी मर ही जाए।

❑❑❑

अखिल श्रीवास्तव को एक दूसरी योजना ने और प्रभावित किया।

वह योजना पहली योजना से भी कहीं ज़्यादा हैरतअंगेज थी।

उससे भी ज़्यादा चौंका देने वाली थी।

और कमोबेश इस बात को साबित करती थी कि अपराधी कैसे-कैसे कमाल दिमाग के मालिक होते हैं।

और कैसी-कैसी शानदार योजना बनाते हैं, जो किसी को भी आँखें फाड़ने पर मजबूर कर दे।

चौंका डाले।

घटना संयुक्त राज्य अमेरिका के शिकागो की थी।

शिकागो शहर की।

उस मर्डर मिस्ट्री का सबसे बड़ा महत्वपूर्ण पक्ष यह था कि हत्यारा कभी नहीं पकड़ा जा सका।

हत्या हुई एक बहुत बड़े फिल्म राइटर-डायरेक्टर की, जो उस वक्त शिकागो में बड़े दिल से अपनी एक फिल्म लिखने में मग्न था।

तभी एक दिन उसे अपनी ढेर सारी डाक के साथ-साथ दुनियाभर में मशहूर 'कोका-कोला' मैन्युफैक्चरर की तरफ से एक पार्सल भी मिला। उस पार्सल में सॉफ्ट-ड्रिंक की दो बोतलें थीं। साथ ही उसमें मैनेजमेंट की तरफ से एक लेटर भी रखा था, जिसमें लिखा था कि हम यह नया सॉफ्ट-ड्रिंक मार्किट में इन्ट्रोड्यूस करने जा रहे हैं। लेकिन डियर, हम चाहते हैं कि उससे पहले आप इस सॉफ्ट-ड्रिंक के टेस्ट के संबंध में अपनी मूल्यवान राय भेजें।

राइटर-डायरेक्टर ने वो सॉफ्ट-ड्रिंक पीकर देखा।

और थोड़ी देर बाद ही मर गया।

डॉक्टरों ने उसे बचाने की बहुत कोशिश की।

ऐंटीडोज़ का इन्जेक्शन दिया।

स्टमक को पंप करके जहर से खाली करने की कोशिश की।

परंतु वो न बचा।

सॉफ्ट-ड्रिंक में पॉइजन की बहुत ज़्यादा ओवरडोज थी।

बाद में पुलिस तहक़ीकात के दौरान मालूम हुआ कि वो पार्सल तो कोका कोला मैनेजमेंट की तरफ से भेजा ही नहीं गया था, बल्कि वह तो फिल्म राइटर-डायरेक्टर के किसी दुश्मन का षड्यंत्र था।

उसके किसी दुश्मन ने वो फर्जी पार्सल बनाकर उसे भेजा।

दुश्मन कौन था, यह कभी मालूम न हो सका।

कभी मतलब, कभी नहीं।

अखिल श्रीवास्तव को यह योजना बहुत जँची।

इतनी जँची कि उसने उसी ढंग से सुरेंद्र भाई तोलानी की हत्या करने का फैसला कर लिया।

सब कुछ कितना आसान था।

किसी भी कंपनी का कोई भी लेटेस्ट सॉफ्ट-ड्रिंक बाजार से खरीदो, उसमें जहर की ओवरडोज डालो। ढक्कन हाथ से भी कसकर लगाया जा सकता है और फिर किसी के भी ऐड्रेस पर भेज दो।

बस खेल खत्म!

द एंड!

लेकिन क्या वाकई सब कुछ इतना आसान था?

इतना सरल?

❑❑❑

उसी दिन शाम के वक्त अखिल, रश्मि से मिला।

रश्मि खुश नजर आ रही थी।

बहुत खुश!

इतना खुश अखिल ने उसे कभी-कभार ही देखा था।

"क्या बात है?" अखिल ने शरारतपूर्ण मुद्रा में उसकी आँखों में झाँका-"आज बहुत खुश नजर आ रही हो?"

"हाँ, बहुत खुश हूँ आज मैं।"

"क्यों, क्या कोई लॉटरी निकल आई?"

"हाँ, लॉटरी ही निकल आई अखिल!" रश्मि दीवानावार आलम में अखिल से लिपट गई- "अ...अखिल , मैंने तुम्हें कभी नहीं बताया, लेकिन मैं कुछ

अलग-अलग कंपनियों में जॉब के लिए अप्लाई करती रहती थी, और आज मेरी एक बड़ी प्राइवेट लिमिटेड कंपनी में बहुत अच्छी जॉब लग गई है।"

"स...सच रश्मि!" खुशी से बेकाबू हो उठी अखिल की आवाज़ भी- "सच कह रही हो तुम?"

"हाँ।"

"अखिल, अब मैं और बेहतर जिंदगी बसर करूँगी। मैंने कभी अपने पापा का नाम डुबोया नहीं है।"

"ओह रश्मि!" अखिल इमोशनल होकर बोला- "आज इस ख़ुशी के मौके पर मैं भी तुमसे कुछ कहना चाहता हूँ।"

"क्या?"

"र... रश्मि, मैं तुमसे कभी कह नहीं सका, ल...लेकिन मैं तुमसे प्यार करता हूँ। शादी करना चाहता हूँ मैं तुमसे।"

रश्मि झटके से उसके सीने से हटी।

पीछे हटी।

"तुम्हें शायद मालूम नहीं, तुम क्या कह रहे हो अखिल ?"

"क्यों, क्या खराबी है मुझमें? मैं तुमसे शादी नहीं कर सकता?"

अखिल ने चौंककर उसकी तरफ देखा।

"खराबी तुममें नहीं, मुझमें है।"

"तुममें!"

अखिल पुन: चौंका।

"हाँ, मुझमें अखिल! मोहब्बत के चश्मे से देखते हुए क्या तुम यह भूल गए कि मैं एक ऐसी लड़की हूँ, जिसे उसका परिवार तक कलंक समझता है। जो शादी से पहले ही माँ बन गई थी। मेरे जैसी लड़की एक रात की बीवी तो बन सकती है, तमाम उम्र की बीवी नहीं बन सकती।"

"बन सकती है तमाम उम्र की बीवी भी।" अखिल ने भभके स्वर में कहा- "और तुमसे किसने कह दिया कि तुम अपवित्र हो? अपवित्र वह होती है, जो अपनी हवस मिटाने के लिए अपना जिस्म किसी गैर मर्द को सौंपती है और मैं जानता हूँ कि तुम्हारी आत्मा पाक है। तुम सुबह की किरणों की मानिन्द स्वच्छ और निर्मल हो रश्मि!"

"लेकिन क्या माँजी मुझे स्वीकार करेंगी?"

रश्मि की आवाज़ में संशय का भाव था।

"हाँ, ज़रूर करेंगी। अपनी माँ को बखूबी जानता हूँ मैं, वो मेरी खुशियों के लिए कुछ भी कर सकती हैं।"

रश्मि एक बार फिर अखिल श्रीवास्तव के सीने से कसकर लिपट गई।

बहुत कसकर।

उसकी आँखों में सपने मचलने लगे।

लेकिन अंदर-ही-अंदर उसका दिल भी काँप रहा था।

डर भी रहा था।

उसे कुण्ठा की याद आई। कितनी बेदर्दी से वो उसके तमाम सपने चूर-चूर करके चला गया था।

क्या अखिल भी उसकी जिंदगी से इसी तरह चला जाएगा?

नहीं-नहीं।

बिल्कुल नहीं।

रश्मि सूखे पत्ते की तरह लरज उठी।

❑❑❑

"रश्मि!" अखिल श्रीवास्तव, रश्मि के बालों के खम सुलझाते हुए कह रहा था- "मैंने तोलानी का कत्ल करने के लिए एक योजना सोची है।"

"कैसी योजना?"

जवाब में अखिल ने उसे सॉफ्ट-ड्रिंक वाली पूरी योजना बता दी।

शुरू से अंत तक बता दी।

रश्मि कुछ देर शांत भाव से उसकी गोद में सिर रखे लेटी रही, फिर एकाएक तेजी से उठ बैठी वो।

"नहीं।" उसकी गर्दन इन्कार में हिलने लगी- "नहीं, यह योजना फुलप्रूफ नहीं है अखिल!"

"क्यों, क्या कमी है इस योजना में?" अखिल श्रीवास्तव ने चौंककर पूछा।

"दरअसल, सबसे पहले तो अमेरिका और भारत के सामाजिक ढाँचे में ही बहुत बड़ा फर्क है। अपना कोई भी आइटम मार्किट में इन्ट्रोड्यूस करने से पहले उसके इस तरह के पार्सल बनाकर भेजना अमेरिका में आम बात है, भारत में नहीं है।"

"भारत में भी अब कुछ कंपनियाँ इस तरह के कदम उठा रही हैं।"

"ज़रूर उठा रही होंगी, लेकिन बहुत मामूली तौर पर। फिर कंपनियाँ इस तरह के पार्सल भेजकर बड़े-बड़े नामचीन लोगों से उनकी राय माँगती हैं। बिजनेस टायक्यूनिस्टों से उनकी राय माँगती हैं, जबकि सुरेंद्र भाई तोलानी; वो क्या है? क्या हस्ती है उसकी? वो क्राइम का सिर्फ एक साधारण वकील है। तुम क्या समझते हो कि कोका कोला जैसी इन्टरनेशनल मैन्युफैक्चरिंग कंपनी

उस जैसे मामूली, हक़ीर आदमी के पास अपना प्रोडेक्ट भेजेगी राय माँगने के लिए?"

"प्रोडेक्ट कोका कोला कंपनी नहीं, बल्कि मैं भेजूँगा।"

"लेकिन जाहिर तो तुम भी यही करोगे कि वो प्रोडेक्ट कोई बड़ी कंपनी ही भेज रही है।"

"हाँ।"

अखिल ने स्वीकार किया।

"बस! फिर उस प्रोडेक्ट को देखकर तोलानी के कान खड़े नहीं होंगे? वो चौंकेगा नहीं? यह सोचकर उसे हैरानी नहीं होगी कि एकाएक उसका सोशल स्टेटस इतना बुलंद कैसे हो गया कि इतनी बड़ी-बड़ी कंपनियाँ उससे अपने प्रोडेक्ट के बारे में राय माँगने लगीं।"

"होगी तो हैरानी।" अखिल श्रीवास्तव शुष्क स्वर में बोला।

"और हैरानी होने के बाद क्या ज़रूरी है कि तोलानी उस सॉफ्ट-ड्रिंक को पिए ही? मुमकिन है कि पहले इस बात की गहराई में जाँच करे कि क्या वाकई इतनी बड़ी कंपनी ने वो प्रोडेक्ट उसके लिए भेजा है या फिर वो कोई छल-कपट है। अखिल!" रश्मि अपने शब्दों पर जोर देती हुई बोली- "वैसे भी मत भूलो कि तोलानी वकील है। वो भी क्राइम का वकील। शक की सुई उसके दिमाग में जल्दी टच होती है।"

अखिल श्रीवास्तव अब साफ-साफ विचलित नजर आने लगा।

परेशान।

योजना को इस ऐंगिल से तो उसने देखा ही न था।

"तोलानी कोई शिकागो के उस फिल्म राइटर-डायरेक्टर की तरह बड़ा आदमी नहीं है।" रश्मि बोली- "जो ऐसा कोई हथकंडा उस पर चल जाए। हाँ, तोलानी अगर अमिताभ बच्चन होता। शाहरुख खान होता। सचिन तेंदुलकर होता, तो यह फार्मूला उस पर भी चल सकता था। खूब चल सकता था। एक बात और है, जो इस योजना का कमजोर पक्ष है।"

"क्या?"

"प्रोडेक्ट भेजने के लिए कंपनी का लेटरहैड भी तुम्हें चाहिए होगा, क्योंकि उस लेटरहैड पर ही तुम तोलानी के नाम कंपनी की तरफ से एक लेटर लिखकर भेजोगे। ठीक?"

"ठीक।"

अखिल की गर्दन पुनः हिली।

"कंपनी का वह लेटरहैड तुम्हें कहाँ से हासिल होगा?"

अखिल श्रीवास्तव दाएँ-बाएँ बगलें झाँकने लगा।

चुप।

"मैं जानती हूँ कि लेटरहैड छपवाया जा सकता है।" रश्मि बोली- "किसी भी ढंग से छपवाया जा सकता है, क्योंकि तोलानी ने कंपनी का कोई असली लेटरहैड तो देखा नहीं होगा, लेकिन सवाल फिर वही है कि किसी भी बड़ी कंपनी का लेटरहैड छपवाना कोई मजाक काम नहीं। उसके लिए प्रेस पर जाना होगा और प्रेस पर जाना ही खतरनाक है। कोई भी प्रेस मालिक किसी भी बड़ी कंपनी का नकली लेटरहेड भला क्यों छापेगा? उल्टा, मैं समझती हूँ कि अगर वो ज़्यादा समझदार और कानूनभक्त हुआ, तो वो तुम्हें किसी बहाने से वहीं प्रेस में बिठाकर रखेगा और पुलिस को फोन कर देगा।"

अखिल श्रीवास्तव सरप्राइज-वे में रश्मि की सूरत देखने लगा।

वो एक-एक बात सच कह रही थी।

बिल्कुल सच।

"ठीक कह रही हो तुम।" अखिल श्रीवास्तव बोला- "मुझे हैरानी है कि इतनी मामूली-मामूली बातों पर मेरा ध्यान क्यों नहीं गया?"

"होता है ऐसा भी। खासतौर से तब तो ज़रूर ही होता है, जब इंसान किसी स्कीम को लेकर कुछ ज़्यादा ही एक्साइटिड हो।"

"जैसे मैं था।"

अखिल श्रीवास्तव ने रश्मि की तरफ देखा।

"हाँ, जैसे तुम थे।"

"यानी यह नाव किनारे नहीं लगने वाली।"

"यह तो तुम खुद सोचो। कोई नयी योजना सोचनी होगी।"

रश्मि, अखिल श्रीवास्तव की उस मासूमियत पर धीमे से मुस्करा दी।

उसने प्यार से उसे गले से लगा लिया।

❑❑❑

बहरहाल योजना को लेकर अखिल श्रीवास्तव के अंदर जो एक्साईट्मैंट था, वो जल्दी ही ठण्डा पड़ गया।

यह भी अच्छा था कि जल्दी दिन निकल आया था।

बहुत जल्दी!

अखिल श्रीवास्तव इस बात के लिए दृढ़ संकल्प था कि वो तोलानी का फुलप्रूफ मर्डर करेगा। ऐसा मर्डर, जो इतिहास बन जाए।

कभी न भुला सकने वाला इतिहास।

उसने अपराध जगत का और लिटरेचर पढ़ा। दर्जनों किताबें रात-दिन एक करके पढ़ डालीं।

वो कोई ऐसी जबरदस्त योजना चाहता था कि पुलिस उस पर बाल के बराबर भी शक न कर सके।

ऐसी एक योजना उसने और पढ़ी।

वो योजना भी जबरदस्त थी।

वो क्यूबा की राजधानी हवाना की घटना थी।

हवाना में एक छोटे भाई ने करोड़ों की जायदाद का अकेला वारिस बनने के लिए अपने बड़े भाई के कत्ल की योजना बनाई।

योजना सचमुच काफी दिमाग लगाकर बनाई गई थी।

खूब बुद्धि के घोड़े दौड़ाकर।

हत्यारे का बड़ा भाई हवाना का एक कामयाब बिजनेसमैन था। सिर्फ यही नहीं, उसकी प्रभु यीशु मसीह और परमपिता परमात्मा में भी गहरी आस्था थी।

इसीलिए उसने अपने विशाल बंगले में ही एक छोटा-सा चर्च बनवा रखा था, जिसमें वो रोजाना शाम के वक्त छः या साढ़े छः बजे के करीब कैन्डल जलाने जाता।

यह उसका रोजाना का नियम था।

रोजाना उसी कैन्डल जलाने ने उसे मौत के कुएँ में धकेल दिया।

दरअसल सारे दिन चर्च का मेन डोर बंद रहता था। शाम को बड़ा भाई ही में डोर खोलता और कैन्डल जलाता।

छोटे भाई ने उसी दरवाजे के माध्यम से अपनी फितरत दिखाई।

उसने एक रिवॉल्वर में डोर के बिल्कुल सामने प्रभु यीशु मसीह की मूर्ति में इस तरह फिट की; कि अगर वहाँ से गोली चले, तो वो सीधे मेन डोर में खड़े आदमी को लगे।

इसके अलावा छोटे भाई ने उस रिवॉल्वर के ट्रेगर में एक प्लास्टिक की डोरी भी बाँधी और उसका कॉम्बीनेशन मेन डोर के साथ किया।

कॉम्बीनेशन ये था कि जैसे ही कोई चर्च का मेन डोर खोलता, प्लास्टिक की डोरी खिंचती। डोरी के खिंचते ही ट्रेगर दबता और गोली चलती। नतीजतन चर्च के मुख्य दरवाजे से अंदर आने वाला व्यक्ति फौरन मारा जाता।

वही हुआ।

उस शाम बड़े भाई ने चर्च में कैन्डल जलाने के लिए जैसे ही मेन डोर खोला, तभी धांय से एक गोली उसके सीने में आकर लगी और वो मर गया।

ऑन द स्पॉट मर गया।

इस योजना का एक और ज़्यादा बड़ा दिलचस्प पहलू ये था कि जिस वक्त यह वारदात हुई, उस वक्त हत्यारा यानी छोटा भाई क्यूबा के कोई दो दर्जन से भी ज़्यादा बिजनेस टायक्यूनिस्टों के साथ एक मीटिंग अटेंड कर रहा था।

यानी उसके पास जबरदस्त एलीबाई थी।

जबरदस्त शहादत!

फिर भी वो पकड़ा गया।

अपनी मूर्खता की वजह से पकड़ा गया।

उसने मर्डर वैपन यानी रिवॉल्वर पर अपने फिंगरप्रिंट्स छोड़ दिए थे।

जोकि उसकी भयंकर गलती थी।

वही फिंगरप्रिंट्स उसके लिए मौत बन गए।

❑❑❑

अखिल श्रीवास्तव संजीदगी से उस योजना पर विचार करने लगा।

योजना वाकई बेहतरीन थी।

आश्चर्यजनक।

यह बात दीगर है कि इतनी बेहतरीन योजना को अंजाम देकर भी छोटा भाई पकड़ा गया। यह सब उसकी अपनी गलतियों की वजह से हुआ।

वरना जितना दिमाग उसने बड़े भाई को शूट करने वाले प्लान पर लगाया था, उतना ही दिमाग अगर वो अपने बचाव पक्ष पर भी लगाता, तो दुनिया का कोई कानून नहीं था, जो कभी वो पकड़ा जाता।

सारी रात अखिल श्रीवास्तव उस योजना के बारे में सोचता रहा।

गहराई से सोचता रहा।

उसने फैसला कर लिया कि वो उसी योजना पर काम करेगा।

अगला एक हफ्ता उसने उस योजना की निकल-पॉलिश में गुजारा। छोटी-से-छोटी संभावित घटना पर भी उसने संजीदगी से सोचा और उसका हल निकाला।

वो बहुत फुलप्रूफ योजना हो गई।

❑❑❑

"सचमुच!" रश्मि अचंभित स्वर में बोली- "बड़ी शानदार योजना तैयार की तुमने।"

और रश्मि के उन शब्दों को सुनकर अखिल श्रीवास्तव को ऐसा लगा, जैसे उसकी पूरे हफ्ते की थकान उतर गई हो।

गर्व से मुस्कुरा उठा वो।

मुस्कान गहरी थी।

"कोई कमीबेशी दिखाई दी?" अखिल श्रीवास्तव ने उत्सुकतावश पूछा।

"नहीं...कोई कमीबेशी नहीं।"

"यानी परफैक्ट प्लानिंग है।"

"यस।"

अखिल मुस्कुराने लगा।

रश्मि थोड़ी देर पहले ही ऑफिस से आकर बैठी थी कि तभी अखिल आ गया।

उसने चाय बना ली।

इस वक्त वह दोनों गरमा-गरम चाय पीते हुए वार्तालाप कर रहे थे।

दोनों उत्साहित थे।

"निःसंदेह यह एक परफैक्ट प्लानिंग है।" अखिल श्रीवास्तव बोला-"लेकिन फिर भी कुछेक खामियाँ इसमें भी हैं।"

"कैसी खामियाँ?"

रश्मि चौंकी।

"जैसे!" अखिल ने चाय का घूँट भरा- "प्लास्टिक की डोरी का रिवॉल्वर के ट्रेगर तथा दरवाजे से जो कॉम्बीनेशन जोड़ा गया है, वो ठीक नहीं। वो शंकाओं से भरा है।"

"क्यों?"

रश्मि के नेत्र सिकुड़ गए।

"क्योंकि रिवॉल्वर के ट्रेगर का दबना इस बात के ऊपर डिपेंड है कि प्लास्टिक की डोरी कितनी तादाद में खींची जाती है।"

"डोरी खिंचने की भी तादाद होगी?" रश्मि की हैरानी बहुत ज़्यादा बढ़ी।

"बिल्कुल होगी।"

"क्या?"

"मान लो, मैंने सुरेंद्र भाई तोलानी के बेडरूम में रिवॉल्वर फिट की।"

"की।"

"अब सुरेंद्र भाई तोलानी आता है। किसी वजह से वो गुस्से में भरा हुआ है। बेडरूम के करीब आते ही वो झटके से बेडरूम का दरवाजा खोलता है। झटके से दरवाजा खोलते ही प्लास्टिक की डोरी को भी तेज झटका लगेगा, ऐसी अवस्था में गोली तो चलेगी, लेकिन...।"

"लेकिन क्या?"

"लेकिन डोरी को तेज झटका लगने के कारण रिवॉल्वर की दिशा बदल सकती है। वो ऊपर हो सकती है, दाएँ हो सकती है, बाएँ हो सकती है; और ऐसा होते ही तोलानी बच जाएगा।"

"लेकिन ऐसा होगा ही क्यों?"

"क्यों नहीं होगा?" अखिल श्रीवास्तव ने पूछा।

"क्योंकि रिवॉल्वर तो अपने स्थान पर कसकर बँधी है, फिर उसके हिलने का क्या सवाल?"

"सवाल है। रिवॉल्वर चाहे कितनी ही कसकर बँधी हो, जब प्लास्टिक की डोरी से उस पर झटका लगेगा, तो वो दिशा-विहीन हो सकती है। उसे लोहे के दो पाटों के बीच में फिक्स तो नहीं किया जा सकता, सिर्फ बाँधा ही जा सकता है।"

रश्मि चुप हो गई।

खामोश।

परंतु वो अखिल की बातों से संतुष्ट नजर नहीं आ रही थी।

"यही स्थिति दूसरी पोजिशन में भी है।" अखिल सोचता-विचारता हुआ बोला।

"कौन-सी पोजीशन?"

"मान लो, तोलानी आहिस्ता से दरवाजा खोलता है। सिर्फ इतना कि बेडरूम के अंदर जा सके। आठ या दस इंच। ऐसी अवस्था में प्लास्टिक की डोरी ज़्यादा नहीं खिंचेगी। ज़्यादा नहीं खिंचेगी, तो ट्रेगर पूरा नहीं दबेगा और ट्रेगर पूरा नहीं दबेगा तो सारी योजना फेल। नाकाम।"

"यानी तुम यह कहना चाहते हो कि दरवाजा नार्मल पोजीशन में खुलना चाहिए।" रश्मि बोली- "तभी तोलानी मरेगा।"

"यस।"

"यह बात उसे क्यों नहीं सूझी?" रश्मि हैरानी के साथ बोली।

"किसे?"

"वही, हवाना का बिजनेसमैन! जिसने अपने बड़े भाई की चर्च में हत्या की?"

"उसके बड़े भाई की और तोलानी की परिस्थितियों में फर्क है।"

"क्या फर्क है?"

"उसका बड़ा भाई रोजाना चर्च में जाता था। वो धर्म के प्रति एक गहन आस्थावान् व्यक्ति था। वैसे भी जब कोई व्यक्ति प्रेयर करने के लिए किसी धार्मिक स्थल का दरवाजा खोलता है, तो वह सांसारिक बंधनों से दूर होता है। उसके मन में श्रद्धा होती है। अनुराग होता है। इसलिए दरवाजा भी वो सहज भाव से खोलता है।"

"यानी तुम यह कहना चाहते हो कि पूजागृह का दरवाजा कोई भी व्यक्ति उत्तेजित होकर नहीं खोलता?" रश्मि बोली।

"नहीं, खासतौर से वह व्यक्ति तो ज़रूर, जो धर्म के प्रति बेहद आस्थावान हो और उस वक्त पूजा करने आया हो।" अखिल बोला।

"वो बेहद आहिस्ता से तो खोल सकता है?"

"नहीं खोल सकता। क्यों खोलेगा वो आहिस्ता से? आठ या दस इंच दरवाजा खोलकर वो चर्च में क्यों जाएगा रश्मि? आठ या दस इंच दरवाजा आदमी तब खोलता है, जब उसे अंदर जाकर दरवाजा बंद करना हो और चर्च का दरवाजा अंदर से बंद करने का तो सवाल ही नहीं। इसीलिए वो छोटा भाई बड़ी सहूलियत से, बिना किसी विघ्न के अपने बड़े भाई की हत्या करने में सफल हो गया, क्योंकि उसे बेहतरीन मौका हासिल था।"

"जो तुम्हें हासिल नहीं।"

रश्मि ने उसकी तरफ देखा।

"हाँ।"

"मुझे तो लगता है, तुम खामखाह वहम कर रहे हो।" रश्मि बोली- "दरवाजा आहिस्ता से खुले या जोर से, दरवाजा खुलने से डोरी खिंचेगी, ट्रेगर दबेगा और दरवाजे पर खड़ा व्यक्ति मारा जाएगा।"

"यह वहम नहीं, यह सच है। मैं अपनी बात साबित कर सकता हूँ।" अखिल श्रीवास्तव की आवाज़ में दृढ़ता थी।

भरपूर दृढ़ता।

❑❑❑

और अखिल श्रीवास्तव ने वाकई अपनी बात साबित करके दिखाई।

उसने बाकायदा रश्मि के सामने डिमॉस्ट्रेशन शो पेश किया।

वह बाजार गया और बाजार से असली रिवॉल्वर की तरह ही एक भारी-भरकम खिलौना रिवॉल्वर तथा उसकी प्लास्टिक की कुछ गोलियाँ भी लेकर आया।

अखिल श्रीवास्तव ने वह रिवॉल्वर रश्मि के बेडरूम में एक फैंसी लैंप के साथ कसकर बाँध दी।

फैंसी लैंप दरवाजे के बिल्कुल सामने था।

अखिल ने दरवाजे की तरफ रिवॉल्वर की दिशा निर्धारित की और फिर प्लास्टिक की डोरी उसके ट्रेगर में बाँधकर उसका इस तरह दरवाजे से कॉम्बीनेशन जोड़ा कि जब दरवाजा खुले, तो डोरी खिंचे।

"सब कुछ सैट हो गया?" तब अखिल श्रीवास्तव, रश्मि से बोला।

"यस, सैट हो गया।"

"रिवॉल्वर देख लो, फैंसी लैंप के साथ हल्के-फुल्के ढंग से तो नहीं बँधी हुई?"

अखिल श्रीवास्तव ने कहा।

"मैंने देख ली है। बिल्कुल ठीक है।"

"यानी डन?"

"डन।"

वह दोनों अब खिड़की से बाहर निकल गए, क्योंकि दरवाजे के दोनों पट बंद थे।

"अब मैं सबसे पहले!" अखिल श्रीवास्तव बोला- "झटके से दरवाजा खोलता हूँ। देखना क्या रिजल्ट सामने आएगा?"

"खोलो।"

फिर वो तेज-तेज कदमों से चलता हुआ गुस्से में दरवाजे की तरफ बढ़ा और उसने झटका देकर दरवाजा खोला।

जोर से।

फौरन 'धांय' की हल्की-सी आवाज़ हुई।

गोली चली, लेकिन वो अखिल श्रीवास्तव को नहीं लगी।

रश्मि ने दौड़कर देखा, रिवॉल्वर का मुँह ऊपर की तरफ हो गया था और प्लास्टिक की गोली दरवाजे के ऊपर लगी एक पेंटिंग में धंसी थी, जिसकी वजह से कागज की वह पेंटिंग थोड़ी-सी फट गई।

"बोलो।" अखिल श्रीवास्तव विजेता जैसे स्वर में बोला- "अब क्या ख़्याल है?"

"सचमुच! बिल्कुल ठीक कह रहे थे तुम।" रश्मि प्रभावित थी।

"अब आहिस्ता से भी दरवाजा खोलकर दिखाता हूँ।"

"दिखाओ।"

अखिल श्रीवास्तव ने सारा सिस्टम दोबारा से करेक्ट किया। रिवॉल्वर की दिशा ठीक की।

उसमें गोली डाली।

फिर खिड़की से बाहर निकलकर पुनः दरवाजे के सामने जा खड़ा हुआ।

"अब मैं दरवाजे को आठ या दस इंच खोलूँगा।" अखिल श्रीवास्तव बोला।

"ओके।"

अखिल ने लगभग दस इंच दरवाजा खोला, परंतु गोली न चली।

उसमें हरकत भी न हुई।

"वाकई!" रश्मि इंप्रेस थी।

उसी क्षण अखिल श्रीवास्तव ने सहज भाव से पूरा दरवाजा खोल दिया।

फौरन धांय से गोली अखिल के सीने पर आकर लगी।

अखिल के मुँह से चीख निकल गई, वो एकदम धड़ाम से नीचे फर्श पर जाकर गिरा।

"क...क्या हुआ?" रश्मि चीखती हुई उसकी तरफ दौड़ी- "क्या हुआ अखिल ?"

"कुछ नहीं।" अखिल मुस्कुराता हुआ खड़ा हो गया- "कुछ नहीं। मैं परीक्षा ले रहा था कि तुम मुझसे कितना प्यार करती हो?"

"ओह अखिल !" रश्मि हाँफती हुई उसके सीने से लिपट गई- "तुमने तो जान ही निकाल दी थी मेरी।"

"तुम मेरी जान हो।" अखिल ने उसे बाँहों में समेटा- "ऐसे ही नहीं निकलने दूँगा इसे।"

वह हँसने लगा।

ऐसी स्वच्छंद हँसी, बहुत दिन बाद उसके चेहरे पर प्रकट हुई थी।

वह आज खुश था।

❑❑❑

"यानी!" रश्मि कुछ देर बाद बोली- "यह योजना भी फ्लॉप हो गई।"

"किसने कहा यह योजना फ्लॉप हो गई?"

"क...क्या मतलब?" रश्मि हक़बकाई।

चौंकी।

"अरे मैंने इस योजना में मौजूद एक नुक्स तुम्हें बताया है।"

"सिर्फ नुक्स!"

"और क्या? नुक्स दूर हो सकता है। हर चीज का हल इस फितरती दिमाग में मौजूद होता है। बस इंसान के बच्चे को अपनी अक्ल के थोड़े घोड़े दौड़ाने की ज़रूरत होती है।"

"तुमने दौड़ाए अक्ल के घोड़े?"

रश्मि की हैरानी बढ़ रही थी।

"बिल्कुल दौड़ा चुका हूँ।"

"क्या हल निकाला?"

"हल भी स्टेनलेस स्टील की तरह ऐसा चमकदार निकाला है कि सुनोगी तो खुश हो जाओगी।" अखिल श्रीवास्तव मुदित मन से बोला- "सुनो, रिवॉल्वर का

जो ट्रेगर योजना में प्लास्टिक की डोरी और दरवाजे के कॉम्बीनेशन से दबता है, वो अब 'टाइमर' से दबेगा।"

"टाइमर, यह क्या बला है?"

रश्मि के चेहरे पर पुन: विस्मय के भाव पैदा हुए।

"तुमने टाइम बम के बारे में खूब सुना होगा।"

"यस, सुना है।"

"जानती हो कि टाइम बम को टाइम बम क्यों कहते हैं, उसे सिर्फ 'बम' क्यों नहीं कहते?"

"क्योंकि टाइम बम एक पूर्वनिर्धारित समय पर अपने आप फटता है।" रश्मि इस तरह बोली, जैसे किसी स्कूल मास्टर के सवाल का जवाब दे रही हो- "जबकि साधारण बम अपने आप फटता है।"

"करेक्ट! और टाइम बम एक निर्धारित समय पर इसलिए अपने आप फटता है, क्योंकि उसमें 'टाइमर' फिट होता है। एक घड़ी उस बम के साथ कनेक्ट होती है, जिसमें अलार्म की तरह एक टाइम सैट कर दिया जाता है। फिर रिस्टवॉच जैसे ही उस पूर्वनिर्धारित समय पर पहुँचती है, तभी एकदम बम फट जाता है।"

"यह बात क्यों सुना रहे हो तुम मुझे?"

"क्योंकि मैं टाइम बम जैसा ही एक 'टाइमर' रिवॉल्वर के ट्रेगर के साथ फिट करूँगा।"

"त...तुम यह कहना चाहते हो कि एक पूर्वनिर्धारित समय पर पहुँचते ही रिवॉल्वर का ट्रेगर अपने आप दब जाएगा?" रश्मि सख्त हैरानी से बोली।

"यस।" अखिल श्रीवास्तव मनोरंजक भाव से मुस्कुराया।

"ऐसा कैसे होगा?"

"होगा ऐसा भी किसी तरह। मैं पूरी भूमिका अपने दिमाग में सैट कर चुका हूँ।"

"लेकिन मैंने पहले तो ऐसी किसी रिवॉल्वर के बारे में नहीं सुना।" रश्मि हैरानीपूर्वक बोली- "कि जिसमें टाइम की सैटिंग होती हो, जो अपने आप चलती हो!"

"पहले नहीं सुना, तो अब सुन रही हो। हर चीज की कभी-न-कभी शुरूआत होनी होती है और टाइमिंग रिवॉल्वर की फिलहाल मेरे दिमाग में शुरूआत हो चुकी है।"

"बड़ी चौंका देने वाली बातें कर रहे हो!" रश्मि आश्चर्यपूर्वक बोली।

अखिल श्रीवास्तव सिर्फ मुस्कुराया।

"उस टाइमिंग सिस्टम में प्लास्टिक की डोरी और दरवाजे की तो कोई भूमिका नहीं होगी?"

"नहीं। वह अपने आप में एक कंप्लीट इन्स्ट्रूमेंट होगा, जो निर्धारित समय पर खुद-ब-खुद चलेगा।" अखिल श्रीवास्तव बोला।

"एक बात बताओ।"

"पूछो।"

"मान लो, तुमने उसमें पाँच बजे का टाइम फिक्स कर दिया कि ठीक पाँच बज़े उसमें से गोली चलेगी।"

"ओके, फिक्स कर दिया। देन?"

"अब ठीक पाँच बजे तुम सुरेंद्र तोलानी को उस रिवॉल्वर की रेंज में कैसे बुलाओगे, जो उसे गोली लगे ही लगे?"

अखिल श्रीवास्तव ने वह तरकीब भी बताई कि वो किस तरह सुरेंद्र भाई तोलानी को उस रिवॉल्वर की रेंज में बुलायेगा।

रश्मि एक बार फिर आश्चर्य की प्रतिमूर्ति बन गई।

हैरान!

अखिल श्रीवास्तव के पास उस समय हर सवाल का जवाब था।

माय गॉड!

सुपर्ब प्लान था।

ज़बरदस्त!

एकदम फाड़ू!

❑❑❑

"सचमुच।" रश्मि मन्त्रमुग्ध स्वर में बोली- "इस बार योजना पर तुमने काफी अच्छा होमवर्क किया है।"

"हाँ, ठीक कह रही हो तुम।" अखिल श्रीवास्तव बोला- "इस बार मैं काफी सतर्क था। मैं बारीक-से-बारीक कोई प्वाइन्ट भी नहीं छोड़ना चाहता था। रश्मि, शायद तुम्हें विश्वास न हो, लेकिन मैंने तोलानी को कत्ल करने के और अपने बचने के सभी रास्तों का खूब गहराई से अध्ययन कर लिया है। किसी बाल से बारीक बात को भी मैंने नजरअंदाज नहीं किया है।"

रश्मि अब साफ-साफ उससे इंप्रेस नजर आ रही थी। जबकि अखिल श्रीवास्तव ने एक सिगरेट सुलगा ली थी और वो एक कुर्सी पर बैठ गया था।

"रश्मि!" अखिल सिगरेट का धुआँ छत की तरफ उड़ाता हुआ बोला-"इस योजना का सबसे शानदार पक्ष ये है कि इसमें हत्यारे को उस वक्त मर्डर स्पॉट पर रहने की ज़रूरत नहीं है, जिस वक्त मर्डर हो रहा है। हत्यारा उस वक्त की अपनी कोई शानदार एलीबाई तैयार कर सकता है। लेकिन...।"

"लेकिन क्या...?"

"लेकिन हत्या होने के फौरन बाद हत्यारे को यानी मुझे मर्डर स्पॉट पर जाना होगा और वहाँ से टाइमिंग सिस्टम से लैस वो अभूतपूर्व रिवॉल्वर हटानी होगी।" अखिल श्रीवास्तव पूरी योजना समझाता हुआ बोला।

"क्यों?"

"क्योंकि अगर वह रिवॉल्वर अपने टाइमर के साथ पुलिस के हाथ लग गई, तो पुलिस फौरन समझ जाएगी कि हत्यारा उस वक्त मर्डर स्पॉट पर नहीं था, जब तोलानी मरा, फिर उसके बाद अगर मैं पकड़ा गया, तो मेरी एलीबाई मेरे किसी काम नहीं आएगी।"

"ठीक कह रहे हो तुम।"

अखिल चुप हो गया।

खामोश।

"यही गलती हवाना के उस बिजनेसमैन से हुई थी।" रश्मि बोली- "जिसने अपने बड़े भाई की हत्या की। अगर उसकी उँगलियों के निशान रिवॉल्वर पर रह भी गए थे, तब भी अगर वो अपने बड़े भाई के मरने के बाद चर्च में जाकर वहाँ से रिवॉल्वर और प्लास्टिक की डोरी हटा लेता, तब भी बच जाता; लेकिन उसने तो अपनी मुकम्मल कारस्तानियों के सबूत वहीं छोड़ दिए।"

"करेक्ट।"

"रिवॉल्वर कहाँ से लाओगे तुम?"

"उसका भी एक ठीया है मेरी नजर में। एक आदमी बनारस में ऐसा है, जो रिवॉल्वर के बड़े-बड़े नफीस पीस खुद बनाकर यहाँ के गुंडे-मवालियों को बेचता है।"

"तुम खुद उससे रिवॉल्वर खरीदोगे?" रश्मि की आवाज़ में पुनः अचरज झलका।

"हाँ।"

"वो तुम्हारा भांडा फोड़ देगा। तोलानी के कत्ल के बाद जब अखबारों में उसके मर्डर वैपन की चर्चा होगी, तो वह आदमी समझ नहीं जाएगा कि यह सब कुछ तुम्हारा किया-धरा है?"

"नहीं समझ जाएगा।"

"कैसे?" रश्मि ने पूछा।

"क्योंकि जिस वक्त मैं उससे रिवॉल्वर खरीदूँगा, उस वक्त मैं मेकअप किए रहूँगा। विग लगाए रखूँगा।" अखिल श्रीवास्तव बोला।

"कास्ट्यूम का वो सामान भी कहाँ से आएगा तुम्हारे पास?"

"उसे मैं चुराऊँगा।"

"क...क्या?" रश्मि के मुँह से सिसकारी छूटी।

"उसे मैं चुराऊँगा रश्मि!"

"त...तुम चोरी करोगे?"

रश्मि का हतप्रभ स्वर।

"यस, क्योंकि इसके अलावा दूसरा कोई रास्ता नहीं है मेरे पास। मैं कहीं भी कोई सबूत नहीं छोड़ना चाहता।"

"तुम ज़रूर पागल हो गए हो।"

रश्मि के चेहरे पर सख्ती थी।

"हाँ।" अखिल श्रीवास्तव विषधर की तरह गुर्राया- "पागल हो गया हूँ मैं। उस हरामजादे तोलानी ने पागल बना दिया है मुझे। मेरे डैडी की मौत ने मुझे पागल कर दिया है।"

रश्मि सहम गई।

क्योंकि उसकी आँखों में एकाएक 'बिच्छू' जैसी दहशत नजर आने लगी थी।

खतरनाक लगने लगा था वो।

"अखिल!" रश्मि डरते-डरते बोली- "अभी भी सोच लो, तुम एक बहुत खतरनाक काम करने जा रहे हो।"

"मैं जानता हूँ।" अखिल ने सिगरेट फेंक दी और वो यूं लहराता हुआ खड़ा हो गया, जैसे बिच्छू ने अंगड़ाई ली हो।

जैसे वो हमले के लिए तैयार हो गया हो।

"अगर तुम पकड़े गए अखिल!" रश्मि का सहमा-सहमा स्वर- "तो तुम भी अपने डैडी की तरह फाँसी चढ़ा दिए जाओगे।"

हँसा अखिल!

वो हँसी 'बिच्छू' की थी।

क्योंकि उसमें बेशुमार जहर भरा था। अजीब-सा खौफ था उस हँसी में।

"नहीं।" अखिल श्रीवास्तव की गर्दन इन्कार में हिली- "नहीं, मैं पकड़ा नहीं जाऊँगा। मैं ऐसा परफैक्ट मर्डर करूँगा कि पुलिस मुझे कभी नहीं पकड़ सकेगी; और यह बात मैं सिर्फ जबानी नहीं कह रहा रश्मि, बल्कि मैं अपनी जीत पर बड़ी-से-बड़ी शर्त भी लगाने को तैयार हूँ।"

रश्मि उस बेपनाह जुनूनी को देखती रह गई।

हाँ, वह जुनूनी था।

एक पागल।

एक बिच्छू!

हमेशा की तरह उसके दाँत जोर-जोर से बज रहे थे।

❑❑❑

अखिल श्रीवास्तव ने एक नजर दुकान के ऊपर लगे विशाल साइनबोर्ड पर डाली, जिस पर लिखा था 'भाईजी कास्ट्यूम सप्लायर्स'!

वह दुकान कास्ट्यूम सप्लाई करने की सबसे बड़ी दुकान थी और वैसी दुकान बनारस के आसपास के किसी भी शहर में कहीं नहीं थी।

इसके अलावा वह दुकान बनारस के गोदौलिया बाज़ार में थी।

अखिल श्रीवास्तव ग्लास-डोर खोलकर दुकान में दाखिल हुआ।

वहाँ दो आदमी थे।

एक चुसे हुए आम जैसी सूरत वाला बूढ़ा आदमी था, जिसने सिर पर गोल टोपी लगा रखी थी।

जबकि दूसरा एक गंजा नौजवान आदमी था, जोकि उस वक्त कुर्सी पर बैठा काउंटर से सिर लगाए ऊँघ रहा था।

बूढ़े ने अपने बाई-फोकल्स में से अखिल को घूरा, फिर गंजे से चीखकर बोला-"अबे पतीली के ढक्कन, खड़ा हो।"

पतीली का ढक्कन; यानि वह गंजा नौजवान आदमी फौरन एक ही आवाज़ में यूं उछल कर खड़ा हुआ, जैसे उसे ज़्यादा गरम भाप लग गई हो।

वो हड़बड़ाया।

"क्या हुआ उस्ताद जी?"

"अबे भूतनी के देख, बाऊजी से पूछ उन्हें क्या चाहिए?" चुसे हुए आम जैसे उस बूढ़े की आवाज़ ऐसी तीखी थी, जैसे माइक्रोफोन में से निकल रही हो।

पतीली के ढक्कन ने फौरन अखिल से पूछा- "क्या चाहिए बाऊजी?"

"कुछ कास्ट्यूम और विग दिखाओ।" अखिल श्रीवास्तव इधर-उधर निगाह दौड़ाता बोला।

"कैसे कैरेक्टर (पात्र) के लिए चाहिए?"

"कैरेक्टर ही तो नहीं सोचा अभी।"

"क्या मतलब?" पतीली का ढक्कन हक़्बकाया।

वह चौंका।

"क्या है कि मैं एक राइटर हूँ।" अखिल श्रीवास्तव उसे एक सोची-समझी कहानी सुनाता हुआ बोला- "मुझे एक नाटक लिखना है, लेकिन मैं अभी उस नाटक का हीरो फाइनल नहीं कर पा रहा। ये सोचकर मैं यहाँ आया हूँ कि शायद कास्ट्यूम और विग वगैरह देखकर ही कोई आइडिया जेहन में आ जाए।"

"ओह!" पतीली का ढक्कन लफंगों की तरह हँसा- "तो हीरो तलाश करते घूम रहे हैं आप।"

"जी हाँ।"

"राइटर हैं आप?"

"जी हाँ।"

"लेकिन बाऊजी!" पतीली का ढक्कन एकाएक अकड़कर बोला- "अपनी स्टोरी का कुछ तो ओर-छोर बताओ। कुछ तो हिंट दो कि आपके हीरो की कौन-सी किस्म है? तभी तो मैं कास्ट्यूम दिखाऊँ, वरना ऐसे तो सारी दुकान ही मुझे आपके सामने रखनी पड़ेगी।"

"किस्म? हीरो की किस्म ये है कि वो मवाली है।" अखिल श्रीवास्तव कुछ सोचकर बोला।

"उम्र?"

"उम्र कुछ भी चल सकती है।"

"बूढे या जवान से कोई फर्क नहीं?"

"ना।"

"अजीब स्टोरी लिखने जा रहे हैं आप बाऊजी!" पतीली का ढक्कन आश्चर्यपूर्वक बोला- "आपको तो हॉलीवुड में होना चाहिए था, वहीं ऐसी कहानियाँ करोड़ों रुपया पीटती हैं।"

उसके नेत्र फैले।

"अबे कंजर!" एकाएक बूढ़ा अपनी माइक्रोफोन जैसी आवाज़ में बोला- "तेरा जो काम है, वो कर। भाषण मत दे।"

पतीली का ढक्कर तुरंत बड़ी फुर्ती से अखिल को कास्ट्यूम और मेकअप दिखाने लगा।

दरअसल अखिल चोरी करने से पहले यह देख लेना चाहता था कि वहाँ उसके मतलब की कास्ट्यूम है भी या नहीं।

पलक झपकते ही पतीली के ढक्कन ने ढेर सारी कास्ट्यूमें अखिल के सामने फैला दीं।

तरह-तरह की कास्ट्यूमें।

"बात बनी बाऊजी?" पतीली का ढक्कन थोड़े आशापूर्ण स्वर में बोला- "मिला आपका हीरो?"

"नहीं।"

पतीले के ढक्कन ने और कास्ट्यूमें तथा उनके साथ की विगें इत्यादि दिखाईं। अब वहाँ ढेर लग गया था।

एक कास्ट्यूम और उसके साथ का साज-सामान अखिल को भा गया। वह एक लगभग सत्तर वर्ष के आदमी की कास्ट्यूम थी। उसमें घुटनों तक लंबी काली अचकन थी। सफेद आड़ा पायजामा था। सुर्ख रंग की लंबी तुर्की टोपी थी, जिसमें छोटी चुटिया की तरह लंबे-लंबे काले फुंदने लटके हुए थे। दाढ़ी-मूंछें थीं। सफेद लंबे बालों वाला विग था।

कुल मिलाकर वह किसी मवाली की कास्ट्यूम हरगिज नहीं थी।

वह तो गालिब जैसे किसी महान् शायर की कास्ट्यूम थी, जो पतीली के ढक्कन ने गफलत में अखिल को दिखा दी थी।

बेध्यानी में।

"बाऊजी, बनी बात?" ढक्कन ने पूछा।

"नहीं।"

"सॉरी बाऊजी, फिर तो आपका हीरो हमारे यहाँ नहीं होगा।" पतीली का ढक्कन खेदपूर्ण स्वर में बोला- "क्योंकि हमारे यहाँ जितने मवाली थे, वो सब मैंने आपको दिखा दिए।"

"कोई बात नहीं।"

अखिल श्रीवास्तव खुशी-खुशी वहाँ से विदा हुआ।

उसका काम हो गया था।

❑❑❑

उस रात पूरे बनारस में तूफानी वर्षा हो रही थी।

बार-बार आसमान का कलेजा चाक करके बिजली कौंधती, तो यूं मालूम देता जैसे कोई आसमान पर चाँदी का हंटर बरसा रहा हो।

जोर-जोर से बरसा रहा हो।

ऐसे तूफानी मौसम में एक साया लंबे-लंबे डग भरते हुए बड़ी तेजी से गोदौलिया बाज़ार की तरफ बढ़ा चला जा रहा था। उसने बारिश से बचने के लिए काली प्लास्टिक की बरसाती पहनी हुई थी।

पैरों में क्रेपसोल के जूते थे और सिर पर छतरी जैसा बड़ा एक प्लास्टिक का हैट था, जो उसे बारिश से पूर्ण सुरक्षा प्रदान कर रहा था।

वो बिच्छू था।

अखिल श्रीवास्तव!

इस वक्त उसकी आँखों में वहशत नजर आ रही थी; और चेहरे पर दृढ़ता के भाव थे।

सख्ती के भाव!

अखिल 'भाईजी कास्ट्यूम सप्लायर्स' की दुकान के सामने आकर रुका।

दुकान के फ्रंट साइड में एक बड़ा शटर लगा हुआ था और दुकान के बराबर में ही एक तीन बाई चार साइज की विंडो लगी हुई थी, जिसमें बाहर की तरफ लोहे की मजबूत ग्रिल थी और अंदर की तरफ ग्लास-डोर थे।

अखिल ने रबड़ के दस्ताने निकालकर अपने दोनों हाथों में पहने।

फिर ग्रिल का निरीक्षण किया।

अगले पल वो खड़ा-खड़ा यूं हिस्स-हिस्स करता हुआ लहराया, जैसे बिच्छू तड़ंग भर रहा हो।

अपने खतरनाक रूप में आ रहा हो।

तुरंत उसके हाथ में एक पेचकस नमूदार हुआ और पेचकस के नमूदार होते ही वो ग्रिल के पेंच जल्दी-जल्दी खोलने लगा।

पलक झपकते ही उसने विंडो से ग्रिल उतारकर नीचे रख दी।

रास्ता साफ था।

मूसलाधार बारिश की वजह से दूर-दूर तक सड़क वीरान थी।

कोई आता-जाता नजर नहीं आ रहा था।

सन्नाटा था।

ग्रिल उतारने के बाद अखिल श्रीवास्तव ने ग्लास-डोर की तरफ देखा।

पेचकस जेब में रखा।

फिर उसके दस्तानेयुक्त हाथों में जो चीज नमूदार हुई, वो ग्लास काटने वाला 'हीरा' था।

ग्लास कटर!

अखिल श्रीवास्तव अब वह कटर ग्लास पर फिराने लगा।

❑❑❑

"आज तो निमोनिया हुआ समझ खलीफा!" इंस्पेक्टर तिवारी मूसलाधार बारिश में भी साठ की स्पीड से मोटरसाइकिल दौड़ाता हुआ अपने पीछे बैठे अपने सहायक से बोला- "आज जिस्म के सारे वोल्टेज डाउन हो जाएँगे।"

"गुरू, यह साली पुलिस की नौकरी भी बड़ी कुत्ती चीज है।"

तिवारी हो-हो करके हँसने लगा।

उसकी हँसी विचित्र थी।

"तुम हँस क्यों रहे हो गुरू?"

"अबे भूतनी के, तू बात ही ऐसी कर रहा है।"

"क्यों, ऐसा क्या कह दिया मैंने?"

"साले, झोपड़ी के छप्पर! तुझे पुलिस की नौकरी करते आज कितने साल हो गए?"

तिवारी की आवाज़ में थोड़ी तरंग थी।

"छः साल गुरू!"

"छः साल तुझे नौकरी करते हो गए; और भीडू तू आज कह रहा है पुलिस की नौकरी बड़ी कुत्ती चीज है।"

सहायक फौरन हो-हो करके हँसने लगा।

उसी की तरह हँसा।

"चुप बे, अपना खोखा बंद कर। हँसता क्यों है साले? यह हँसने की बात है।"

सहायक ने फौरन अपना जबड़ा भींच लिया।

सख्ती से भींच लिया।

इस वक्त रात के साढ़े ग्यारह बज रहे थे। इंस्पेक्टर तिवारी को फोन पर थोडी देर पहले ही सूचना मिली थी कि दाल मंडी के पास एक स्कूटर दुर्घटना के दौरान दो व्यक्तियों का 'ईश्वरपुरी' के लिए टिकट कट गया है।

इसीलिए उसे ऐसी धुआँधार बरसात में अपने सहायक को लेकर पुलिस बाजार जाना पड़ रहा था।

"गुरू!" सहायक डरते-डरते बोला।

"एक बात बोलूँ?"

"बोल।"

"वो दोनों आदमी अगर और एक घंटे बाद मर जाते, तो उनका क्या बिगड़ता?"

"एक घंटे बाद बारिश बंद हो जाती?"

"नहीं।"

"तो फिर तुझे क्या फायदा पहुँचता था अंगीठी के कोयले?"

"फायदा तो मुझे पहुँचता गुरू!"

"क्या?"

"गुरू, आज आपने बड़े गलत टाइम पर मुझे बिस्तर से उठाया।"

"क्यों, तू क्या कर रहा था बिस्तर पर?" तिवारी सचेत स्वर में बोला।

चौंकन्ना!

"आज मेरी बीवी एक महीने बाद मायके से आयी थी गुरू!" सहायक अपना सर दो उँगलियों से खुजाता हुआ और थोड़ा शरमाते हुए बोला।

"फिर?"

"मैं उसके साथ फिट होने की तैयारी कर रहा था; तभी आपने कुंडी खड़खड़ा दी।"

"ओह! ओह!" तिवारी खुलकर हँसा- "इसका मतलब मैंने तेरी एनर्जी वेस्ट होने से बचा ली।"

'एनर्जी वेस्ट' होने के नाम पर सहायक भी हँसा।

फिर जोर से हँसा।

"चुप बे!" तिवारी ने उसे पुनः घुड़का- "अपना खोखा बंद कर। अपने साहब के सामने हँसता है।"

सहायक ने फिर अपना जबड़ा बंद कर लिया।

हड़बड़ाकर बंद कर लिया।

❑❑❑

अखिल श्रीवास्तव के मुँह से आहिस्ता-आहिस्ता हिस्स-हिस्स की आवाज़ निकल रही थी।

वो चूंकि जिंदगी में पहली बार चोरी कर रहा था, इसलिए थोड़ा डरा हुआ था; लेकिन वो चौकस भी था पूरी तरह।

अलर्ट!

क्योंकि जानता था कि जरा-सी घबराहट उसका न सिर्फ सारा प्लान चौपट कर सकती है; बल्कि उसे जेल की सलाखों के पीछे भी धकेल सकती है।

उसने 'कटर' से विंडो का पूरा ग्लास (शीशा) काटकर बाहर निकाल लिया और उसे ग्रिल के ऊपर रख दिया।

फिर 'कटर' भी अपनी जेब में रखकर वो दुकान के भीतर कूद पड़ा।

अगले पल अखिल श्रीवास्तव को वह बूढ़े शायर वाली कास्ट्यूम ढूँढ़ने में बहुत थोड़ा वक्त लगा।

उसने आनन-फानन उसे ढूँढ़ निकाला।

अखिल ने वो कास्ट्यूम और विग वगैरह सब जल्दी से एक शॉपिंग बैग में रखे और वापस दुकान से बाहर की तरफ लपका।

सारा काम उसने सेकंडों में निपटा दिया।

❑❑❑

"गुरू जी!" एकाएक मोटरसाइकिल पर पीछे बैठा सहायक जोर से चिल्लाया- "गुरूजी!"

इंस्पेक्टर तिवारी की मोटरसाइकिल दशाश्वमेध घाट से होती हुई 'भाई जी कास्ट्यूम सप्लायर्स' की दुकान के सामने से जैसे ही गुजरी, सहायक चिल्ला उठा।

"क्या है बे?"

"गुरूजी!" सहायक बदहवासों की तरह बोला- "उधर पीछे कुछ घपला है।"

"पीछे किधर?"

"भाई जी कास्ट्यूम सप्लायर्स वाले की दुकान पर। गुरूजी, गाड़ी रोको। गाड़ी रोको।"

तिवारी ने अपनी मोटरसाइकिल के जोर से ब्रेक अप्लाई किए।

तुरंत उसके पहिए चीखते हुए सड़क पर रुक गए।

झटके से रुके।

"अबे, क्या घपला है?" तिवारी बेहद झुंझलाकर बोला- "क्या बक रहा है बे तू?"

तब तक वो 'भाई जी' की दुकान से काफी आगे निकल आए थे।

"गुरूजी!" सहायक जल्दी-जल्दी बोला- "मैंने वहाँ कास्ट्यूम सप्लायर्स की दुकान की एक विंडो को बिल्कुल खुली देखा है। लोहे की ग्रिल और शीशा, दोनों नीचे जमीन पर रखे थे।"

"ऐसा कैसे हो सकता है?" अब तिवारी के भी नेत्र फैले।

उनमें हैरानी पैदा हुई।

"ऐसा ही है गुरूजी, मैंने सब कुछ क्लियर देखा है। मुझे तो यह ज़रूर चोरी का मामला मालूम होता है।"

अपने सहायक की बातें सुनकर अब तिवारी के चेहरे पर भी व्यग्रता के चिन्ह उभर आए थे।

उसने फौरन मोटरसाइकिल स्टार्ट की। उसे यू-टर्न दिया और वापस 'भाईजी कास्ट्यूम सप्लायर्स' की दुकान की तरफ दौड़ा दिया।

बारिश तब भी खूब मूसलाधार हो रही थी।

जमकर हो रही थी।

अलबत्ता बारिश के पानी से बचने के लिए तिवारी और उसके सहायक, दोनों ने खाकी रंग की बरसातियाँ और उसी से जुड़े कनटोप पहने हुए थे।

"साले!" तिवारी दाँत पीसकर बोला-"अगर अब कुछ वैसा ही न हुआ, जैसा तू बयान कर रहा है, तो आज मैंने तुझे बिना बरसाती के सैर करा देनी है।"

"ऐसा ही है गुरूजी! हैंड्रेड परसेंट ऐसा ही है।" सहायक बोला।

मोटरसाइकिल दौड़ती हुई जैसे ही कास्ट्यूम सप्लायर्स की दुकान के नजदीक पहुँची, तभी उन दोनों ने विंडो में से एक आदमी को कूदते और फिर भागते देखा।

"गुरूजी!" सहायक तुरंत जोर से चीखा- "ज़रूर वह आदमी चोर है, पकड़ो उसे। उसके हाथ में एक शॉपिंग बैग भी है, जिसमें कुछ भरा है।"

वह बुरी तरह चिल्लाया।

सहायक के चीखते ही एक बार अखिल श्रीवास्तव ने मुड़कर पीछे देखा और फिर वो बुरी तरह भागा।

इंस्पेक्टर तिवारी ने तुरंत उसके पीछे मोटरसाइकिल लगा दी।

आश्चर्य था, अखिल श्रीवास्तव मोटरसाइकिल बहुत तेज रफ्तार से भगा रहा था।

बुरी तरह।

बेतहाशा।

उसके शरीर में जैसे इन्जन की शक्ति आ चुकी थी।

फिर वो बारिश में उसी तरह बेतहाशा भागता हुआ एक पतली सी गली में मुड़ गया।

उसके पैरों की ध्वनि दूर होती गई।

❑❑❑

"कमाल है!" गली में मोटरसाइकिल घुमाते ही तिवारी चौंका- "अभी तो वो इसी गली में घुसा था, अब एकाएक कहाँ गायब हो गया!"

"गुरूजी, कहीं वो कोई भूत-वूत तो नहीं था?" सहायक अचरजपूर्वक बोला।

"चुप बे!"

सहायक सहम गया।

उन दोनों ने उस लंबी-पतली गली में एक-एक जगह को अच्छी तरह देख डाला, लेकिन रहस्यमयी व्यक्ति कहीं न था।

वह गायब हो चुका था।

वह गली कोई डेढ़ सौ मीटर लंबी थी, फिर उस गली में ऐसा कोई रास्ता भी नहीं था, जो बीच में से कहीं और के लिए कटता हो।

"हम उसके लगभग पीछे-पीछे ही गली में घुसे थे।" तिवारी बड़बड़ाया।

"हाँ।"

"फिर वो इस गली में आते ही कहाँ गायब हो गया खलीफा?"

"यही सोच-सोचकर तो मेरा दिमाग फट रहा है गुरूजी! यह तो बिल्कुल ऐसा हो गया, जैसे किसी जादूगर ने मंच पर अपना जादू दिखा दिया हो।"

तभी उन्हें एक टिन शेड के नीचे खड़ा कोई सत्तर-अस्सी साल का बुड्ढा दिखाई दिया, जो काली लंबी अचकन और तुर्की टोपी पहने था। उसकी दाढ़ी बिल्कुल सफेद और बड़ी थी।

"गुरूजी!" सहायक जल्दी से बोला।

"क्या है?"

"वो दायीं तरफ टिन शेड के नीचे खड़े आपको बुजुर्ग महाशय दिखाई दे रहे हैं?"

"दिखाई दे रहे हैं।"

"मालूम होता है, वो बहुत देर से बारिश से बचने के लिए शेड के नीचे खड़े हैं। उनसे पूछते हैं, शायद उन्होंने उस चोर को देखा हो।"

तिवारी फौरन मोटरसाइकिल दौड़ाता उस बुजुर्ग के करीब ले गया।

"हुजूर!" तिवारी ने बुजुर्ग से पूछा- "आपने अभी एक आदमी को इस गली में से भागते देखा है?"

"क्या कह रहे हो?" बुजुर्ग ने अपने एक कान पर हाथ रखा और वह जोर से चिल्लाया।

"हुजूर, अभी आपने एक आदमी को इस गली में से गुजरते देखा है?" तिवारी थोड़े उच्च स्वर में बोला।

"मियां, थोड़ा तेज बोलो। मुझे कम सुनाई देता है।"

"गुरूजी!" सहायक अवसादपूर्ण स्वर में बोला- "यह तो पक्का बहरा मालूम देता है।"

उसके चेहरे पर झुंझलाहट के भाव थे।

"हुजूर!" तिवारी इस बार अपना मुँह बिल्कुल बुजुर्ग के कान के करीब ले गया और हलक फाड़कर चीखा- "मैं यह पूछ रहा हूँ कि अभी इधर से एक आदमी गुजरा, आपने उसे देखा?"

"ओफ्फो मियां!" बुजुर्ग ने बुरा-सा मुँह बनाकर अपने कान में जोर से उँगली घुमाई- "तुम्हें भी जरा तमीज नहीं, ज़रूर किसी चण्डूखाने से छूटे मालूम होते हो। मियां, अगर तुम्हारा कुत्ता भाग गया तो मैं क्या करूँ? यहाँ बारिश में खड़े होकर चिल्ला क्यों रहे हो?"

"धत् तेरे की।" तिवारी ने अपना सिर पीट लिया।

फिर उसने बुरी तरह झुंझलाते हुए ही मोटरसाइकिल आगे बढ़ाई और एक बार फिर आसपास का सारा इलाका छान मारा।

रहस्यमय व्यक्ति का दूर-दूर तक अता-पता न था।

वह नदारद था।

□□□

मोटरसाइकिल घाट की तरफ दौड़ी चली जा रही थी।

तूफानी स्पीड से।

"कमाल हो गया गुरूजी!" सहायक बोला- "वो बरसाती और छतरी जैसे टोप वाला आदमी तो एकदम से गली में मुड़ते ही यूं गायब हुआ, जैसे उसे जमीन ने निगल लिया हो।"

"है न सचमुच हैरानी की बात।"

"गुरूजी, एक बात बोलूँ?"

"बोल!" तिवारी झल्लाकर बोला- "तेरी कतरनी बंद थोड़े ही रहने वाली है।"

"गुरूजी, कहीं ऐसा तो नहीं कि गली में जो बहरा आदमी खड़ा था, वो ही रहस्यमयी व्यक्ति हो?"

"क्या बक रहा है तू, तेरा भेजा तो नहीं फिर गया।"

"गुरूजी!" सहायक एकाएक पहले से ज़्यादा विश्वासपूर्ण स्वर में बोला-"मैं गलत नहीं कह रहा। ऐसा हो सकता है; बल्कि मैं तो कहता हूँ कि ज़रूर ऐसा ही हुआ, वरना वह आदमी कोई जिन्न थोड़े ही था, जो गली में मुड़ते ही गायब हो गया।"

"ल...लेकिन वो बुजुर्ग आदमी, सत्तर-अस्सी साल का आदमी! नहीं-नहीं, वो चोर नहीं हो सकता।"

"गुरूजी, वो सब कुछ हो सकता है।"

"लेकिन उम्र?"

"उम्र को झाड़ू मारो। गुरूजी, पहले यह बताओ कि वो किस दुकान में से चोरी करके भाग रहा था?"

"कास्ट्यूम सप्लायर्स की दुकान में से।"

"कास्ट्यूम सप्लायर्स की दुकान में से वो क्या चुराकर ले जा रहा होगा? जाहिर है कि वह ड्रेस, विग, मेकअप का सामान वगैरा ही चुराकर ले जा रहा होगा।"

"तू कहना क्या चाहता है?"

"गुरूजी, मैं यह कहना चाहता हूँ।" सहायक थोड़े आंदोलित स्वर में बोला- "कि 'चोर' जो कास्ट्यूम चुराकर भागा, वो वही बुजुर्ग वाली कास्ट्यूम थी, जो इस वक्त वह गली में पहने खड़ा था।"

तिवारी ने फौरन मोटरसाइकिल के ब्रेक अप्लाई किए।

उसने हड़बड़ाकर सहायक की तरफ देखा।

"तू यह कहना चाहता है कि चोर ही उस वक्त वो बुजुर्ग वाली कास्ट्यूम पहने हुए था और विग लगाए था।"

"बिल्कुल! गुरूजी, एक बात पर और गौर करो।"

"किस बात पर?"

"जब हम गली में मुड़े थे।" सहायक बोला- "तब टिन शेड के नीचे वो बुजुर्ग नहीं था। वो तीन-चार मिनट बाद एकाएक किसी भूत की तरह प्रकट हुआ था।"

"पहले कहाँ था वो?"

"ज़रूर वो पहले अपनी कास्ट्यूम चेंज कर रहा था और उसके बाद वो हमें बेवकूफ बनाने के लिए, हमारा उल्लू खींचने के लिए वहीं खड़ा हुआ।"

तिवारी के नेत्र सख्त हैरानी से फैलने लगे।

उनमें आश्चर्य उभर आया।

"फिर गुरूजी, यह तो सवाल ही पैदा नहीं होता।" सहायक बोला- "कि वह चोर गली में मुड़ते ही गायब हो जाए। वह कोई जादू-मंतर थोड़े ही जानता होगा।"

"तू ठीक कह रहा है।" तिवारी विक्षिप्तों की तरह बड़बड़ाया- "ज़रूर वह बुड्ढा ही चोर था। उसने हमें सचमुच बेवकूफ बना दिया, लेकिन मैं उसे छोड़ूँगा नहीं।" तिवारी ने दाँत किटकिटाते हुए पुनः मोटरसाइकिल स्टार्ट की और वह वापस उसी लंबी पतली गली की तरफ भागा।

❑❑❑

लेकिन अब उस गली में दूर-दूर तक बहरे बुढ्डे का पता न था।

इंस्पेक्टर तिवारी ने उसे एक बार फिर आसपास के इलाके में देखा, गोदौलिया बाज़ार से निकलकर दशाश्वमेध घाट तक देखा, लेकिन 'चोर' अपने दोनों में से किसी भी रूप में उसे फिर कहीं न मिला।

बारिश तब भी मूसलाधार हो रही थी।

खूब तेज!

वह उस वक्त दशाश्वमेध घाट के करीब थे, तभी एक ऑटोरिक्शा बड़ी तूफानी गति से उनके बराबर में से गुजरा।

अकस्मात् ही सहायक की दृष्टि ऑटोरिक्शा में बैठी सवारी पर पड़ गई।

"गुरूजी!" सहायक तुरंत व्यग्र भाव से चिल्लाया- "गुरूजी, वो बुड्ढा ऑटोरिक्शा में बैठा जा रहा है।"

इत्तेफाक से तिवारी की निगाह भी उस बुड्ढे पर पड़ गई थी।

और निगाह पड़ते ही वो चौंका।

उसने फौरन अपनी मोटरसाइकिल तूफानी गति से दौड़ती ऑटोरिक्शा के पीछे लगा दी।

मुश्किल से पाँच मिनट बाद वह ऑटोरिक्शा एक हाउसिंग सोसायटी कॉम्पलैक्स के सामने जाकर रुकी।

ऑटोरिक्शा के रुकते ही उसमें से वही 'बहरा बुड्ढा' किसी चीते की तरह बाहर कूदा और कॉम्पलैक्स के अंदर दौड़ता चला गया।

लगभग उसी क्षण इंस्पेक्टर तिवारी ने भी अपनी पाँच हॉर्स पावर की मोटरसाइकिल हाउसिंग सोसायटी कॉम्पलैक्स के सामने रोकी।

उसके पहिए चीखते चले गए।

❑❑❑

"रश्मि!" अखिल श्रीवास्तव रश्मि के फ्लैट का दरवाजा बुरी तरह पीट रहा था- "रश्मि! जल्दी दरवाजा खोलो।"

"कौन है?" अंदर से रश्मि का बेहद उनींदा स्वर सुनाई दिया।

"मैं हूँ रश्मि, मैं!" अखिल श्रीवास्तव तेजी से फुसफुसाए स्वर में बोला- "जल्दी दरवाजा खोलो।"

"ओफ्फो!" रश्मि का झुंझलाया स्वर- "ऐसी भी क्या आफत आ गई?"

रश्मि ने दरवाला खोला।

और दरवाजा खोलते ही उसके मुँह से चीख निकल गई।

वह डर गई।

"क...कौन हो तुम...?" वह अपने सामने खड़े एक बुड्ढे को देखकर बेहद आतंकित स्वर में चिल्लाई।

अखिल ने फौरन उसका मुँह कसकर पकड़ लिया।

रश्मि के दहशत से नेत्र फैल गए।

"मैं हूँ रश्मि, मैं! अखिल श्रीवास्तव!" अखिल ने दूसरे हाथ से अपनी दाढ़ी-मूँछें और तुर्की टोपी उतार दी।

फिर रश्मि को छोड़कर जल्दी से दरवाजा बंद किया।

अब रश्मि की आँखों की नींद उड़ चुकी थी। वो सख्त हैरानी से अखिल को देख रही थी।

विस्मय से।

अखिल जैसे ही दरवाजा बंद करके मुड़ा, उसने पूछा- "यह सब क्या चक्कर है अखिल ?"

"मेरे पीछे पुलिस लगी है।"

"प...पुलिस!"

उस एक शब्द ने ही होश उड़ा दिए रश्मि के।

वो काँपती चली गई।

"लेकिन क्यों, पुलिस क्यों लगी है तुम्हारे पीछे?" वह बदहवासों की तरह सहमकर बोली।

"आहिस्ता बोलो, आहिस्ता। इंस्पेक्टर तिवारी मेरा पीछा करता-करता कॉम्प-लैक्स तक आ चुका है।" अखिल उस वक्त थोड़ा डरा हुआ था।

"न...नहीं।" पीला पड़ता चला गया रश्मि का चेहरा, वो अंधड़ में सूखे पत्ते की तरह काँपने लगी- "नहीं, अखिल! बताओ तुमने क्या किया है? क...कहीं तुमने तोलानी का खून तो नहीं कर दिया?"

"बेवकूफों जैसी बातें मत करो।" अखिल श्रीवास्तव झल्ला उठा।

"फिर क्या बात है?" रश्मि सहमकर बोली- "फिर पुलिस तुम्हारे पीछे क्यों लगी है?"

अखिल श्रीवास्तव ने उसे संक्षेप में सारा घटनाक्रम सुना दिया।

और!

घटनाक्रम सुनकर वह और चौंकी।

"य...यानी अभी इंस्पेक्टर तिवारी ने तुम्हारी सूरत नहीं देखी?"

"नहीं, अभी कुछ नहीं बिगड़ा है। लेकिन वो यहाँ आता ही होगा रश्मि!"

"य...यहाँ क्यों?" रश्मि पुनः दहशतनाक स्वर में बोली।

"क्योंकि वो मुझे ढूँढ़ने के लिए अब कॉम्पलैक्स के एक-एक फ्लैट की तलाशी ले रहा होगा और मुझे ढूँढ़ता हुआ स्वाभाविक-सी बात है कि वो यहाँ भी आएगा।"

"फ...फिर मैं क्या करूँगी?" रश्मि अभी भी सूखे पत्ते की तरह काँप रही थी।

"डरो मत। बिल्कुल भी मत डरो। वो तुम्हें खा नहीं जाएगा।" अखिल उसे हिम्मत बँधाता हुआ बोला- "वो तुमसे सिर्फ मेरे बारे में पूछेगा, तुमने पूरे विश्वास के साथ मना कर देना है कि मैं यहाँ नहीं हूँ।"

"और तुम?"

"मैं स्टोर में जाकर छिप रहा हूँ।" कहने के साथ अखिल तेजी से स्टोर की तरफ लपका।

"हे भगवान!" रश्मि भयभीत स्वर में बोली- "अखिल की रक्षा करना। इस पागल की रक्षा करना।"

यही वो क्षण था, जब बड़े तीखे स्वर में डोरबेल चीख उठी।

और!

डोरबेल की आवाज़ उसके ऊपर हंटर की तरह पड़ी।

❑❑❑

"इस बार वो बचकर नहीं जा सकेगा।" इंस्पेक्टर तिवारी रश्मि के फ्लैट के बाहर खड़ा दृढ़ स्वर में कह रहा था- "इस सोसायटी कॉम्पलैक्स में कहीं-न-कहीं ज़रूर पकड़ा जाएगा।"

"गुरूजी!" सहायक बोला- "मुझे तो वह कोई पक्का खूबचंद व्यक्ति मालूम देता है, जो इतनी-सी देर में ही पूरे बनारस की यात्रा करा डाली।"

"एक बार हत्थे चढ़ने दे साले को।" तिवारी भुनभुनाता हुआ बोला- "पट्ठे की सारी खलीफाई, सारी खूबियाँ ऐसे झाड़ दूँगा, जैसे किसी ने उस हरामी के दाँत झाड़ दिए हों।"

सहायक अपना खोखा (मुँह) बंद करके यूं अंदर-ही-अंदर हँसने लगा, जैसे उसके पेट में गैस बन रही हो।

जैसे अंदर कोई गेंद उछल रही हो।

"अबे गधे, यह भी कोई हँसने की बात है।" तिवारी कुपित भाव से बोला-"या हर बात पर ही बत्तीसी चमकने लगती है।"

सहायक ने एक बार फिर जल्दी से अपनी हँसी पर ब्रेक लगा लिए।

अलबत्ता उसे हँसने की कोई गंभीर बीमारी ज़रूर मालूम होती थी।

"देख, डोरबेल दोबारा बजा। अभी शायद किसी की आँख नहीं खुली दिखती है।"

सहायक ने दोबारा डोरबेल जोर से बजाई।

"कौन है?" इस बार रश्मि की अंदर से आवाज़ उभरी।

"दरवाजा खोलिए मैडम!" तिवारी बड़े शिष्ट स्वर में बोला।

"लेकिन आप कौन हैं?"

"हम पुलिस के आदमी हैं।"

"प...पुलिस!" यूं लगा किसी गैस के गुब्बारे में से हवा निकली हो- "अ... आप यहाँ किसलिए आए हैं?"

"दरवाजा तो खोलिए मैडम! आपके लिए चिंता की कोई बात नहीं है।"

फौरन सिटकनी गिरने की आवाज़ हुई और दरवाजे के दोनों पट भड़ाक से झटके से खुले।

"क...क्या बात है?" रश्मि बौखलाई हुई ही बोली।

"देखिए, अभी-अभी इस हाउसिंग सोसायटी कॉम्पलैक्स में एक चोर घुस आया है। वो है तो नौजवान लेकिन बूढ़े आदमी की कास्ट्यूम पहने हुए है। मैडम, हम उसी को ढूँढ़ते फिर रहे हैं। वो आपके फ्लैट में तो नहीं घुसा?"

"नहीं, यहाँ तो कोई नहीं घुसा।" रश्मि बोली- "घुस भी कैसे सकता है, दरवाजे-खिड़कियाँ सभी बंद हैं।"

"मैडम, हम एक नजर फ्लैट को अंदर से देखना चाहते हैं।"

"लेकिन मैं आपको बता तो रही हूँ, यहाँ कोई नहीं हैं।"

"फिर भी मैं फ्लैट को एक नजर अंदर से देखना चाहता हूँ।"

तिवारी जिद पर अड़ा हुआ बोला।

"परंतु...।"

"आपको कोई एतराज़ है?"

"रश्मि!" तभी अंदर से अखिल श्रीवास्तव की आवाज़ उभरी- "इन्हें आने दो अंदर। यह अपने ही लोग हैं।"

इस आवाज़ को सुनकर रश्मि के शरीर में मौत की सिहरन दौड़ गई।

"क्या आपके अलावा अंदर कोई और भी है?" तिवारी ने पूछा।

"हाँ।"

उसी क्षण सुर्ख रंग का नाइट गाउन पहने हुए अखिल श्रीवास्तव ने वहाँ कदम रखा।

"हैलो इंस्पेक्टर!" उसने बड़े निर्विकार अंदाज में अपना हाथ तिवारी की तरफ बढ़ाया।

"हैलो!" तिवारी ने बेहद भौंचक्की मुद्रा में उससे हाथ मिलाया- "त...तुम यहाँ?"

"आफकोर्स, वैसे क्या कमी है इस जगह में? बाइ दि वे, मैं रश्मि का इंट्रो तुमसे कराना भूल गया। इसका नाम रश्मि है और यह मेरी फियान्सी है, लवर है। बहुत जल्द हम दोनों शादी करने वाले हैं। मैं समझता हूँ कि कानून को इसमें कोई आपत्ति नहीं होनी चाहिए।"

"नहीं...नहीं। ऐसी कोई बात नहीं।"

"रश्मि इसीलिए तुम्हें बुलाते हुए नर्वस हो रही थी।" अखिल श्रीवास्तव बड़ी स्टाइल में एक सिगरेट सुलगाते हुए बोला- "क्योंकि मैं अंदर था।"

"ओह! ओह!" तिवारी सकपकाया।

"वैसे अब आप बेहिचक अंदर जाकर तलाशी ले सकते हैं।"

रश्मि ने रास्ता छोड़ दिया।

तिवारी ने अंदर जाकर अब बड़े सरसरी-से अंदाज में पूरे फ्लैट की तलाशी ली।

तिवारी को 'चोर' फ्लैट में कहीं न मिला।

"सॉरी अखिल!" तब उसने खेदपूर्ण स्वर में अखिल श्रीवास्तव से कहा-"मैं तुम्हारी प्राइवेसी में दखल देने के लिए माफी चाहता हूँ।"

"मैंशन नॉट! मैं कानून की हर कदम पर मदद करता रहूँगा इंस्पेक्टर! यह बात अलग है कि तुम्हारे उसी कानून ने मेरे बेगुनाह डैडी की सांसें छीन लीं। मुझे अनाथ कर दिया।"

अखिल श्रीवास्तव के वे शब्द तिवारी के सीने पर हथौड़े की तरह पड़े।

उसके चेहरे पर दु:ख के भाव उभरे।

❑❑❑

"यह तुमने क्या बेवकूफी की?" तिवारी के जाते ही रश्मि, अखिल पर बरस पड़ी- "तुम उस इंस्पेक्टर के सामने क्यों आए?"

सिगरेट ऐशट्रे में रगड़कर इत्मीनान से बैड पर लेट गया अखिल!

"डार्लिंग!" फिर वो बड़ी कुटिल मुस्कान बिखेरते हुए बोला- "यह बिच्छू का खेल है, बिच्छू का खेल! इसे हर आदमी इतनी आसानी से नहीं समझ सकता।"

"लेकिन...।"

"सुनो।" अखिल श्रीवास्तव ने उसकी बात बीच में ही काट दी- "मैं तुम्हें बताता हूँ कि मैंने खुद को तिवारी के सामने 'शो' क्यों किया।"

"क्यों किया?"

रश्मि हर पल चौंक रही थी।

"क्योंकि जब तुम्हारे यह बताने के बावजूद कि चोर यहाँ नहीं है, तिवारी यह बोला कि मैं फिर भी एक नजर पूरा फ्लैट देखना चाहता हूँ, मैं तभी समझ गया कि वो फ्लैट की तलाशी लिए बिना बाज नहीं आएगा। बहुत घाघ इंस्पेक्टर है वो और तलाशी के दौरान स्वाभाविक है कि मैं उसे स्टोर में छुपा मिल जाता।"

"इसलिए तुमने खुद को पहले ही 'शो' कर दिया।" रश्मि बोली।

"यस! ऑफकोर्स! उस वक्त यही बेहतर था कि नहले पे दहले वाली चाल चल दी जाए।"

"माई गॉड!" रश्मि अपना सिर पकड़कर धम्म से एक कुर्सी पर गिर पड़ी- "तुम इंसान हो या शैतान अखिल? कितना कॉन्फिडेन्स है तुममें।"

"मैं सिर्फ बिच्छू हूँ रश्मि, बिच्छू!" अखिल श्रीवास्तव नाग की तरह लहराता हुआ बैड से खड़ा हो गया- "बहुत जहर भरा है मेरे अंदर! मैं बड़े-से-बड़े घाघ आदमी को भी अपने सुपर माइंड की वजह से धोखा दे सकता हूँ।"

"अ...अखिल!" रश्मि की आवाज़ काँपी- "कहीं तुम इसी तरह मुझे भी तो धोखा नहीं दे रहे?"

"रश्मि!" अखिल श्रीवास्तव किसी जख्मी बिच्छू की तरह हिस्स-हिस्स करता हुआ छटपटा उठा।

"मैं सच कह रही हूँ अखिल!" रश्मि दोनों हाथों में अपना मुँह छिपाकर बोली- "कभी-कभी यह सोचकर मेरा दिल डरने लगता है कि कहीं तुम भी मुझे कुण्ठा की तरह 'सपने' दिखाकर तो नहीं चले जाओगे।"

"रश्मि!" अखिल ने रश्मि को अपनी दोनों बाहों में कसकर भर लिया, "नहीं रश्मि! तुम्हारे लिए ऐसा सोचना भी पाप है।"

"लेकिन एक बार मैं सपने देखने का गुनाह कर चुकी हूँ अखिल!"

रश्मि की आवाज़ में लरजन थी।

"इस बार कोई गुनाह नहीं कर रही हो तुम रश्मि, एक दिन यह बिच्छू अपनी माँ के साथ यहाँ आएगा और तुम्हें अपनी दुल्हन बनाकर हमेशा-हमेशा के लिए ले जाएगा। यह इस बिच्छू का वादा है।"

रश्मि भावातिरेक में उसके बाहुपाश में समाती चली गई।

कसकर।

❑❑❑

"बड़ी अजीब बात बता रहे हैं आप।" इंस्पेक्टर तिवारी 'भाई जी कास्ट्यूम सप्लायर्स' की दुकान के बीचो-बीच खड़ा हैरत से कह रहा था- "आपके मुताबिक आपकी दुकान से सिर्फ एक कास्ट्यूम चोरी हुई है।"

"हाँ जी।" चुस्के हुए आम जैसी सूरत वाले बुड्ढे ने अपनी ऐनक दुरुस्त की- "एक ही कास्ट्यूम चोरी हुई है जी।" वो पुलिस को देखकर थोड़ा घबराया हुआ था और अपनी माइक्रोफोन जैसी आवाज़ में बोल रहा था।

"कास्ट्यूम भी वही, बूढ़े शायर वाली।"

"हाँ, जी! ऐन वही कास्ट्यूम है, जिसका जिक्र आप कर रहे हैं।"

"बात कुछ समझ में नहीं आ रही है भाई जी!" तिवारी ने एक सिगरेट सुलगा ली और अपने दिमाग पर जोर डालता हुआ बोला।

वो काफी सोच-विचार कर रहा था।

"समझ में तो मेरे भी नहीं आ रहा है जी। लेकिन सच तो यही है कि एक ही कास्ट्यूम चोरी हुई है।"

"यानी सिर्फ एक कास्ट्यूम के लिए!" तिवारी दुकान में टहलता हुआ बोला- "एक कास्ट्यूम के लिए चोर ने इतना बड़ा रिस्क उठाया, जबकि उस बुड्ढे वाली

कास्ट्यूम से और भी कहीं मंहगी-मंहगी कास्ट्यूमें यहाँ मौजूद थीं, लेकिन उसने बाकी किसी कास्ट्यूम को छुआ तक नहीं। उसे एक से कहीं ज़्यादा कास्ट्यूमें ले जाने का मौका हासिल था; लेकिन नहीं, बेपनाह रिस्क उठाने के बावजूद भी वो सिर्फ एक ही कास्ट्यूम लेकर गया। एक सस्ती कास्ट्यूम!"

"गुरूजी!" सहायक बोला- "सचमुच पूरी चोरी हैरतअंगेज है। समझ में न आने वाली है कि चोर एक सस्ती कास्ट्यूम ही चुराकर क्यों ले गया?"

"लेकिन अब मेरी समझ में आ रहा है।" तिवारी बोला- "कि चोर सिर्फ एक कास्ट्यूम चुराकर क्यों ले गया।"

"क्यों ले गया?"

"क्योंकि!" तिवारी तेजी से अपने सहायक की तरफ घूमा- "चोर की मंशा सिर्फ कास्ट्यूम चुराने की नहीं थी।"

तिवारी ने धमाका कर डाला।

"फिर क्या मंशा थी उसकी?"

"वह अपराधी, जिसने यह कास्ट्यूम चुराई, कोई गज़ब की खोपड़ी का आदमी है, यह बात अब मैं दावे से कह सकता हूँ कि वह कोई बहुत बड़ा अपराध करना चाहता है। इस चोरी से यह साबित होता है।"

"कैसे साबित होता है?"

"क्योंकि उसने वही अपराध करने के लिए कास्ट्यूम चुराई, ताकि बुड्ढे की तरह इस कास्ट्यूम से उसका ज़्यादा-से-ज़्यादा व्यक्तित्व ढका रहे।"

"बड़ी चौंका देने वाली बात कर रहे हो आप गुरूजी!" सहायक बोला-"मान लो, चोर ने कोई बड़ा अपराध करने के लिए यह कास्ट्यूम चुराई, तो उसे कास्ट्यूम चुराने की क्या ज़रूरत थी? वो कास्ट्यूम खरीद भी सकता था?"

"बिल्कुल खरीद सकता था, लेकिन उसने ऐसा नहीं किया।"

"क्यों?"

"क्योंकि मैं पहले ही बता चुका हूँ कि वो ज़रूरत से ज़्यादा चालाक इंसान है।" तिवारी सिगरेट के लंबे-लंबे कश खींचता हुआ बोला- "वो कोई गंभीर अपराध करने जा रहा है और उस अपराध के ऐसे कोई सबूत नहीं छोड़ना चाहता, जो पुलिस उस तक पहुँच सके। इसीलिए उसने वो कास्ट्यूम इस दुकान से खरीदनी मुनासिब नहीं समझी, क्योंकि अगर वो कास्ट्यूम खरीदता, तो भाई जी और उनके नौकर की निगाह में उसकी सूरत आ जाती। वह आने वाले कल में खतरा बन जाते उसके लिए।"

"ओह!" सहायक चिंतित हो उठा- "इसका मतलब हमें एक बेहद चक्करदार केस से जूझने के लिए तैयार हो जाना चाहिए।"

"बिल्कुल हो जाना चाहिए। क्योंकि बहुत जल्दी एक जबरदस्त दिमाग का चक्रव्यूह पुलिस के सामने आने वाला है और उस चक्रव्यूह की इस मामूली चोरी से शुरूआत हो चुकी है।"

❑❑❑

अखिल श्रीवास्तव ने आलू के पराठे खाने के बाद पानी पिया और फिर एक पुरानी-सी कुर्सी पर 'लॉ' की किताब पढ़ने बैठ गया।

पूरे मनोयोग से।

आभा देवी उससे थोड़े-से फासले पर बैठी कपड़े सी रही थी।

"बिच्छू बेटे!" एकाएक उन्होंने मशीन चलानी बंद कर दी।

वह अखिल की तरफ देखने लगीं।

"हाँ माँ!"

"मैं देख रही हूँ बेटे; पिछले कुछ दिनों से तुमने कानून की किताबें कुछ ज़्यादा ही पढ़नी शुरू कर दी हैं। किताबें तुम पहले भी पढ़ते थे, लेकिन किताबों के प्रति इतना जुनून मैंने तुममें पहले कभी नहीं देखा।"

"यह तो अच्छी बात है माँ!" अखिल श्रीवास्तव 'लॉ' की किताब से अपनी निगाह हटाते हुए मुस्कुराया- "तुम्हें तो खुश होना चाहिए।"

"मैं ज़रूर खुश होती बेटा!" आभा देवी दर्द भरे स्वर में बोलीं- "बशर्ते कि तुम परीक्षाओं की तैयारी कर रहे होते। या फिर एल.एल.बी की क्लास अटेंड कर रहे होते तुम। लेकिन...।"

"लेकिन क्या माँ?"

अखिल श्रीवास्तव के हाथ काँप उठे।

"ल...लेकिन मुझे तो ऐसा लगता है बेटे!" आभा देवी शुष्क स्वर में बोली- "जैसे तुम किसी खास मिशन की तैयारी में लगे हो। ज...जैसे कोई खतरनाक कदम उठाने जा रहे हो तुम।"

"ओफ्फो माँ, तुम भी हर वक्त एक ही टॉपिक पर सोचती हो।"

"हाँ।" आभा देवी गुर्रा उठीं- "एक ही टॉपिक पर सोचती हूँ मैं! क्योंकि पहले तेरी एक्टीविटीज ऐसी शक से भरी नहीं थीं, जैसी अब हो गई हैं।"

"किन एक्टीविटीज की बात कर रही हैं आप?" अखिल श्रीवास्तव एकदम से बोला।

"यह देखो।" आभा देवी ने फौरन अपने पीछे से निकालकर बुड्ढे वाली कास्ट्यूम अखिल को दिखाई- "देख, यह सब क्या है?"

माँ के पास उस कास्ट्यूम को देखकर सन्न रह गया अखिल!

हैरान!

"य...यह कास्ट्यूम तुम्हें कहाँ से मिली?"

"आज सुबह तेरे कमरे की सफाई कर रही थी।" आभा देवी जहरीले स्वर में कहती चली गईं- "वहीं संदूक के पीछे एक शॉपिंग बैग में रखी थी।"

"ओह माँ, तुम भी जरा-जरा सी बात पर शक करने लगती हो। यह कास्ट्यूम तो मेरे एक दोस्त की है। नाटकों में तरह-तरह के रोल प्ले करने लगा है वो।" अखिल कहता चला गया- "कल शाम उसी ने यह कास्ट्यूम कुछ दिन के लिए मुझे रखने को दे दी थी।"

"तो फिर तूने इसे संदूक के पीछे छिपाकर क्यों रखा?"

"कहाँ रखा छिपाकर! यूं ही डाल दिया था शॉपिंग बैग! मम्मी, अब मेरे कमरे में कोई वार्डरोब या सेफ तो है नहीं; जो मैं इसे उसमें रखता।"

आभा देवी चुप हो गईं।

उनकी आँखों में आँसू झिलमिलाने लगे।

वह सुबक उठीं।

"तुम!" अखिल के सीने पर घूँसा-सा पड़ा- "तुम रो रही हो माँ!" वो लपककर उनके करीब पहुँचा।

"हाँ, रो रही हूँ मैं!" आभा देवी सुबकते हुए बोलीं- "कभी-कभी ऐसा लगने लगा है, जैसे तू भी मुझसे दूर होता जा रहा है बिच्छू बेटे!"

"तुम ऐसा क्यों सोचती हो माँ?" अखिल ने किसी मछली की तरह तड़पते हुए अपनी माँ की गोद में सिर रख दिया- "तुम्हारा यह बिच्छू कभी तुमसे दूर नहीं जा सकता। मेरी एक-एक साँस पर तुम्हारा हक़ है।"

आभा देवी अखिल के सिर पर हाथ फेरते हुए रोती रहीं, रोती रहीं।

उनके चेहरे पर दुःख-ही-दुःख था।

आँसू बिच्छू की आँखों में भी झिलमिला रहे थे।

❑❑❑

उसी शाम; जब पूरा बनारस बत्तियों से जगमगा रहा था, तब अखिल श्रीवास्तव ने 'बूढ़े वाली' कास्ट्यूम पहनकर जगन के शराबखाने में कदम रखा।

जगन, जो बनारस के अंडरवर्ल्ड की नई-नई पैदावार था और मरहूम उस्मान भाई जैसे बड़े दादाओं के मुकाबले वो अभी जुर्म की दुनिया में चोंच मारना ही सीख रहा था।

अलबत्ता जगन की शख्सियत में वो सभी गुण थे, जो किसी भी बड़े दादा में होने चाहिए।

उसका शरीर सांड जैसा भारी-भरकम था।

सिर घुटा हुआ था।

नाक ऐसी पिचकी हुई थी, जैसे किसी ने उस पर रोड-रोलर चला दिया हो।

रंग स्याह था।

और सबसे बड़ी बात यह थी कि उसकी एक आँख पत्थर की थी, जो उसकी शख्सियत को इंतिहाई तौर पर खतरनाक बनाती थी।

"आदाबर्जे जगन सेठ!"

"आदाबर्जे! आदाबर्जे!!" जगन उसका स्वागत करता हुआ बोला-"बॉटली पीने आए हो मियां?"

"अलहम-दुलिल्लाह! किस नामाकूल चीज का जिक्र कर दिया सेठ, सारा मजा किरकिरा हो गया।"

जगन अपनी एक आँख फड़फड़ाता हीं-हीं करके हँसने लगा।

"यहाँ तो यही नामाकूल चीज मिलती है मियांजी! गंगाजल या आबेजमजम तो इधर नहीं मिलने का।"

"मैं कुछ और चीज लेने आया हूँ जगन सेठ।" अखिल श्रीवास्तव अपनी लंबी सफेद दाढ़ी पर हाथ फेरते हुए बोला।

"और क्या?" जगन थोड़ा सतर्क हुआ।

"सोचो-सोचो, और क्या बेचते हो तुम?"

"ओह! ओह!" जगत मुद्रित भाव से हँसा और उसने अखिल की तरफ आँख मारी- "समझा। समझा। मियां जी, बुढ़ापे में खून उबाले मार रहा है।" वो आहिस्ता से बोला- "किसी लड़की की पीपनी बजाकर उसे शांत करना चाहते हो।"

"ओफ्फो, लाहौल-विलाकूवत जगन सेठ! तुम्हें भी ऐसी ही अल्लम-गल्लम बातें सूझती हैं।"

"फिर!" अब जगन हैरान हुआ- "फिर क्या चीज लेने आए हो यहाँ मियां जी?"

उसकी आवाज़ में सस्पेंस था।

"सेठ, मेरे को एक रिवॉल्वर चाहिए।"

"क...क्या?" जगन की चीख निकलते-निकलते बची- "क्या बोले तुम मियां?"

वह हक़लाया।

"रिवॉल्वर! रिवॉल्वर!! सेठ, क्या पहली मर्तबा यह नाम सुन रहे हो?"

"ल...लेकिन।" जगन हतप्रभ स्वर में बोला- "इधर रिवॉल्वर कहाँ से आई मियां?"

"जगन सेठ!" अखिल श्रीवास्तव अपनी तुर्की टोपी दुरुस्त करता हुआ बोला- "तुम्हारा एक साला है रेवती प्रकाश!"

"हाँ! हाँ!"

जगन ने जल्दी से गर्दन हिलाई।

"उसका इधर बनारस शहर में ही खराद मशीन का करोबार है।"

"हाँ, है। लेकिन...।"

"पूरी बात सुनो सेठ! तुम्हारा साला रेवती प्रकाश खराद मशीन का बहुत बढ़िया कारीगर है। वो दिन में पब्लिक का काम करता है और रात को...।"

"मियां जी!" जगन ने फौरन घबराकर अखिल के मुँह पर हाथ रख दिया- "मियां जी! बाकी आगे के शब्द इधर नहीं। तुम तो कोई बहुत तुफन-मौला चीज मालूम देते हो। मेरे साथ अंदर आओ। अंदर आओ।"

जगन हड़बड़ा उठा।

उसके छक्के छूटे जा रहे थे।

❑❑❑

जगन, अखिल श्रीवास्तव का हाथ पकड़कर उसे लगभग घसीटता हुआ एक कमरे में ले गया, जो ब्ल्यू रूम था और जहाँ दीवारों पर ऐसी बड़ी-बड़ी रंगीन तस्वीरें चिपकी थीं, जिनमें स्त्री-पुरुष को आदमजात नग्न हालत में सहवास करते हुए बिल्कुल साफ-साफ़ दर्शाया गया था।

"तौबा! तौबा! यह तुम मुझे कैसी वाहियात जगह ले आए जगन सेठ!"

अखिल श्रीवास्तव ने नेत्र फैलाए।

"मियां जी, पहले तुम मुझे यह बताओ कि तुम यह राज़ कैसे जानते हो, मेरा साला रेवती प्रकाश रातों को खराद मशीन पर रिवॉल्वर बनाता है?"

अखिल हँसकर बोला- "जगन सेठ, यह राज़ तो बनारस का मामूली-से-मामूली गुंडा भी जानता है।"

"लेकिन तुम...।"

"लेकिन मैं गुंडा नहीं हूँ।" अखिल उसकी बात काटकर बोला- "यही कहना चाहते हो न तुम सेठ?"

"हाँ...हाँ...।"

उसकी गर्दन हिली।

"फिर तो मैं यह कहूँगा कि तुम मूर्ख हो जगन सेठ।" अखिल श्रीवास्तव कुटिल मुस्कान बिखेरता हुआ बोला- "मेरी उम्र पर मत जाओ जगन! मेरी सफेदी और इस मजहबी दाढ़ी को मत देखो; वरना धोखा खा जाओगे, क्योंकि इन सबके

अलावा मेरे पास जो दिमाग नाम की चीज है, उसमें अभी भी एक जवान अपराधी बसता है।"

"ल...लेकिन तुम रिवॉल्वर का क्या करोगे?"

"कोई क्रिकेट तो नहीं खेलूँगा। इससे कत्ल करूँगा एक।" अखिल श्रीवास्तव ने सपाट लहजे में कहा।

दृढ़ता के साथ कहा।

"क...कत्ल!" छक्के छूट गए जगन के- "क...किसका कत्ल करोगे?"

"भारत के प्राइम मिनिस्टर का कत्ल करना है।"

जगन हँसने लगा- "मजाक कर रहे हो मियां?"

"हाँ, मजाक कर रहा हूँ मैं।" अखिल श्रीवास्तव एकाएक तीखे स्वर में बोला- "क्योंकि मैं उस शख्स का नाम तुम्हें बताना नहीं चाहता, जिसका कि मुझे कत्ल करना है।"

"फिर तो अफसोस है मियां, मैं तुम्हारी कोई खिदमत नहीं कर सकूँगा।" जगन बोला- "क्योंकि ये मेरे धंधे का एक उसूल है कि मैं पूरी वजह जाने बिना किसी को एक रिवॉल्वर तो क्या, एक चाकू भी नहीं देता।"

उसी क्षण एकाएक अखिल श्रीवास्तव ने वो हरकत की, जिसकी जगन को ख्वाब में भी उम्मीद नहीं थी।

उसने अपनी अचकन की जेब में से चाकू निकालकर जगन की गर्दन पर रख दिया।

"रिवॉल्वर तो मैं तुमसे लेकर जाऊँगा जगन सेठ!"

अखिल श्रीवास्तव दरिंदे जैसे स्वर में बोला- "चाहे इसके लिए मुझे तुम्हारा कत्ल ही क्यों न करना पड़े।"

"न...नहीं!"

जगन के छक्के छूट गए।

"एक बात और अच्छी तरह समझ लो जगन सेठ!" अखिल श्रीवास्तव विषधर की तरफ फुंफकार कर बोला- "बुड्ढा समझकार मुझ पर हमला न कर बैठना, वरना उसी लम्हा तुम्हारी मुंडिया धड़ से अलग होकर नीचे फर्श पर जा गिरेगी।"

अखिल श्रीवास्तव के स्वर में खूंखारता थी।

"त...तुम यह ठीक नहीं कर रहे हो मियां!" जगन दाँत पीसकर बोला-"तुम्हें शायद मालूम नहीं है कि तुम किसकी गर्दन पर छुरा रखे हुए हो।"

"मैं तुम्हारी नस्ल से अच्छी तरह वाकिफ हूँ सेठ! अलबत्ता तुम अभी तक मेरे बारे में कुछ नहीं जानते। इसलिए तुम्हारी बेहतरी इसी में है कि तुम खामोशी से

मुझे एक अदद रिवॉल्वर दो।" कहने के साथ अखिल श्रीवास्तव ने इतनी जोर से जगन को आगे धक्का दिया कि वह लड़खड़ाकर नीचे गिरते-गिरते बचा।

अगले ही पल अखिल श्रीवास्तव, जगन के विशाल गन कलेक्शन में से एक शानदार रिवॉल्वर छांट रहा था।

अपनी पसंद का रिवॉल्वर!

❑❑❑

अखिल श्रीवास्तव ने ढेर सारी शराब पीने के बाद 'खटाक' से गिलास वापस टेबल पर रखा।

"रश्मि! यह देखो।" वो नशे में लहराते स्वर में रिवॉल्वर नचाते हुए बोला- "यह देखो रश्मि! मैंने आधी बाजी जीत ली है। अब योजना के मुताबिक मैं रिवॉल्वर हासिल करने में कामयाब हो गया हूँ।"

"अखिल!" रश्मि का डरा-डरा स्वर- "कहीं जगन सेठ ने तुम्हें पहचान तो नहीं लिया?"

अखिल श्रीवास्तव इतनी जोर से अपना सिर लहराते हुए हँसा, जैसे उसे हँसी का दौरा पड़ गया हो।

जैसे वह पागल हो गया हो।

"मेरा नाम बिच्छू है रश्मि, बिच्छू!" सचमुच किसी बिच्छू की तरह फुंफकारने लगा वो- "ऐसा हल्का गेम नहीं खेलता मैं; कि कुछ भी मेरी इच्छा के विरुद्ध हो जाए। वो साला जगन, वो कभी भी नहीं सोच पाएगा कि जो उसकी गर्दन पर चाकू रखकर, उसके सामने से स्मिथ एंड वैसन रिवॉल्वर ले गया, वो कोई बुड्ढा नहीं था। वो कोई मियां नहीं था। और सूरत पहचानने का तो सवाल ही नहीं उठता रश्मि! सूरत तो उस कास्ट्यूम और मेकअप में तुम भी पहचान नहीं पाई थीं मेरी।"

"लेकिन अखिल, जगन सेठ के गन कलेक्शन में से रिवॉल्वर छांटते समय रिवॉल्वरों पर तुम्हारे फिंगरप्रिंट्स छूट गए होंगे?"

रश्मि ने आशंका जाहिर की।

"नहीं रश्मि, नहीं।" अखिल गिलास उठाकर वहशियों की तरह एक बार फिर ढेर सारी शराब पीता चला गया- "मैंने कहा न कि मेरा नाम बिच्छू है, बिच्छू! बहुत चालाक और खतरनाक हूँ मैं। यह देखो!" अखिल श्रीवास्तव ने हिस्स-हिस्स करते हुए अपने हाथों पर से बिल्कुल स्किन कलर के वो दस्ताने एक ही झटके में उतार फेंके, जो किसी कागज की तरह बारीक थे और पहनने के बाद यही मालूम नहीं पड़ता था कि दस्ताने पहने हुए हैं- "रश्मि, इस एक कत्ल को

करने के लिए बहुत तैयारियाँ की हैं मैंने। एक-एक कदम बहुत सोच-समझकर उठा रहा हूँ मैं।"

और बाल की तरह बारीक उन दस्तानों को देखकर रश्मि के नेत्र भी आश्चर्य से फैल गए थे।

वह हैरान हो उठी।

"रश्मि!" अखिल रिवॉल्वर का चैंबर घुमाते हुए जुनूनियों की भांति कहता चला गया- "इस रिवॉल्वर से निकली एक गोली, सिर्फ एक गोली तोलानी का काम तमाम कर देगी।" कहने के साथ अखिल श्रीवास्तव फिर गिलास में शराब भरने लगा।

"नहीं, अखिल; और नहीं।" रश्मि ने उसका हाथ पकड़ लिया- "तुम पहले ही बहुत शराब पी चुके हो।"

"मुझे पीने दो रश्मि, पीने दो मुझे।" अखिल श्रीवास्तव ने जबरन अपना हाथ मुक्त करा लिया- "मैं एक भी दिन शराब नहीं पीता रश्मि, तो मेरे दिमाग की नसें चटकने लगती हैं। मुझ पर अपने डैडी के बारे में सोच-सोचकर पागलपन का दौरा पड़ने लगता है। यह शराब अब मुझसे उस दिन छूटेगी रश्मि, जिस दिन मैं सुरेंद्र भाई तोलानी की हत्या करने में सफल हो जाऊँगा। क्योंकि... क्योंकि जब-जब मैं अपनी माँ को विधवा के लिबास में देखता हूँ, तो मेरे अंदर का बिच्छू मेरे शरीर में कांटे से चुभोने लगता है।" अखिल श्रीवास्तव एक ही साँस में सारी शराब पी गया तथा फिर लड़खड़ाते कदमों से खड़ा हुआ।

"बैठे रहो अखिल!"

रश्मि ने उसे रोकना चाहा।

"रश्मि!" अखिल श्रीवास्तव ने जैसे रश्मि की बात सुनी ही नहीं- "वह देखो, वह देखो; मुझे अपने डैडी के कातिल की लाश नजर आ रही है रश्मि! साफ नजर आ रही है।"

"अखिल!" रश्मि ने अखिल श्रीवास्तव को कसकर पकड़ लिया- "होश में आओ अखिल!"

उसने अखिल श्रीवास्तव को झिंझोड़ा।

"रश्मि, मैं एक सपना देख रहा हूँ।" अखिल श्रीवास्तव पर जैसे पागलपन का दौरा पड़ गया था, वो कहता गया- "जागती आँखों से मैं एक सपना देख रहा हूँ रश्मि!" अखिल श्रीवास्तव के कदम बुरी तरह लड़खड़ा रहे थे- "म...मैंने अपने डैडी के खून का बदला ले लिया है। वह डैडी, जो मुझे पढ़ाने के लिए अपना खून बेचते थे। ज...जो मेरी पढ़ाई के वास्ते रातों को मुझसे छिप-छिपकर ऑटोरिक्शा चलाते थे। और वह माँ, जो छिप-छिपकर कपड़े सीती थीं। उन दोनों ने मुझे

वकील बनाने के लिए अपना जीवन नरक बना लिया था रश्मि! और तोलानी ने!" अखिल श्रीवास्तव के मुँह से शब्द नहीं अंगारे निकलने लगे-"तोलानी ने उनके उसी सपने को चूर-चूर कर डाला। पूरे परिवार को जहन्नुम की आग में धकेल दिया।" उसी क्षण अखिल श्रीवास्तव के मुँह से जोर की हिचकी उबली और वह लड़खड़ाता हुआ धड़ाम से नीचे फर्श पर गिरा।

रश्मि ने उसे संभालने की बहुत कोशिश की, लेकिन संभाल न सकी।

वह उसके काबू में न आया।

"मैं...मैं भी उसे जहन्नुम की आग में धकेल दूँगा।" अखिल श्रीवास्तव बेहाशी के आलम में भी बड़बड़ा रहा था- "छोड़ूँगा नहीं मैं तोलानी को।"

रश्मि कुर्सी पर बैठ गई और दोनों हाथों में मुँह छुपाकर रोने लगी।

फफकने लगी।

❑❑❑

जब से बाबू श्रीवास्तव को फाँसी हुई थी, तब से सुरेंद्र भाई तोलानी को बहुत मस्ती चढ़ी हुई थी।

उसकी पाँचों उँगलियाँ घी में थीं और सिर कढ़ाई में था।

वो खूब खुलकर मजे ले रहा था।

वो रोजमर्रा शहनाज बानो के यहाँ से कोई-न-कोई छप्पनछुरी पकड़ लाता और फिर उसका तिया-पाँचा एक करने लगता।

उसने मानो कसम खाई हुई थी कि वो शहनाज बानो की तमाम छप्पन-छुरियों पर धार लगा देगा। खूब घिस देगा सालियों को।

अच्छी तरह!

उस दिन भी वो एक ऐसी छप्पनछुरी पकड़कर लाया। उसे सीधे अपने बेडरूम में ले गया और आदेश देता हुआ बोला- "कपड़े उतार दे।"

"क...क...क्या?" छप्पनछुरी के नेत्र विस्मय से फैले।

"कम सुनती है साली!" तोलानी गुर्राया- "मैं कह रहा हूँ कपड़े उतार!"

पलक झपकते ही छप्पनछुरी ने अपने सारे कपड़े उतारकर दूर फेंक दिए।

सेकंडों में।

अब उसका पूरा शरीर साफ चमक रहा था।

एकदम स्पष्ट।

"गुड...वैरी गुड! तेरी यह स्टाइल मेरे को पसंद आई।" तोलानी भूखों की तरह उसके जिस्म को निहारता हुआ बोला और फिर अपने भी कपड़े उतारने लगा।

अतिशीघ्र वो भी आदमजात नग्न हालत में बेडरूम के बीचो-बीच खड़ा था।

अब वह दोनों ही निर्वस्त्र थे।

तुरंत छप्पनछुरी कुश्ती लड़ने के लिए बेड की तरफ बढ़ी।

"उधर नहीं पहलवान!" तोलानी ने उसे बीच में ही रोक दिया।

वह उसके सामने अड़कर खड़ा हो गया।

"फिर किधर?"

"आज मैंने तेरी नई स्टाइल से रेड फेरनी है।"

रेड फेरने के नाम से छप्पनछुरी मुदित भाव से मुस्कुराने लगी।

उसकी हँसी छूटते-छूटते बची।

फिर तोलानी ने आधा घंटे के अंदर-अंदर उसकी बेहद जोशीले अंदाज में तीन बार रेड फेरी। और तीन बार रेड फेरने के बाद वह उसे लिए-लिए थरथराता हुआ नीचे फर्श पर जा गिरा।

"क्या हुआ वकील साहब?" छप्पनछुरी तोलानी से बुरी तरह चिपटी हाँफती हुई बोली- " कैसे डाउन हो गए?"

"बस!" तोलानी की साँसे रेल के इंजन की तरह चल रही थीं- "बस, गाड़ी पंचर हो गई। साईं, इन्जन की सारी हवा निकल गई।"

छप्पनछुरी कुत्सित भाव से हँसने लगी।

जोर-जोर से हँसने लगी।

तोलानी कितनी ही देर छप्पनछुरी को बाहों में लिए पड़ा रहा और हाँफता रहा।

वह दोनों यौवन का संपूर्ण आनंद लेते रहे।

कोई बीस मिनट बाद बिल्कुल अकस्मात् धड़ाम से किसी चीज के गिरने की ऐसी जोरदार आवाज़ हुई, जैसे कोठी के अंदर कोई बम आकर फटा हो।

तोलानी और छप्पनछुरी दोनों दहशत से चीखते हुए एकदम उछलकर खड़े हो गए।

❑❑❑

"क्या हुआ?" तोलानी अपने गाउन की डोरियाँ कसता बदहवासों की तरह गार्ड की तरफ दौड़ा- "क्या हुआ?"

तोलानी ने भागते-भागते अब मेज पर ड्राअर में से रिवॉल्वर भी निकाल ली थी।

वह एकदम चौंकन्ना हो उठा।

"कुछ नहीं हुआ साहब!" गार्ड, तोलानी के करीब आता हुआ बोला-"कुछ नहीं हुआ।"

"फ...फिर यह बम जैसी कैसी आवाज़ थी?"

"बम जैसी आवाज़ नहीं थी साहब!" गार्ड बोला- "किचन के ऊपर वाले स्टोर में जो बड़ा-सा पीतल का भगौना रखा है, बिल्ली ने उसे ऊपर से फेंक दिया था। यह उसी की आवाज़ थी।"

"थैंक गॉड!" तोलानी अपना माथा पीटता हुआ वहीं गार्डन के नीचे पड़ी एक कुर्सी पर बैठ गया।

इन चंद लम्हों में ही उसके चेहरे पर पसीने की असंख्य बूंदें चुहचुहा आई थीं और आँखों में ऐसे दहशत के भाव नमूदार हो उठे थे, जैसे किसी भी व्यक्ति की आँखों में तब नमूदार होते हैं, जब उसे अपने सामने साक्षात मौत नजर आ रही हो।

"साहब!" गार्ड ने धीमे स्वर में कहा- "एक बात बोलूँ?"

"क्या?"

"जब से बाबू श्रीवास्तव नाम के उस आदमी को फाँसी की सजा हुई है, तब से आप बहुत डरे-डरे रहने लगे हैं। पहले तो बड़ी से बड़ी बातों पर नहीं घबराते थे, लेकिन अब मामूली-मामूली बातों पर भी यूं उछल पड़ते हैं, जैसे कयामत आ गई हो।"

सुरेंद्र भाई तोलानी ने झटके से गर्दन उठाकर गार्ड को देखा।

चौंककर देखा।

"मैंने कुछ गलत कहा साहब?" गार्ड जल्दी से बोला- "कल रात भी तो आप सपने में इसी तरफ चीखते हुए उठ बैठे थे।"

तोलानी ने गर्दन नीचे झुका ली। गार्ड गलत नहीं कह रहा था, सच बात थी ये।

बिल्कुल सच।

एकाएक उसकी आँखों के सामने अखिल श्रीवास्तव की सूरत घूमने लगी।

"क्यों डर लग रहा था उसे बिच्छू से इतना?" तोलानी ने सोचा, "जबकि बिच्छू को उसकी करतूत के बारे में कुछ मालूम भी नहीं था।"

❑❑❑

अगले दिन अखिल श्रीवास्तव एक बिलियर्ड क्लब का मेंबर बन गया।

आसानी से बन गया।

"बिलियर्ड क्लब का मेंबर बनने की क्या ज़रूरत थी?" रश्मि ने सशंक भाव से अखिल को देखते हुए पूछा।

"बहुत ज़रूरत थी।" अखिल श्रीवास्तव खतरनाक भाव से मुस्कुराता हुआ बोला, वो सिगरेट के गोल-गोल छल्ले बनाता हुआ हवा में उछाल रहा था- "यह मैं ऐलीबाई की तैयारियाँ कर रहा हूँ।"

"ऐलीबाई?"

रश्मि के चेहरे पर हैरानी के भाव नमूदार हुए।

"हाँ, ऐलीबाई! यानी शहादत।"

"उससे क्या होगा?"

"तुम्हें मालूम ही है कि मैंने तुम्हें हवाना के एक बिजनेसमैन के कत्ल की योजना सुनाई थी, जिसने चर्च में अपने बड़े भाई का कत्ल किया।"

"करैक्ट! तुम यह बात भी नहीं भूली होगी रश्मि।" अखिल श्रीवास्तव बोला- "कि जिस वक्त चर्च में बड़े भाई पर गोली चल रही थी, उस समय हत्यारा यानी छोटा भाई एक बिजनेस मीटिंग अटेंड कर रहा था, ताकि वो अपनी शहादत पक्की कर सके कि जिस वक्त उसके बड़े भाई की हत्या हुई, उस वक्त वो घटनास्थल से इतने किलोमीटर दूर इतने लोगों के बीच मौजूद था।"

"जानती हूँ यह भी।"

"ऐसी ही एक शहादत मुझे भी तैयार करनी है रश्मि!" अखिल श्रीवास्तव बैचेनी से कमरे में इधर-से-उधर टहलता हुआ बोला- "बल्कि उससे भी कहीं ज़्यादा मजबूत, और इसकी शुरूआत बिलियर्ड क्लब का मेंबर बनकर मैं कर चुका हूँ।"

"जानती हूँ। तोलानी के कत्ल की पूरी योजना तुमने उसी प्लाट पर तैयार की है। लेकिन क्लब में किस तरह की शहादत तुम पक्की करोगे?" रश्मि अचंभित स्वर में बोली- "तोलानी के कत्ल के वक्त कौन बिलियर्ड क्लब में तुम्हारे साथ मौजूद होगा?"

हँसा अखिल श्रीवास्तव!

बिच्छू जैसी जहरीली हँसी हँसा वो।

खतरनाक ढंग से।

"उस वक्त क्लब में मेरे साथ जो व्यक्ति मौजूद होगा रश्मि, उसकी तुम कल्पना भी नहीं कर सकतीं।"

"क...कौन होगा तुम्हारे साथ?"

"बनारस शहर का डी. आई. जी.।" अखिल श्रीवास्तव ने मानो कोई भयंकर विस्फोट किया- "डी. आई. जी. होगा मेरे साथ। डी. आई. जी. यानी डिप्टी इंस्पेक्टर जनरल ऑफ पुलिस।"

"य...यह तुम क्या कह रहे हो अखिल?" रश्मि भौंचक्की रह गई।

"सच कह रहा हूँ मैं रश्मि, सच कह रहा हूँ मैं! जरा सोचो, सोचो कि जब डी. आई. जी. जैसी रैंक वाला पुलिस का बड़ा अफसर पुलिस से यह कहेगा कि जिस वक्त सुरेंद्र भाई तोलानी का कत्ल हुआ, उस वक्त मैं आपके साथ था,

तो पुलिस बेचारी मेरे पर शक कैसे करेगी?" अखिल एकाएक जोर-जोर के ठहाके लगाकर हँसने लगा- "बहुत सोच-समझकर मैं बिलियर्ड क्लब का मेंबर बना हूँ रश्मि, बहुत सोच-समझकर मैंने यह कदम उठाया है। क्योंकि शहर का डी. आई. जी. भी उस बिलियर्ड क्लब का मेंबर है। बिलियर्ड खेलने का शौक रखता है और अपना शौक फरमाने के लिए अक्सर उसकी आमद उस बिलियर्ड क्लब में होती रहती है।"

रश्मि अचंभित निगाहों से बिच्छू को देखती रह गई।

कैसा खतरनाक दिमाग पाया था उसने!

उसका एक-एक कदम हैरत से भरा था।

दहला देने वाला।

❑❑❑

"गुरूजी!" इंस्पेक्टर तिवारी के सहायक ने लाईटर से तिवारी की सिगरेट सुलगाई, फिर वो तिवारी के सामने हाथ बाँधकर खड़ा हो गया- "अभी तक उस खूबचंद व्यक्ति ने कोई कारनामा तो करके नहीं दिखाया?"

"कौन खूबचंद व्यक्ति?"

"वही गुरूजी, जिसने भाईजी कास्ट्यूम सप्लायर्स की दुकान से चोरी की। जिसने ऐसी तूफानी बारिश में और ऐसी स्याह रात में हमारी खूब ऐसी-तैसी फेरी थी।"

"अच्छा. तो तू उस खलीफा की बात कर रहा है, जिसने मेरे को बहरा बुड्ढा बनके दिखाया।"

"वही... वही गुरूजी!"

"झोंपड़ी के छप्पर, बहुत खूने-जिगर आदमी था वो भी।" तिवारी सिगरेट का धुआँ हवा में उड़ाता हुआ बोला- "बहुत डेंजर्स पीस था वो भी।"

"लेकिन उसने अभी तक कुछ करके तो नहीं दिखाया गुरूजी?"

"हलकान न हो बिरादर, वो कुछ-न-कुछ ज़रूर करेगा।"

"लेकिन क्या?"

"बस यूं समझ ले, वो बम फोड़ेगा।"

तिवारी पूरे यकीन के साथ बोला।

"ब...बम!" सहायक की आवाज़ यूं काँपी, जैसे उसकी पैंट गीली होने से बची हो।

"या फिर उससे भी ऊपर अगर वो कुछ करेगा।" तिवारी बोला-"तो वह सब ऐसा होगा, जैसे उसने बनारस शहर पर मिसाइल छोड़ दी हो।"

"गुरूजी!" सहायक बोला- "गुरूजी, तुम तो कलेजे को थर्रा देने वाली बातें कर रहे हो।"

"अंगीठी के कोयले, अभी तेरा कलेजा थर्राया कहाँ है! अभी तेरे को मालूम कहाँ है कि थर्राहट क्या होती है! यह अनुभव तो तेरे को थोड़े दिन बाद होगा।"

"लेकिन फिलहाल क्या कर रहा होगा वो?"

सहायक की आवाज़ सस्पैंसयुक्त थी।

"फिलहाल तो!" तिवारी ख़्याली पुलाव पकाता हुआ बोला- "वो कहर बरपा कर देने की तैयारियों में मशगूल होगा। हाँ, एक बात तू जरुर एडवांस में सुन ले।"

"क्या?"

"कान आगे ला।"

सहायक ने अपना कान तिवारी के मुँह के पास किया।

रहस्यमयी अंदाज में किया।

"बेटा कनस्तर!" तिवारी फुसफुसाते हुए बोला- "तेरे को अपनी बीवी के साथ जितनी बार भी फिट होना हो, अभी फिट हो ले। क्योंकि बाद में एनर्जी वेस्ट करने का वैसा कोई सुनहरा मौका तेरे को हासिल नहीं होगा।"

सहायक फौरन ही-ही करके अपने दाँत चमकाने लगा।

परंतु तिवारी को कहरभरी निगाहों से अपनी तरफ देखता पाकर उसने तुरंत अपना खोखा बंद कर लिया।

जल्दी से।

❑❑❑

अगले कुछ दिन अखिल श्रीवास्तव ने कत्ल करने की योजना पर खूब निकिल-पॉलिश करते हुए गुजारे।

उसने रिवॉल्वर का टाइमर बनाना शुरू किया।

टाइमर बनाने में उसे अनेक दुश्वारियाँ पेश आईं। क्योंकि टाइमर कैसे बनता है, इस बात की उसे ए बी सी डी भी मालूम न थी।

कुछ भी मालूम न था।

अलबत्ता गूगल पर जाकर एक अपराध-कथा में ज़रूर उसने टाइमर बनाने की विधि पढ़ी थी।

वही विधि अखिल श्रीवास्तव के काम आई।

वो रोजाना रात के समय अपने कमरे में बंद हो जाता और आभा देवी से छिपकर टेबल लैंप की रोशनी में टाइमर बनाने की प्रकिया को अन्जाम देता।

कोई चार दिन की अथक मेहनत के बाद अखिल टाइमर बनाने में कामयाब हो गया।

फिर उसने बनारस से कुछ किलोमीटर दूर 'लखनिया दरी' जाकर टाइमर का परीक्षण भी किया।

'लखनिया दरी' एक बहुत प्रसिद्ध पिकनिक स्पॉट है। वहाँ काफी पर्यटक घूमने जाते हैं। वह हिल एरिया है।

उस समय पौने आठ बज रहे थे।

शाम के हल्के धुंधलके पर रात की काली स्याही हावी होने लगी थी। उस दिन मौसम भी कुछ ख़राब था, इसलिए 'लखनिया दरी' में ज़्यादा भीड़-भाड़ भी नहीं थी।

अखिल एक पहाड़ी चढ़कर जंगल में थोड़ा अंदर चला गया, वहाँ दूर-दूर तक कहीं कोई पर्यटक न था।

चारों तरफ खामोशी थी।

गहरी खामोशी।

अखिल श्रीवास्तव ने एक पेड़ पर टिन की पट्टी ठोकी और फिर उस पर सफेद चाक से टारगेट प्वाइंट बनाया कि गोली इस जगह लगनी है।

फिर उसने टारगेट प्वाइंट के बिल्कुल सामने एक दूसरे पेड़ की शाखा से रिवॉल्वर कसकर बाँधा।

निशाना सेट किया।

टाइमर में दस मिनट का समय भरा।

उसके बाद वो एक तरफ हटकर खड़ा हो गया।

दस मिनट बाद उसकी रातों की मेहनत का रिजल्ट सामने आ जाने वाला था।

वो साँस रोककर गोली चलने की प्रतीक्षा करने लगा।

टाइमर से कनेक्टिड स्प्रिंग रिवॉल्वर के ट्रेगर में फँसी थी।

ठीक दस मिनट बाद वह स्प्रिंग खिंचनी थी। स्प्रिंग के खिंचते ही ट्रेगर दबना था और फिर गोली चलनी थी।

वही हुआ।

बिल्कुल दस मिनट बाद धांय से रिवॉल्वर की गोली अपने आप चली और सामने टारगेज प्वाइंट पर जा लगी।

ठीक निशाने पर।

अखिल श्रीवास्तव खुशी से झूम उठा।

गोली चलने की आवाज़ 'लखनिया दरी' के उस जंगल में ही दबकर रह गई थी।

इस बीच अखिल श्रीवास्तव ने 'बिलियर्ड क्लब' में भी डेली जाना शुरू कर दिया था।

वो वहाँ 'बिलियर्ड' की जबरदस्त प्रैक्टिस करता।

घंटों-घंटों।

क्लब के संचालक, मेंबर सभी उसके जुनून को देखकर हैरान थे।

आश्चर्यचकित।

"बड़ा अजीब व्यक्ति है।" वो अक्सर आपस में बात करते- "न हँसता है, न किसी से बात करता है। बस क्लब में आते ही जुनूनियों की तरह खेलने लगता है, जैसे बिलियर्ड स्टिक और मेज पर बिछी बॉलों से कोई दुश्मनी निकाल रहा हो।"

और अखिल श्रीवास्तव की मेहनत रंग लाने लगी।

जबरदस्त रंग!

वो बहुत जल्दी ऐसी शानदार बिलियर्ड खेलने लगा कि क्लब का प्रत्येक मेंबर हैरत से उसकी स्टिक (छड़) को देखता, जो मेज पर बिछीं बालों को एक-के-बाद एक होलों में डालती चली जाती।

❑❑❑

डी. आई. जी. प्रशांत शुक्ला ने पीठ के बल झुककर अपनी स्टिक से मेज पर रखी एक बॉल को स्पर्श किया और फिर निशाना साधकर बॉल एक तेज झटके से हॉल की तरफ धकेल दी।

परंतु यह क्या; बॉल सुराख में जाने की बजाय एक दूसरी बाल से टकराई और फिर तड़-तड़ाक करती मेज पर मौजूद सभी बॉलों से टकराती चली गई।

डी. आई. जी. शुक्ला कुपित भाव से कंधे झटकते हुए सीधे खड़े हो गए और फिर अखिल श्रीवास्तव को देखने लगे, जो करीब ही एक मेज पर बड़े मनोयोग से अकेला बिलियर्ड खेल रहा था।

हर बॉल जैसे उसकी स्टिक पर नाच रही थी।

वह जिस सुराख में चाहता बॉल को डाल देता। कई बार तो एक शॉट पर तीन-तीन बॉलें सुराख में चली जातीं।

उसका हर शॉट प्रशंसनीय था।

उसी क्षण क्लब का मैनेजर डी. आई. जी. के करीब से गुजरा।

"मैनेजर!" डी. आई. जी. ने उसे पुकारा।

"यस सर!" मैनेजर फौरन अटेंशन मुद्रा में डी. आई. जी. के सामने खड़ा हो गया।

"मैनेजर, टेबल थर्टीन पर वह जो लड़का अकेले प्रैक्टिस कर रहा है, वह कौन है?"

"ओह, ही इज संसेशनल!" मैनेजर अपनी आँखों में चमक भरकर बोला- "उसका नाम अखिल श्रीवास्तव है। उसमें गजब की खेल प्रतिभा है।"

"वह मैं भी देख रहा हूँ। सचमुच उसका एक-एक शॉट अद्‌भुत है।"

डी. आई. जी. उसके गेम को देखते हुए सिगार सुलगाने लगे।

उनकी निगाहें उसकी टेबिल से हट नहीं रही थीं।

"सबसे बड़ी बात तो ये है।" डी. आई. जी. पुनः बोले- "कि उसका माइंड एकदम कन्संट्रेट रहता है, निगाहें सिर्फ लक्ष्य पर। पल भर के लिए भी वो इधर-ऊधर नहीं देखता।"

"यस सर! आप बिल्कुल ठीक कह रहे हैं। वो आठ-आठ घंटे लगातार इसी तरह प्रैक्टिस करता रहता है, जैसे क्लब में उसके अलावा कोई दूसरा है ही नहीं।"

"पहले तो यह लड़का क्लब में नहीं आता था।"

"नहीं सर! वह अभी नया-नया ही मेंबर बना है। सर, इस लड़के में एक और ख़ास बात है।"

"क्या?"

"वह अकेले ही प्रैक्टिस करता है। कभी किसी के साथ गेम नहीं खेलता।"

"ओह!" डी. आई. जी. की आँखों में अब उत्सुकता के भाव साफ-साफ नजर आने लगे थे।

❑❑❑

अगले दिन डी. आई. जी. अपने वक्त से पहले ही क्लब में आ गए और दूर एक कुर्सी पर बैठकर अखिल श्रीवास्तव को खेलते हुए देखने लगे।

डी. आई. जी. शुक्ला एक लगभग पचास साल के बेहद रौबीली शख्सियत के मालिक थे।

परंतु!

अखिल श्रीवास्तव ने उन्हें अपना दीवाना बना लिया था।

"क्या बात है सर!" मैनेजर उनके नजदीक पहुँचकर बोला -"आज आप नहीं खेल रहे?"

"नहीं, मैं आज नहीं खेल रहा मैनेजर! बल्कि एक रोमाँचकारी व्यक्तित्व को खेलते हुए देख रहा हूँ।"

"ओह!" मैनेजर जोर से हँसा और उसकी निगाहें खुद-ब-खुद अखिल श्रीवास्तव की तरफ उठ गईं।

"मैनेजर!" डी. आई. जी. अभी भी सिगार पी रहे थे।

"यस सर।"

"मैं अखिल श्रीवास्तव से मिलना चाहता हूँ।"

"लेकिन..."

"मैं अभी मिलना चाहता हूँ।"

"ओके सर!" मैनेजर बोला- "अगर आपने प्रण कर ही लिया है, तो आइए।"

डी. आई. जी. कुर्सी छोड़कर खडे हो गए।

फिर वह दोनों अखिल श्रीवास्तव की तरफ बढ़े।

अखिल, जो अभी भी पूर्ण मनोयोग से गेंदों को सुराखों में डाल रहा था।

"अखिल!" मैनेजर ने अखिल को नजदीक पहुँचकर पुकारा, तो अखिल इस तरह चौंका, जैसे नींद से जागा हो।

"यस सर!"

"अखिल, इनसे मिलो, ये हैं हमारे शहर के डी. आई. जी. प्रशांत शुक्ला साहब।"

"ओह।" अखिल ने फौरन स्टिक टेबल पर रखी और बड़ी तत्परता से डी. आई. जी. से हाथ मिलाया- "यह सचमुच मेरे लिए गौरव की बात है सर; कि मुझे आप जैसी हस्ती से हाथ मिलाने का सौभाग्य प्राप्त हो रहा है।"

अखिल श्रीवास्तव मुस्कराकर बोला।

"इससे भी ज़्यादा बड़ी तुम्हारे लिए एक और गौरव की बात होगी।" मैनेजर बोला।

"क्या सर?"

"वो ये कि शुक्ला साहब तुम्हारे खेल के जबरदस्त फैन हैं। तुम्हें शायद मालूम नहीं, लेकिन शुक्ला साहब पिछले एक घंटे से अपलक तुम्हें खेलते हुए देख रहे हैं।"

"ओह माई गॉड! क्या मैं सचमुच इतना अच्छा खेलता हूँ सर?"

"यंगमैन!" डी. आई. जी. ने अखिल श्रीवास्तव की पीठ थपथपाई- "तुम अपनी सोच से भी कहीं ज़्यादा अच्छा खेलते हो।"

"यह आपकी जर्रानवाजी है सर।" अखिल श्रीवास्तव बोला- "जो आप जैसा बड़ा आदमी मुझे इतनी रेसपैक्ट दे रहा है।"

"यंगमैन, तुम शायद अभी अपने अंदर की काबलियत से वाकिफ नहीं। तुम नहीं जानते कि तुम्हारे अंदर कितने गुण छिपे हुए हैं।"

फौरन अखिल श्रीवास्तव के अंदर मौजूद 'बिच्छू' ठहाके लगाने लगा।

जोर-जोर से ठहाके।

'गुण!' बिच्छू व्यंग्यमिश्रित हँसी हँसा और मन-ही-मन सोचने लगा- 'गुण तो मेरे अंदर इतने छिपे हैं डी. आई. जी. साहब; कि आप उन गुणों की थाह भी नहीं पा सकेंगे।"

"तुम कुछ सोचने लगे यंगमैन?"

"नहीं सर, नहीं।" अखिल श्रीवास्तव ने तत्काल अपनी भावनाओं को काबू में किया।

"यंगमैन!" डी. आई. जी. उत्साहित स्वर में बोले- "मैं तुम्हारे सामने एक प्रस्ताव रखना चाहता हूँ।"

"कैसा प्रस्ताव सर?"

"मैं चाहता हूँ कि तुम मेरे साथ एक गेम खेलो। मुझे खुशी होगी।"

तुरंत अखिल श्रीवास्तव के चेहरे पर हिचकिचाहट के भाव प्रतिबिंबित हुए।

उसने सकपकाने का अभिनय किया।

"ना मत करना यंगमैन!" डी. आई. जी. जल्दी से बोले- "ना मत करना।"

"लेकिन सर...!"

"यंगमैन, मैं जानता हूँ कि तुम अकेले ही खेलते हो, लेकिन यह मेरी दिली ख्वाहिश है कि तुम एक गेम मेरे साथ खेलो। मैं तुम्हें एक खुशख़बरी और सुनाता हूँ।"

"क्या?"

"आज से चार रोज बाद यानी आठ मई को मेरा जन्म-दिन है। मैंने फैसला किया है कि मैं अपने जन्म-दिन की पार्टी इसी बिलियर्ड क्लब में दूँगा और केक काटने के फौरन बाद हम दोनों के बीच मैच होगा। निःसंदेह तुम्हारे अद्‌भुत खेल से वह पार्टी यादगार बन जाएगी।"

अखिल श्रीवास्तव के दिमाग में रेल जैसी सीटी बजने लगी।

तेज सीटी।

उसके अंदर का शैतान लहराता हुआ करवटें बदलने लगा।

स्नायु-तंत्र तन गए।

"यंगमैन!" डी. आई. जी. ने उत्सुकतावश पूछा- "क्या तुम्हें मेरा प्रस्ताव कबूल है?"

"अखिल!" अखिल के कुछ कहने से पहले मैनेजर भी बोला- "प्लीज, शुक्ला साहब का यह प्रोपोज़ल कबूल कर लो। अच्छा प्रोपोज़ल है। इसी बहाने क्लब में आठ मई को रौनक भी हो जाएगी।"

"ठीक है।" अखिल श्रीवास्तव इस तरह बोला, जैसे उन दोनों पर कोई भारी अहसान कर रहा हो- "मैं मैच खेलूँगा।"

दोनों के चेहरे हजार वॉट के बल्ब की तरह खिल उठे।

कृतज्ञता से खिल उठे।

❑❑❑

अखिल श्रीवास्तव बुरी तरह ठहाके लगा-लगाकर हँस रहा था।

जोर-जोर से इतनी बुरी तरह, जैसे पागल हो गया हो। बच्चों की तरह बेपनाह खुशी से उछल-उछल पड़ रहा था वो।

यहाँ तक कि हँसते-हँसते उसका चेहरा सुर्ख हो गया।

साँसे किसी एक्सप्रेस गाड़ी की तरह चलने लगीं।

तब उसने अपनी हँसी को थोड़ा कन्ट्रोल किया।

जबरदस्ती कन्ट्रोल किया।

"रश्मि!" वो हर्षनाद करता हुआ बोला- "रश्मि देखो, मैंने उस हरामजादे वकील की अर्थी सजाने की पूरी तैयारी कर ली है। उस साले सुरेंद्र भाई तोलानी की मौत का सारा सामान इकट्‌ठा कर लिया है मैंने। आठ मई, आठ मई को मैं हत्या कर डालूँगा उसकी। बदला ले लूँगा मैं उससे अपने डैडी की मौत का; और रश्मि, जैसे उसने मेरे डैडी को धोखे से फाँसी चढ़वा दिया, ठीक उसी तरह वो भी धोखे से मरेगा। मौत से एक क्षण पहले भी उसे इस राज़ का पता नहीं चलेगा कि मैं उसकी करतूतों से वाकिफ हो गया हूँ।"

रश्मि उदास भाव से अखिल श्रीवास्तव की गोद में सिर रखकर लेट गई।

"क्या बात है!" अखिल श्रीवास्तव को झटका लगा- "तुम खुश नहीं हो रश्मि?"

"तुम्हारी हर खुशी मेरी खुशी है अखिल! मैं जब तुम्हें खुश देखती हूँ, तो मेरे होठों पर खुद-ब-खुद मुस्कान चली आती है, लेकिन...।"

"लेकिन क्या?"

अखिल श्रीवास्तव ने उसकी तरफ देखा।

"लेकिन न जाने क्यों मुझे ऐसा लग रहा है अखिल, कि तोलानी का कत्ल होने के बाद तुम्हारे साथ कोई-न-कोई अनिष्ट होगा। ऐसा अनिष्ट, जिसकी फिलहाल तुम कल्पना भी नहीं कर सकते। वह अनिष्ट शायद तुम्हारी योजना की तरह ही चौंका देने वाला होगा।"

"कुछ नहीं होगा रश्मि मुझे, कुछ नहीं होगा।" अखिल श्रीवास्तव विश्वासपूर्वक कहता चला गया- "मैंने पूरी योजना का एक-एक पहलू खूब ठोक-बजाकर देख लिया है और फिर तुम मत भूलो कि जिस वक्त सुरेंद्र भाई तोलानी की हत्या हो रही होगी, उस वक्त मैं डी. आई. जी. प्रशांत शुक्ला के साथ बिलियर्ड खेल रहा

होऊंगा। उस दिन प्रशांत शुक्ला का जन्म दिन है, डी. आई. जी. का जन्म दिन। रश्मि, आठ मई को बनारस के बड़े-बड़े पुलिस अधिकारी, जज, डी.एम. सब लोग क्लब में मौजूद होंगे। वह सब मेरी शहादत बनेंगे, मेरी ऐलीबाई। कानून को आज तक किसी ने इतना बड़ा धोखा न दिया होगा, जितना मैं दूँगा।" कहने के साथ अखिल श्रीवास्तव एक बार फिर हँसने लगा।

जोर-जोर से।

और फिर हँसी के उसी उन्माद में वो रश्मि के ऊपर झुकता चला गया।

उसके हाथ बिच्छू की तरह रेंगते हुए रश्मि के जिस्म पर फिरने लगे।

चेहरा रश्मि के चेहरे से बिल्कुल सट गया।

एकदम करीब।

गरम-गरम साँसे एक-दूसरे से टकराकर आपस में एकाकार होने लगीं।

वो रश्मि के शरीर से एक-एक कपड़ा नोचकर अलग करने लगा।

और उस पल रश्मि भी मानो सब कुछ भूल चुकी थी।

सब कुछ।

□□□

सुरेंद्र भाई तोलानी का मन बहुत खिन्न था।

हमेशा की तरह आज भी वह कोर्ट से आने के बाद एक छप्पनछुरी को पकड़कर ले आया था। लेकिन वो उस छप्पनछुरी का किसी नए स्टाइल से तिया-पाँचा कर पाता, उससे पहले ही वो डाऊन हो गया।

उसकी घंटी बज गई।

उसने फिर भी समुद्र में तैरने की कोशिश की, लेकिन फिर भी वो अपनी नाव किनारे न लगा सका।

तब छप्पनछुरी उसे बुरी तरह लताड़ती, हिजड़ा, छक्का और न जाने ऐसे ही कितने विश्लेषणों से उसे नवाजती वहाँ से पैर पटकती चली गई।

तोलानी ने माथा पकड़ लिया।

क्या हो गया था उसे?

पहले तो कभी किसी औरत के साथ फिटिंग करते समय वो इस तरह डाऊन नहीं हुआ।

उसे बिच्छू की याद आई।

तोलानी की रूह काँप उठी।

क्या यह सब 'बिच्छू' की वजह से हो रहा था?

उसी के कारण?

क्या बिच्छू की दहशत उसके दिल-दिमाग पर इतनी बुरी तरह हावी हो चुकी थी कि वो एक अदद लड़की के साथ कुश्ती भी न लड़ सका?

लेकिन क्यों उसके दिमाग में 'बिच्छू' का इतना डर बैठता जा रहा था?

'बिच्छू' तो पिछले कई दिन से मिला भी नहीं था उसे।

फिर?

माजरा उसकी समझ में नहीं आया।

तभी टेलीफोन की घंटी बजने लगी।

तोलानी ने आगे बढ़कर रिसीवर उठाया और आहिस्ता से बोला- "यस, तोलानी।"

"मैं बिच्छू बोल रहा हूँ।"

"ब...बिच्छू!" तोलानी के मुँह से ऐसी चीख निकली, जैसे उसके हाथ में 'बिच्छू' आ गया हो। उसके हाथ से रिसीवर छूटकर नीचे गिरते-गिरते बचा।

वह हड़बड़ाया।

"क...कौन बिच्छू...?" वो दहशतनाक स्वर में बोला।

"इतनी जल्दी मुझे भूल गए वकील साहब!" एक बेहद भयानक हँसती हुई आवाज़- "मैं अखिल श्रीवास्तव बोल रहा हूँ, अखिल श्रीवास्तव।"

"ओह अखिल।" तोलानी ने जल्दी से अपनी अनियंत्रित साँसों को नियन्त्रित किया- "अखिल तुम! म...मैं...समझा...।"

"कि सचमुच का 'बिच्छू' बोल रहा है।" कहने के साथ जोर का ठहाका लगाया अखिल श्रीवास्तव ने- "बहुत कमजोर दिल के निकले आप वकील साहब।"

"य...यह बात नहीं बिच्छू!" तोलानी के हलक में यह सोचकर कांटे जमे जा रहे थे कि उससे फोन पर 'बिच्छू' बात कर रहा है- "अच्छा यह बताओ, तुमने मुझे फोन क्यों किया है?"

"कुछ हिसाब करना है आपसे वकील साहब।"

"ह...हिसाब!" तोलानी के चेहरे पर दहशत-ही-दहशत छाती चली गई-"क... किस हिसाब की बात कर रहे हो तुम साईं?"

"सब समझ जाओगे वकील साहब, जब हम दोनों आमने-सामने बैठकर बातें करेंगे। वैसे आठ मई को तो कहीं बाहर नहीं जा रहे?"

"नहीं।" तोलानी तत्काल बोला- "मैं यहीं हूँ। काम बोलो।"

"मैं आठ मई को रात आठ बजे आपसे मिलने आऊँगा।"

"आठ मई को रात के आठ बजे।" तोलानी ने अपने शुष्क होठों पर जुबान फेरी।

"हाँ, वकील साहब! मुझे उम्मीद है कि उस वक्त आप घर पर ही मौजूद रहेंगे। क्योंकि मुझे आपसे बहुत ज़रूरी काम है।"

"ठीक है, मैं तुम्हारा इंतज़ार करूँगा साईं।"

"एक बात और नोट कर लीजिए।"

"क्या?"

"अगर आप उस वक्त अपनी कोठी पर बिल्कुल अकेले होंगे. तो यह आप ही के हित में होगा।"

"क...क्या मतलब?"

"मतलब बहुत साफ है वकील साहब, अगर आप गार्ड वगैरह की भी छुट्टी कर दें, तो बातचीत में आसानी रहेगी।"

"ऐसी क्या बातचीत करना चाहते हो तुम साईं?" तोलानी हक़बकाए स्वर में बोला- "कौन-सा हिसाब करना चाहते हो तुम?"

"आठ मई शाम आठ बजे आपको सब मालूम हो जाएगा वकील साहब, फिलहाल विदा!"

"बिच्छू! बिच्छू सुनो!" तोलानी अर्द्धविक्षिप्तों की तरह फोन पर चीखता ही रह गया, जबकि बिच्छू फोन कट कर चुका था।

तोलानी के दिल पर हथौड़े बरसने लगे।

दिमाग में सांय-सांय आँधी चलने लगी।

आठ मई को क्या हिसाब करना चाहता है बिच्छू?

क्या बातचीत करना चाहता है?

क...कहीं उसे यह राज़ तो नहीं पता चल गया कि बाबू श्रीवास्तव को फाँसी चढ़वाने में मेरा हाथ है?

उसका रंग पीला पड़ता जा रहा था।

पाप का रोल, ढोल बनकर उसके कानों में बज रहा था।

दहशत कितनी बुरी बला होती है, उसकी परछाईं इस वक्त उसके चेहरे पर देखी जा सकती थी।

वह मुर्दा नजर आ रहा था उस समय!

बिल्कुल मुर्दा।

❑❑❑

अखिल श्रीवास्तव ने तोलानी के 'कत्ल की योजना' के तहत ही 'दैनिक गांडीव' नामक एक समाचार-पत्र के ऑफिस में कदम रखा।

वो वहाँ का प्रसिद्ध अखबार था।

वह सीधा अखबार के संपादक से मिला

"कहिए, आपका कैसे आना हुआ?" संपादक ने शिष्ट स्वर में पूछा।

"सर, आपके अखबार के कल के एडीशन में एक विज्ञापन छपा था।" अखिल श्रीवास्तव बोला- "कि आपको अपने ऑफिस के लिए एक क्लर्क की आवश्यकता है।"

"जी हाँ, छपा था।" संपादक अपना ऐनक दुरुस्त करता हुआ बोला।

"सर, मैं उसी सिलसिले में आपसे मिलने आया हूँ।" अखिल श्रीवास्तव ने कॉलेज डॉक्यूमेंट की एक फाइल संपादक के सामने रखी- "यह मेरी डिग्रियाँ हैं।"

संपादक उसके डॉक्यूमेंट देखने लगा।

ज्यूं-ज्यूं वह डॉक्यूमेंट देखता गया, ठीक उसी अनुपात में उसकी आँखों में विस्मय के चिन्ह उजागर होते चले गए।

वह डॉक्यूमेंट बता रहे थे कि अखिल अपनी कॉलेज लाइफ में एक सुपीरियर स्टूडेंट रहा है। प्रत्येक सब्जेक्ट में बहुत बेहतरीन नंबर थे उसके।

उसने हमेशा टॉप किया था।

टॉप!

वह सब डॉक्यूमेंट देखने के बाद संपादक ने जब अपनी नजरें ऊपर उठाईं, तो उसकी आँखों में ऐसे भाव थे, जैसे वह हैरानी के समुद्र में गोते लगा रहा हो।

"यह डिग्रियाँ बता रही हैं कि तुम एक बहुत बुद्धिमान लड़के हो।" संपादक आश्चर्य की मुद्रा में ही बोला।

जबकि अखिल श्रीवास्तव मौन बैठा था।

चुप।

"एक बात समझ नहीं आतीं।" संपादक पुनः बोला- "कि इतना बेहतरीन कॉलेज कैरियर होने के बावजूद तुम्हें एक मामूली क्लर्क की सर्विस करने की क्या आवश्यकता है? तुम्हें तो कोई भी नेशनल लेवल की कंपनी किसी सम्मानित पद पर बिठाकर खुद को गौरवान्वित महसूस करेगी।"

"यह सब बहुत फैंसी बातें हैं एडिटर साहब!" अखिल श्रीवास्तव आहत स्वर में बोला-" इन फैंसी बातों से किसी भी इंसान का दिल तो खुश हो सकता है, लेकिन किसी गरीब का पेट नहीं भर सकता; और बद्किस्मती से मैं एक गरीब इंसान हूँ। मुझे फैंसी बातें नहीं, रोटी चाहिए। उसी रोटी की तलाश में भटकता-भटकता मैं आपके पास आया हूँ।"

"लेकिन अखिल, तुम्हें नेशनल लेवल की कंपनी में एक बेहतरीन जॉब मिल सकती है।"

"गलत बयान कर रहे हैं आप।" अखिल श्रीवास्तव सख्ती से उसकी बात काटता हुआ बोला- "बेहतरीन सर्विस डिग्रियाँ नहीं, सूरतें देखकर मिलती है। जबकि मेरे पास डिग्रियों के सिवा क्या है? मेरे जैसे स्तरहीन गरीब आदमी का किसी करोड़पति आदमी से क्या रिलेशन हो सकता है एडिटर साहब! आप शायद इन सब बातों को नहीं समझ सकेंगे, क्योंकि आप मेरे वाले प्लेटफार्म पर नहीं खड़े। आप एक डेली पेपर के मालिक हैं। रईस आदमी हैं। आपका समाज में एक रुतबा है। लोग आपको इज्जत देते हैं, जबकि मैं आपसे बिल्कुल विपरीत परिस्थितियों में जीवन-यापन कर रहा हूँ। बहरहाल!" अखिल श्रीवास्तव बोलते-बोलते रुका- "क्या मैं उम्मीद करूँ कि आप मुझे क्लर्क के पद पर अप्वाइंट कर रहे हैं?"

तुरंत संपादक के चेहरे पर हिचकिचाहट के भाव प्रतिबिंबित हुए।

सोच के भाव।

"क्या बात है एडिटर साहब!" अखिल श्रीवास्तव मुस्कुराया- "अब आप खुद क्यों सकपका रहे हैं?"

"यह बात नहीं...।"

"फिर?"

"दरअसल मेरे सामने एक समस्या पैदा हो गई है।" संपादक ने कहा।

"कैसी समस्या?"

"तुम्हारे आने से थोड़ी देर पहले ही मैं इस पद के लिए एक युवक को अप्वाइंट कर चुका हूँ।"

"हर जगह ऐसा ही होता है एडिटर साहब...।"

"लेकिन मैं ऐसा नहीं होने दूँगा। सुनो, मैं उस युवक से बात करूँगा।" संपादक बोला- "मुमकिन है कि मैं उसे इस बात के लिए तैयार कर लूँ कि वो सर्विस न करे, क्योंकि वह कोई अधिक ज़रूरतमंद नहीं मालूम होता। अखिल, तब यह सर्विस तुम्हारी होगी। लेकिन तुम्हें इस बारे में आज से दो-तीन दिन बाद मुझसे दोबारा पूछताछ करनी होगी।"

"अगर मैं आठ मई की रात नौ बजे आपको फोन करूँ, तो आपको कोई एतराज तो नहीं होगा?" अखिल श्रीवास्तव ने अपनी चाल का पहला पत्ता फेंका।

"नहीं।" संपादक तत्परता से बोला- "मुझे कोई ऐतराज नहीं होगा। वैसे भी रात के ग्यारह बजे तक मैं ऑफिस में ही रहता हूँ, क्योंकि अखबार का फ्रंट पेज तभी तक फाइनल हो पाता है।"

"थैंक्यू! थैंक्यू फॉर कॉपरेशन एडिटर साहब।" अखिल श्रीवास्तव कुर्सी छोड़कर खड़ा हो गया- "आप मेरे लिए जो कुछ कर रहे हैं, उसका मैं सदा आभारी रहूँगा।"

"इसमें आभार कैसा अखिल!" संपादक ने खड़े होकर अखिल श्रीवास्तव से गर्मजोशी के साथ हाथ मिलाया- "तुम्हें अपने अखबार के साथ जोड़कर मुझे गर्व होगा।"

अखिल श्रीवास्तव 'दैनिक गांडीव' के ऑफिस से 'बिच्छू' की तरह लहराता हुआ बाहर निकला।

उसकी आँखों में चमक थी।

चालाकी से भरी चमक।

आखिर वो अपनी योजना का एक और चरण पूरा करने में कामयाब जो हो गया था।

❑❑❑

वक्त तेजी से गुजरने लगा।

फिर आठ मई का वो दिन भी आ पहुँचा, जिसका अखिल श्रीवास्तव को बड़ी बेकरारी से इंतज़ार था।

बेसब्री से इंतज़ार था।

उस दिन अखिल श्रीवास्तव ने दो महत्त्वपूर्ण कदम उठाए।

पहला कदम- वो शाम को पाँच बजे बूढ़े शायर वाली कास्ट्यूम पहनकर सुरेंद्र भाई तोलानी की कोठी पर पहुँचा।

यह बात उसने पहले ही कन्फर्म कर ली थी कि तोलानी उस वक्त कोर्ट में मौजूद है।

कोठी पर तब सिर्फ एक गार्ड ही था।

बाकी कोई नहीं था।

"क्या बात है साहब?" गार्ड बुजुर्गवार को देखकर बोला- "किससे मिलना है?"

"वकील साहब से मिलना है।"

"वकील साहब तो इस वक्त कोर्ट गए हुए हैं।"

"मैं जानता हूँ।" अखिल श्रीवास्तव बुजुर्गवाना लहजे में ही बोला- "मेरी वकील साहब से फोन पर बात हो चुकी है। उन्होंनें कहा है कि मैं कोठी पर पहुंचू, वो अभी दस मिनट में यहाँ आ रहे हैं।"

"ठीक है। आइए, तो फिर आप ड्राइंगहॉल में वेट करें।"

"शुक्रिया।"

गार्ड, अखिल श्रीवास्तव को लेकर ड्राइंगहॉल में पहुँचा, जहाँ उसने अखिल को पानी सर्व किया।

फिर वो उसे वहीं बैठा छोडकर वापस बाहर गेट पर जाकर खड़ा हो गया।

गार्ड के वापस जाते ही अखिल श्रीवास्तव फौरन कुर्सी छोड़कर खड़ा हुआ और फिर आनन-फानन दौड़ता हुआ तोलानी के बेडरूम में पहुँचा।

टेलीफोन इन्स्ट्रूमेंट बेडरूम के एक कोने में कोई ढाई फुट ऊँचे स्टूल पर रखा था।

टेलीफोन इन्स्ट्रूमेंट के बिल्कुल सामने कोई दस फुट दूर एक विंडो थी, जिसमें लोहे की ग्रिल फिट थी।

अखिल श्रीवास्तव ने अपनी अचकन की जेब से टाइमरयुक्त रिवॉल्वर निकाली और फिर उसे विंडो में लोहे की ग्रिल के साथ जल्दी-जल्दी बाँधनी शुरू की।

उसके हाथ स्पीड से चल रहे थे।

बहुत जल्दी उसने वो रिवॉल्वर ग्रिल के साथ कसकर बाँध दी।

फिर अखिल श्रीवास्तव ने उस रिवॉल्वर का रुख टेलीफोन इन्स्ट्रूमेंट की तरफ इस तरह सेट किया; कि अगर वहाँ खड़ा कोई व्यक्ति टेलीफोन पर बात कर रहा हो, तो गोली सीधी उसे लगे।

एकदम निशाने पर।

अखिल श्रीवास्तव ने बेहद तीव्रता से रिवॉल्वर के टाइमर में नौ बजे का टाइम सेट किया।

अब ठीक नौ बजे ही टाइमर को एक्टिव हो जाना था। स्प्रिंग खिंचनी थी और स्प्रिंग के खिंचते ही उससे कनेक्टिड ट्रेगर दबना था और गोली ठीक टेलीफोन इन्स्ट्रूमेंट की तरफ चलनी थी।

वह सारी सेटिंग करने के बाद अखिल श्रीवास्तव बेडरूम से बाहर निकला और बाहर गार्ड के पास पहुँचा।

"क्या हुआ हुजूर?" गार्ड उसे देखकर थोड़े विस्मय से बोला- "आप बाहर कैसे आ गए?"

"दरअसल मैं मुकदमें के कुछ कागजात लाना भूल गया हूँ, जो मुझे अभी एकाएक याद आए है।" अखिल श्रीवास्तव व्यग्रता का प्रदर्शन करता हुआ बोला- "मैं उन्हें ही लेने जा रहा हूँ। अगर मेरे पीछे तोलानी साहब आ जाएँ, तो उनसे कहना कि मैं अभी दस मिनट में कागज़ लेकर आ रहा हूँ।"

"जैसी आपकी इच्छा, हुजूर।"

उसके बाद अखिल श्रीवास्तव ने वहाँ एक सेकंड भी और खड़े रहना खतरे से खाली न समझा।

वह तुरंत ऑटोरिक्शा में सवार हुआ और नौ दो ग्यारह हो गया।

उसका काम हो गया था।

उसके बाद अखिल श्रीवास्तव ने एक दूसरा महत्त्वपूर्ण कदम यह उठाया कि वो एक हॉकर (अखबार बेचने वाले) का रूप धारण करके 'दैनिक गांडीव' समाचार पत्र के ऑफिस पहुँचा और वहाँ उसने टेलीफोन की लाइन इस तरह कई जगह से काट दी कि वह घंटों में भी ठीक न हो सके।

यह भी उसकी 'योजना' थी।

❑❑❑

बहरहाल अब तमाम पत्ते मैदान में फैल चुके थे।

सुरेंद्र भाई तोलानी का कत्ल करने के लिए सिर्फ तुरुप चाल चली जानी बाकी थी।

आखिरी चाल!

"अखिल!" रश्मि, अखिल श्रीवास्तव से कह रही थी- "अभी भी सोच लो अखिल! तोलानी का कत्ल मत करो। मेरा दिल कह रहा है कि यह ठीक नहीं होगा।"

खतरनाक ढंग से हँसा अखिल- "तुम लड़की हो रश्मि, इसलिए तुम्हारा डरना स्वाभाविक है। लेकिन मै भली-भांति जानता हूँ कि मैं क्या करने जा रहा हूँ और इसका क्या परिणाम होगा?"

"परिणाम गलत भी तो हो सकता है अखिल !" रश्मि अनुनयपूर्ण स्वर में बोली- "तुम्हें जेल भी हो सकती है। तुम फाँसी भी चढ़ सकते हो। क्या यह सब ठीक होगा अखिल ?"

"मैं जानता हूँ कि मुझे क्या होगा रश्मि!" अखिल श्रीवास्तव के स्वर में विश्वास ही विश्वास था- "इतने प्री-प्लान्ड और अद्‌भुत तरह से की गई हत्या में न किसी को फाँसी हो सकती है और न कोई जेल जा सकता है। वैसे भी कोई आशंका व्यक्त करने से बेहतर ये है कि अब तुम देखती जाओ कि क्या होता है, क्योंकि सुरेंद्र भाई तोलानी अब सिर्फ चंद घंटों का मेहमान है।"

रश्मि के दिल की रफ्तार तेज होती जा रही थी।

बेहद तेज!

❑❑❑

और अखिल श्रीवास्तव ने तुरुप चाल चल दी।

अपनी सनसनीखेज योजना का आखिरी पत्ता फेंकने के लिए वो ठीक आठ बजे बिलियर्ड क्लब पहुँच गया।

उस दिन बिलियर्ड क्लब इस प्रकार किसी दुल्हन की तरह सजा था, जैसे वहाँ जन्मदिन समारोह होने की बजाय किसी शादी की भव्य रिसेप्शन पार्टी हो रही थी।

डी. आई. जी. शुक्ला द्वार पर खड़े थे और वो आने वाले मेहमानों का स्वागत कर रहे थे।

अखिल श्रीवास्तव जब बिलियर्ड क्लब पहुँचा, तो डी. आई. जी. शुक्ला ने आगे बढ़कर उसका बड़ी गरमजोशी से स्वागत किया।

सिर्फ यही नहीं-वो अखिल श्रीवास्तव का हाथ पकड़कर अपने साथ अंदर क्लब में ले गए और वहाँ उन्होंने उपस्थित मेहमानों से अखिल श्रीवास्तव का इस तरह परिचय कराया, जैसे वह किसी अजीमतरीन शख्सियत को उन लोगों से मिला रहे हों।

वहाँ जो लोग मौजूद थे, उन्हें देखते ही अखिल श्रीवास्तव निहाल हो गया।

मालूम होता था कि जैसे बनारस का पूरा पुलिस डिपार्टमेंट वहाँ मौजूद था।

उसने इंस्पेक्टर तिवारी को भी देखा, जो एकटक उसे ही देख रहा था।

लेकिन अखिल श्रीवास्तव ने उसकी परवाह नहीं की-बल्कि उसके लिए यह खुशी की बात थी कि तिवारी भी वहाँ था, क्योंकि तोलानी की हत्या होने के बाद उसी को मर्डर केस की इन्वेस्टीगेशन करनी थी।

अखिल श्रीवास्तव पूरी तरह विश्वास से भरा था और उसके चेहरे पर ऐसे कोई भाव न थे, जैसे वो अब से थोड़ी देर बाद कोई कत्ल करने वाला है।

ठीक साढ़े आठ बजे डी. आई. जी. ने तालियों की गड़गड़ाहट के बीच केक काटा। फिर उन्होंने अपने हाथ से केक का पहला टुकड़ा जिस शख्स को खिलाया, वह अखिल श्रीवास्तव ही था।

उसके बाद सभी ने थोड़ा-थोड़ा केक खाया।

केक सबके बीच बंटा।

"मिस्टर बिच्छू!" इंस्पेक्टर तिवारी, अखिल के करीब आकर बोला-"तुम्हें इस नए रूप में देखकर मुझे बहुत खुशी हो रही है।"

"प्रशंसा के लिए धन्यवाद! लेकिन इंस्पेक्टर महोदय, तुम्हे अभी भविष्य में मेरे कुछेक रूप ऐसे भी देखने को मिलेंगे, जिनकी वजह से तुम्हारी शायद सारी खुशी उड़ जाएगी।"

तिवारी यूं एकदम चिहुंककर अखिल को देखने लगा, जैसे उसे कोई शॉक लग गया हो।

"हाजरीन!" तभी डी. आई. जी. ने मेहमानों से संबोधित होकर बोलना शुरू किया- "अब मेरे और अखिल श्रीवास्तव के बीच बिलियर्ड का मैच होगा।

वास्तविकता ये है कि बिलियर्ड क्लब में अपना जन्म-दिन समारोह ही मैं इस मैच की वजह से मना रहा हूँ। आपने बिलियर्ड पहले भी देखा होगा, लेकिन मुझे उम्मीद है कि अखिल के अद्‌भुत शॉट्स देखकर आप अचंभित हो उठेंगे।"

"सर!" तभी अखिल योजना अनुसार डी. आई. जी. के पास पहुँचकर बोला- "इस समय आठ बजकर पैंतालीस मिनट हो रहे हैं, मैं चाहता हूँ कि मैच नौ बजे के बाद खेलना शुरू किया जाए।"

"क्यों?"

"ठीक नौ बजे मुझे 'दैनिक गांडीव' के ऑफिस में फोन करना है।"

"किसलिए?"

"वहाँ मेरी जॉब के सिलसिले में कुछ बातचीत चल रही है। नौ बजे अखबार के मालिक को फोन पर मुझे बता देना है कि मेरी जॉब का क्या हुआ।"

"ओह!" डी. आई. जी. थोड़ा सोच में डूब गए, फिर बोले- "कोई बात नहीं जेंटलमैन, हम मैच शुरू करते हैं। पंद्रह मिनट बाद तुम मैच रोककर क्लब से ही फोन कर लेना, क्योंकि मैच के लिए मेहमानों को पंद्रह मिनट और इंतज़ार कराना ठीक नहीं है।"

"ओके, जैसा आप मुनासिब समझें।" अखिल श्रीवास्तव ने डी. आई. जी. की बात का कोई विरोध न किया।

उन दोनों का वह वार्तालाप इंस्पेक्टर तिवारी भी सुन रहा था।

आखिरकार मैच शुरू हुआ।

सभी मेहमान बिलियर्ड टेबल के चारों तरफ भीड़ लगाकर खड़े हो गए।

बिलियर्ड स्टिकें (लंबी छड़ें) डी. आई. जी. और अखिल श्रीवास्तव के हाथ में थीं।

फिर सचमुच अखिल श्रीवास्तव ने एक-के-बाद-एक ऐसे शानदार शॉट्स लगाने शुरू किए कि वहाँ उपस्थित सभी पुलिसकर्मी अचंभित हो उठे।

पाँच मिनट में ही वो सबका हीरो बन गया।

इंस्पेक्टर तिवारी भी अब प्रशंसा भरी निगाहों से अखिल श्रीवास्तव को देख रहा था।

जबकि अखिल श्रीवास्तव; वह योजना अनुसार गेम खेलते हुए बार-बार अपनी रिस्टवाच देखना नहीं भूलता था।

"अखिल!" सब-इन्पेक्टर तिवारी बोला- "तुम निश्चिंत होकर गेम खेलो, जैसे ही नौ बजेंगे; मैं तुम्हें बता दूंगा।"

"थैंक्यू सब-इंस्पेक्टर! लेकिन नौ बजे नहीं बल्कि नौ बजने से दो-तीन मिनट पहले बता देना, क्योंकि मैं 'दैनिक गांडीव' के मालिक को फोन पर थोड़ी प्रतीक्षा भी नहीं कराना चाहता।"

"ओके बाबा, दो-तीन मिनट पहले ही बता दूँगा। तुम बेधड़क खेलो।" तिवारी उत्साहपूर्वक बोला।

"थैंक्यू!" अखिल श्रीवास्तव ने उसका पुनः आभार व्यक्त किया और फिर वो खेलने में मशगूल हो गया।

कैसी अद्भुत बात थी कि इतने ढ़ेर सारे पुलिसकर्मी और पुलिस के आला अफसरों के सामने एक कत्ल होने जा रहा था और वह हत्यारे की मजबूत ऐलीबाई बन रहे थे कि कत्ल उसने नहीं किया।

वो कातिल हो ही नहीं सकता।

जब नौ बजने में तीन मिनट बाकी रह गए, तब इंस्पेक्टर तिवारी बोला- "अखिल, तुम्हारे फोन करने का समय हो गया है।"

अखिल श्रीवास्तव ने स्टिक बिलियर्ड टेबल पर रखकर यूं अपने बाल लहराए, जैसे कोई दरिंदा अपने शिकार को देखकर गहरी नींद से जाग रहा हो।

❑❑❑

सुरेंद्र भाई तोलानी की ऐसी हालत थी, जैसे किसी ने उसकी सारी हवा निकाल दी हो।

जबसे बिच्छू का उसके पास यह फोन आया था कि उसने आठ मई को उससे कुछ हिसाब करना है, तब से उसकी रातों की नींद उड़ी हुई थी।

सोते-जागते, उठते-बैठते उसे एक ही विचार सूझता कि कैसा हिसाब करना चाहता है बिच्छू?

हिसाब के नाम से ही उसके शरीर में फुरेरी दौड़ जाती।

इस बीच उससे कई छप्पनछूरियाँ मिलने आ चुकी थीं।

लेकिन वह जैसी प्यासी-प्यासी आई थीं, तोलानी ने उन्हें वैसी ही प्यासी-प्यासी वापस भेज दिया।

उनकी रेड फेरने का विचार तक उसके जेहन में न उभरा।

खासतौर से आठ मई का वह दिन तो उसका बेहद बेचैनीपूर्वक गुजरा था।

शाम के छः बजे वो कोर्ट से कोठी पहुँच गया।

कोठी पहुँचते ही गार्ड ने उसे एक ऐसी ख़बर सुनाई कि उसकी और बुद्धि भ्रष्ट हो गई।

गार्ड ने बताया कि उसके पीछे एक बुड्ढ़े मियाँ जी उससे मिलने आए थे और वह कह रहे थे कि वो कोर्ट में आपसे मिलकर आ रहे हैं और आप भी यहाँ थोड़ी देर में आने वाले हैं।

तोलानी चौंका।

"अब कहाँ हैं वो मियां जी?"

तोलानी के स्वर में आश्चर्य था।

"पाँच-दस मिनट बैठकर चले गए।" गार्ड बोला- "कह रहे थे कि अपने केस से संबंधित कुछ डॉक्यूमेंट लेने जा रहे हैं।"

"फिर वो लौटकर नहीं आए?"

"ना।"

तोलानी के दिमाग में संदेह-चक्र घूमने लगा।

फिर कोई नया पेंच?

नई उलझन?

कौन थे वो मियां जी?

ऐसे तो कोई बुड्ढे मियां जी उससे कोर्ट में नहीं मिले थे।

और न ही उसने किसी से कहा था कि तुम कोठी पहुँचो, मैं आ रहा हूँ।

तोलानी को अपने दिमाग की नसें चटकती हुई महसूस होने लगीं।

उसने बिच्छू के विषय में सोचा, क्या उसे मालूम हो गया था कि मैंने उसे धोखा दिया?

क्या वो सब कुछ जान गया था?

'नहीं...नहीं, ऐसा नहीं हो सकता।' तोलानी खुद-ब-खुद बड़बड़ाया-'अगर बिच्छू को मालूम हो जाता कि मैंने ही उसके डैडी को जानबूझकर फाँसी के फंदे पर लटकवाया है, तो वह किसी भी हालत में मुझे फोन न करता।'

'फिर कैसा हिसाब करना चाहता है वो?'

'आठ बजे आकर ऐसी क्या रहस्यमय बातें करना चाहता है...जो उसने छुट्टी करने के लिए कहा है?'

तोलानी ने सोचा- 'क्या उसे गार्ड तक की छुट्टी कर देनी चाहिए?'

'नहीं...नहीं, वहाँ अकेले रहने का खतरा मोल नहीं लेना चाहिए उसे।'

'ल...लेकिन।' फिर उसने डरते हुए सोचा- 'अगर वाकई कोई ऐसी बात हुई, जो गार्ड के वहाँ रहने से उसका अहित हो सकता था, तब क्या होगा?'

तोलानी काफी देर सोच-विचार करता रहा और अंततः उसने गार्ड की सुबह तक के लिए छुट्टी कर दी।

फिर उसने अपनी रिवॉल्वर निकाली।

उसका चैंबर गोलियों से भरा और उसने वह रिवॉल्वर अपनी जेब में रख ली।

उसके चेहरे पर थोड़ी संतुष्टि के भाव उभरे।

तोलानी फैसला कर चुका था कि अगर आज उसे बिच्छू का कत्ल भी करना पड़ा, तो वह उसका कत्ल भी कर देगा।

आठ बज गए, लेकिन बिच्छू न आया।

फिर भी सुरेंद्र भाई तोलानी बड़ी बेकरारी से उसकी प्रतीक्षा करता रहा।

बेचैनी से करता रहा।

वह मानो अपनी मौत की प्रतीक्षा कर रहा था।

❑❑❑

अखिल श्रीवास्तव, बिच्छू की तरह लहराता हुआ टेलीफोन की तरफ बढ़ा और उसने रिसीवर उठाकर नंबर डायल किए।

फौरन दूसरी तरफ घंटी बजने लगी।

अब नौ बजने में सिर्फ दो मिनट बाकी थे।

दो मिनट!

यानी मौत के सिर्फ दो पल।

"यस!" दूसरी तरफ से रिसीवर उठाया गया- "तोलानी स्पीकिंग।"

"मैं अखिल बोल रहा हूँ।" अखिल श्रीवास्तव किसी नाग की तरह धीरे से फुंफकारता हुआ बोला।

"अखिल!" तोलानी का चिहुंकता स्वर- "कौन अखिल?"

"अखिल श्रीवास्तव!"

तुरंत ऐसा आभास हुआ, जैसे तोलानी के मुँह से सिसकारी छूट गई हो।

यही वो क्षण था; जब इंस्पेक्टर तिवारी, अखिल के पास आकर खड़ा हो गया।

"त...तुम...तुम आए क्यों नहीं अखिल?"

"मेरी जॉब का क्या हुआ एडिटर साहब?" अखिल श्रीवास्तव, तिवारी को देखकर फौरन अपनी ट्यून बदलता हुआ बोला।

"जॉब! एडिटर! यह सब तुम क्या कह रहे हो?" तोलानी चौंका।

"मेरी आपसे इस संबंध में बातचीत हुई थी न एडिटर साहब!" अखिल श्रीवास्तव अपनी रिस्टवाच को देखता हुआ बोला, जिसमें नौ बजने में एक मिनट बाकी था- "आपने नौ बजे फोन करने के लिए कहा था न!"

"यह तुम्हें क्या हो गया है अखिल? क्या कह रहे हो तुम?"

"एडिटर साहब, आप शायद सब कुछ भूल गए मालूम होते हैं।"

"तुम पागल तो नहीं हो गए।" तोलानी गुर्राया।

यही वो क्षण था, जब धांय से गोली चलने की आवाज़ टेलीफोन के इयरपीस में गूँजी।

साथ ही सुरेंद्र भाई तोलानी के ऐसे हृदयविदारक ढंग से चीखने की आवाज़ भी इयरपीस में प्रतिध्वनित हुई, जैसे वह जिबह हो रहा हो।

किस्सा ख़त्म!

तोलानी का द एंड!

"ओह, सॉरी साहब! आई एम वैरी सॉरी! आई बैग योअर पार्डन।" अखिल श्रीवास्तव ने वह शब्द बोलते हुए रिसीवर इत्मीनान से क्रेडिल पर रख दिया।

उसकी आँखों में ऐसे परम संतुष्टि के चिन्ह थे, जो किसी संत महात्मा की आँखों में ही नमूदार हो सकते हैं।

उसका दिल खुशी से बुरी तरह धड़क-धड़क जा रहा था।

"क्या हुआ अखिल?" तिवारी उत्सुकतावश बोला- "सॉरी किस बात के लिए कह रहे थे?"

"रांग नंबर मिल गया था।"

"ओह!"

फिर अखिल श्रीवास्तव ने 'दैनिक गांडीव' समाचार-पत्र का फोन नंबर रिंग किया।

वहाँ से सिर्फ घंटी बजने की आवाज़ जाती रही, अलबत्ता फोन किसी ने नहीं उठाया।

घंटी लगातार बज रही थी।

ज़रूर उसकी वायरें अभी ठीक नहीं हो पाई थीं।

अखिल श्रीवास्तव ने रिसीवर पुनः रख दिया।

"शायद अखबार का फोन खराब मालूम होता है।" अखिल श्रीवास्तव बोला- "कोई बात नहीं। पहले मैच खेलता हूँ, फोन कल कर लूँगा।"

"ओके।"

❑❑❑

मैच दोबारा शुरू हुआ।

बिलियर्ड का वह मैच पूरे एक घंटा चला, जिसमें अखिल श्रीवास्तव ने डी. आई. जी. प्रशांत शुक्ला को बड़ी सहूलियत से मात दे दी।

सबने जोर-जोर से तालियाँ बजाईं।

खुद डी. आई. जी. ने भी उसके खेल की तारीफ की।

मैच खत्म होते ही अखिल श्रीवास्तव ऑटोरिक्शा पकड़कर तोलानी की कोठी की तरफ रवाना हुआ।

ऑटो उसने कोठी से बहुत पहले छोड़ दी। आगे का रास्ता उसने पैदल तय किया।

पूरी कोठी सन्नाटे में डूबी थी।

गहरे सन्नाटे में।

अखिल श्रीवास्तव हाथों में दस्ताने पहनकर कोठी में दाखिल हो गया और फिर सीधा तोलानी के बेडरूम में पहुँचा।

वहाँ टेलीफोन इंस्ट्रूमेंट की मेज के करीब तोलानी का क्षत-विक्षिप्त शव पड़ा था। गोली सीधे उसके चेहरे पर जाकर लगी थी और उस गोली ने न सिर्फ उसके चेहरे के, बल्कि उसके भेजे के भी बुरी तरह चिथड़े उड़ा दिए थे।

उसकी शक्ल अब बड़ी डरावनी नजर आ रही थी।

पूरे कमरे में खून-ही-खून फैला हुआ था।

अखिल श्रीवास्तव ने ग्रिल में कसकर बँधी रिवॉल्वर खोली और जितनी तेजी से वो कोठी में दाखिल हुआ था, उतनी तेजी से बाहर निकल गया।

हर बात उसने पहले से निर्धारित की हुई थी।

तोलानी की कोठी से वो सीधे दशाश्वमेध घाट पर पहुँचा।

वहाँ उसने रिवॉल्वर और उसका टाइमर दोनों अलग-अलग किए। रिवॉल्वर उसने घाट की अथाह गहराइयों में फेंक दी। जबकि टाइमर को एक पत्थर से पीट-पीटकर बुरी तरह चकनाचूर कर डाला।

वह चूरा-चूरा हो गया।

लोहे का थोड़ा-सा काठ-कबाड़ वो पहले ही वहाँ एक पत्थर के नीचे छुपाकर रख गया था।

अखिल श्रीवास्तव ने लोहे का वो सारा सामान निकाला। उस सामान में एक डिब्बा भी था। अखिल ने टाइमर का चूरा उस डिब्बे में डाला और फिर उस डिब्बे को पीट-पीटकर एकदम प्लेट की तरह सीधा कर दिया।

फिर वो वहाँ से गुरुबाग पहुँचा। गुरुबाग के करीब ही एक कबाड़े वाली की दुकान थी।

इत्तेफाक से उस वक्त अखिल श्रीवास्तव को कबाड़े की वह दुकान खुली मिली।

यह भी अच्छा हुआ।

अखिल ने वह सारा लोहा उस कबाड़ी को बेच दिया।

फिर वो घर पहुँचा।

घर पहुँचने के बाद उसने बिल्कुल नार्मल पोजीशन में खाना खाया तथा फिर अपने कमरे में बंद हो गया।

कमरे में बंद होने के बाद उसने एक और ख़ास काम को अंजाम दिया।

उसने दस्ताने, बूढ़े शायर वाली कास्ट्यूम, विग, मेकअप का सामान, सब एक जगह इकट्ठा किया और उसमें आग लगा दी।

सबको जला डाला।

सारा सामान जब अच्छी तरह जल गया, तब उसने उसकी राख को नाली में बहा दिया।

इन तमाम क्रिया-कलापों से निपटते-निपटते उसे रात के अब बारह बज चुके थे। लेकिन बारह बजे के बाद वो जब बिस्तर पर लेटा, तो उसे कोई फिक्र न थी।

वो सारे सबूत मिटा चुका था और अब दुनिया का कोई कानून, कोई पुलिस उसे सुरेंद्र भाई तोलानी की हत्या के अपराध में गिरफ्तार नहीं कर सकती थी।

मतलब ही नहीं था, वह अब गिरफ्तार हो।

❑❑❑

लेकिन यह अखिल श्रीवास्तव का वहम था।

अगले दिन उसके साथ एक ऐसी घटना घटी, जिसकी कोई कल्पना भी नहीं कर सकता था।

सुबह के आठ बज चुके थे।

अखिल श्रीवास्तव अभी बाथरूम से नहाकर बाहर निकला था और आभा देवी किचन में नाश्ता तैयार कर रही थीं।

सारा काम नार्मल तरीके से हो रहा था।

तभी एकाएक डोरबेल चीख उठी।

अखिल श्रीवास्तव ने तौलिया गले में लटकाए-लटकाए दरवाजा खोला।

और दरवाजा खोलते ही उसे ऐसा जबरदस्त शॉक लगा, जैसे किसी ने अपनी भरपूर ताकत से कोई हथौड़ा उसके सिर पर मार दिया हो।

सामने इंस्पेक्टर तिवारी अपने दो सहयोगियों के साथ खड़ा था।

"त...तुम!" अखिल श्रीवास्तव के तिवारी को देखते ही छक्के छूटे- "तुम इतनी सुबह?"

"हाँ, मजबूरन तुम्हें इतनी सुबह कष्ट दिया अखिल!" तिवारी अंदर दाखिल होता बोला- "दरअसल कुछ काम ही ऐसा आ पड़ा था।"

"क...क्या?" अखिल श्रीवास्तव ने चौंककर पूछा।

"तुम्हें शायद मालूम नहीं है।" तिवारी अपनी पिंडली पर रूल मारता हुआ- "कि रात सुरेंद्र भाई तोलानी की हत्या हो गई है। वही सुरेंद्र भाई तोलानी, जिन्होंने तुम्हारे डैडी का डिफेंस लड़ा था।"

"क...क्या कह रहे हो?" अखिल बुरी तरह चौंका, गज़ब की एक्टिंग, जैसे वो सचमुच पहली बार वह ख़बर सुन रहा हो- "कैसे हुई मिस्टर तोलानी की हत्या?"

"हत्यारे ने उनके चेहरे पर गोली मारी, जिससे मिस्टर तोलानी के चेहरे और दिमाग दोनों के बुरी तरह चीथड़े उड़ गए।"

"ओह...वैरी सैड!"

"मिस्टर तोलानी उस वक्त किसी से फोन पर बात कर रहे थे, जब उन्हें शूट किया गया। क्योंकि उनकी लाश टेलीफोन इंस्ट्रूमेन्ट के करीब ही पड़ी पाई गई और रिसीवर स्टूल से नीचे फर्श की तरफ झूल रहा था।"

"सचमुच तुम एक दु:खद ख़बर सुना रहे हो इंस्पेक्टर! क्या यही ख़बर सुनाने के लिए तुमने यहाँ आने का कष्ट किया है?"

"नहीं।"

"नहीं?" और चौंका अखिल- "तो फिर किसलिए आए हो तुम?"

"मैं यहाँ सुरेंद्र भाई तोलानी के हत्यारे को गिरफ्तार करने आया हूँ।" तिवारी ने एकाएक जैसे कोई भयंकर विस्फोट कर दिया।

जबरदस्त धमाका!

और, उस बात को सुनते ही अखिल श्रीवास्तव का हार्टफेल होते-होते बचा।

उसकी आँखों के सामने अंधेरा घिरने लगा।

कैसे हो गया था यह करिश्मा?

अभी तो सुरेंद्र भाई तोलानी की हत्या को पूरे 12 घंटे भी नहीं गुजरे थे और वो अभी से पुलिस के शिकंजे में फँसने जा रहा था।

इतनी जल्दी!

जबकि उसने विश्व की एक सबसे बेहतरीन मर्डर स्कीम पर काम किया।

"तुम्हारी मम्मी नहीं दिखाई दे रहीं?" तभी तिवारी बोला।

"व...वो किचन में नाश्ता तैयार कर रही हैं।"

"क्या तुम मुझे उनके पास लेकर चलोगे?" तिवारी ने कहा।

"किसलिए?"

"लेकर तो चलो अखिल!" तिवारी रहस्यमय स्वर में बोला- "वजह भी मालूम हो जाएगी।"

"आइए।" अखिल श्रीवास्तव बेहद संशोपंज में उलझा तिवारी को लेकर अपनी मम्मी के पास पहुँचा।

उस वक्त वो तवे पर पराठा सेंक रही थीं।

पुलिस को देखकर वह भी चौंकी।

"अब यह पराठा सेंकना बंद कीजिए आभा देवी जी!" तिवारी बाकायदा उनका नाम लेता हुआ बोला- "मैं आपको गिरफ्तार करने आया हूँ।"

एक बार फिर जैसे इंस्पेक्टर तिवारी ने अखिल श्रीवास्तव के ऊपर भयानक बमबारी कर दी।

जबरदस्त हमला!

हे भगवान!

कहानी एक ही झटके में पूरी घूम गई थी।

❑❑❑

"य...यह तुम क्या कह रहे हो इंस्पेक्टर?"

अखिल श्रीवास्तव एकाएक इतनी जोर से चीखा कि उसका पूरा चेहरा सुर्ख होता चला गया- "तुम...तुम शायद होश में नहीं हो?"

"मैं पूरी तरह होश में हूँ अखिल!"

"ल...लेकिन मेरी मम्मी को किस अपराध में गिरफ्तार कर रहे हो तुम?" अखिल श्रीवास्तव चिल्लाया।

"सुरेंद्र भाई तोलानी का कत्ल करने के अपराध में।" तिवारी दाँत भींचकर कहता चला गया- "अखिल, तुम्हारी मम्मी यानि आभा देवी ने ही तोलानी की हत्या की है।"

"नहीं...नहीं, यह झूठ है। गलत है।"

"यह सच है अखिल, सच है ये।" तिवारी सख्त स्वर में गुर्राकर बोला- "यह देखो, साड़ी के इस टुकड़े को देखो।" उसने अपनी जेब से एक बालिश भर का फटा हुआ टुकड़ा निकालकर हवा में लहराया- "पहचानो इस साड़ी के टुकड़े को। क्या यह टुकड़ा आभा देवी की साड़ी का नहीं है?"

चौंका अखिल।

बुरी तरह चौंका।

वह साड़ी का टुकड़ा सचमुच उसकी माँ का था और आभा देवी, वह तो अपनी साड़ी का टुकड़ा तिवारी के हाथ में देखकर हैरान हो उठी थीं।

उसने शीघ्रतापूर्वक अपनी साड़ी का पल्लू देखा। वाकई वह टुकड़ा उनके पल्लू से फटा था।

वहीं से फटा था।

"य...यह!" आभा देवी गहन अचंभित स्वर में बोलीं- "यह टुकड़ा तुम्हें कहाँ से मिला?"

"तोलानी की मुट्ठी में बंद था। ज़रूर अपनी जान बचाने के लिए की गई छीना-छपटी में आपके पल्लू से यह टुकड़ा फटकर उसके हाथ में ही रह गया होगा।"

"यह झूठ है।" आभा देवी चिल्लाईं- "मैंने तोलानी की हत्या नहीं की। मैं कभी तोलानी की कोठी पर गई भी नहीं।"

"हर कातिल यही कहता है आभा देवी जी, जो आप कह रही हैं।" तिवारी कुटिलतापूर्वक मुस्कुराकर बोला- "आपके पति ने भी यही कहा था कि उन्होंने उस्मान भाई की हत्या नहीं की। वैसे आपके खिलाफ एक और सबूत है मेरे पास।"

"क...कौन-सा सबूत?" अखिल श्रीवास्तव का हक़लाया स्वर।

"यह देखो!" इंस्पेक्टर तिवारी ने इस तरह अपनी जेब से एक रूमाल में लिपटा चाकू बाहर निकाला, जैसे कोई जादूगर अपने हैट में से कबूतर निकाल रहा हो- "क्या यह चाकू तुम लोगों का नहीं है?"

और उस चाकू को देखकर एक बार फिर अखिल श्रीवास्तव के नेत्र फट पड़े।

उनमें अचरज के भाव पैदा हुए।

सचमुच वह चाकू उनका अपना था।

किचन का था।

"अखिल, इस चाकू की मूठ पर कुछ फिंगरप्रिंट्स भी हैं। अभी मैंने इसे फोरेन्सिक साइंस डिपार्टमेंट में नहीं भेजा, लेकिन मुझे पूरी-पूरी उम्मीद है कि इस चाकू के ऊपर से जो उँगलियों के निशान बरामद होंगे, वो भी तुम्हारी मम्मी के होंगे।"

"ल...लेकिन तुम इस साड़ी के टुकड़े को देखकर कैसे पहचान गए कि यह मेरी मम्मी की साड़ी का टुकड़ा है?"

अखिल श्रीवास्तव ने सवाल दागा।

"क्योंकि मैंने तुम्हारी मम्मी को कई मर्तबा यह साड़ी पहने हुए देखा था अखिल! मैंने जब सुरेंद्र भाई तोलानी की बंद मुट्ठी में से इस टुकड़े को खींचा, तो मेरे दिमाग में फौरन फ्लैश लाइट-सी जली। मेरे दिमाग में तत्काल तुम्हारी मम्मी का चेहरा कौंध गया। इसके अलावा यह चाकू मुझे इसलिए भी याद रहा, क्योंकि जब उस्मान भाई मर्डर केस के सिलसिले में मैं दो बार तुम्हारे घर की तलाशी लेने आया, तो दोनों मर्तबा मेरी नज़र इस चाकू पर पड़ी। इस चाकू में एक विशेषता है, जो मुझे यह याद रहा। तुम देख ही रहे हो इसकी मूठ हाथीदाँत की है और इस पर बड़े खूबसूरत अंदाज में एक अल्सेशियन कुत्ता बनाया गया है, यह चाकू ऐसा है कि इसे एक बार देखने के बाद कोई भी नहीं भूल सकता।"

"लेकिन मत भूलो इंस्पेक्टर!" अखिल श्रीवास्तव बोला- "मत भूलो, तुमने अभी कहा है कि तोलानी की हत्या गोली से हुई है। उसे बुलेट मारकर शूट किया गया है। फिर इस चाकू का महत्त्व कहाँ रह जाता है? इस चाकू से यह कहाँ साबित हो जाता है कि यह मर्डर वैपन है?"

"यह चाकू भी मर्डर वैपन है अखिल!" तिवारी हुंकारे भरता हुआ बोला- "यह चाकू भी मर्डर वैपन है, क्योंकि गोली मारने के साथ-साथ मिस्टर तोलानी के पेट में कई प्रहार चाकू से भी किए गए हैं।"

अखिल के दिमाग में सीटी बजने लगी।

इंजन जैसी सीटी।

वो पागल हुआ जा रहा था।

उसे बड़ी तेजी से वो क्षण याद आए, जब वो तोलानी की हत्या करने के बाद टाइमरयुक्त रिवॉल्वर निकालने के लिए उसकी कोठी पर गया था।

तब तो वहाँ कोई चाकू नहीं था।

तोलानी की मुट्ठी में कोई साड़ी का टुकड़ा भी नहीं था। न ही तोलानी के पेट पर चाकुओं के प्रहार थे।

उसने अपनी माँ की तरफ देखा।

अपनी स्नेही माँ की तरफ!

अगले पल उसका कलेजा चीत्कार कर उठा।

आभा देवी रो रही थीं। एक बलिदानी और संघर्षमयी औरत रो रही थी!

उनकी आँखों में आँसू थे।

"नहीं।" वो फफकते हुए अखिल की तरफ दौड़ीं- "नहीं बिच्छू, नहीं। मैंने तोलानी की हत्या नहीं की बेटा, मैं निर्दोष हूँ। तुम्हारी माँ हत्यारी नहीं है।" आभा देवी, अखिल के सीने से लगकर फूट-फूटकर रोने लगीं।

और अखिल, अखिल श्रीवास्तव को ऐसा महसूस हो रहा था, जैसे कोई इंजन उसकी छाती के ऊपर से दनदनाता हुआ गुजर रहा हो।

धड़-धड़ करता हुआ।

"मैं जानता हूँ माँ!" बिच्छू भी हिचकियों से रो पड़ा- "मैं जानता हूँ कि तुम निर्दोष हो। तुमने तोलानी का कत्ल नहीं किया। कैसा इत्तेफाक है कि आज कानून मेरी माँ को भी मुझसे छीन लेना चाहता है। मेरे डैडी की तरह फाँसी पर लटका देना चाहता है इन्हें भी। इंस्पेक्टर!" बिच्छू एकाएक बुरी तरह रोता हुआ ही अर्द्धविक्षिप्तों की तरह तिवारी की तरफ मुड़ा- "इंस्पेक्टर, मेरी माँ निर्दोष हैं। इन्होंने यह कत्ल नहीं किया।"

"फिर साड़ी का यह टुकड़ा और तुम्हारा चाकू वहाँ कैसे पहुँच गया?" तिवारी ने कठोर स्वर में पूछा।

"यह दोनों चीजें ज़रूर किसी ने वहाँ प्लांट की होंगी, मेरी माँ को जानबूझकर फँसाने के लिए।" अखिल श्रीवास्तव एक-एक शब्द चबाता हुआ बोला।

"अखिल!" तिवारी शांत स्वर में बोला- "मैं तो सिर्फ यह कहूँगा कि तुम बद्किस्मत हो, क्योंकि ऐसी कोई बात नहीं है। मुझे अफसोस है कि अपने डैडी के बाद आज तुम्हें अपनी माँ को भी खोना पड़ रहा है।"

"नहीं!" बिच्छू इतनी बुरी तरह हलक फाड़कर चीखा, जैसे उसे खून की उल्टी होने वाली हो- "नहीं!! मैं अपनी माँ को नहीं खो सकता इंस्पेक्टर! मेरी माँ को कुछ नहीं होगा। कुछ नहीं होने दूँगा मैं इन्हें।"

बिच्छू चीखता रहा।

हिचकियों से रोता रहा।

और इंस्पेक्टर तिवारी उसकी माँ को ले गया।

उसकी आँखों के सामने से ले गया।

और तब; तब बिच्छू पर वही दौरा पड़ गया, जो उसे दरिंदा बना देता था।

ऐसा हिंसक बना देता था, जो उसे देखकर बड़े-से-बड़ा शैतान काँप उठे।

रूह काँप जाए।

❑❑❑

"नहीं!" बिच्छू का पूरा शरीर उत्तेजनावश काँप रहा था- "नहीं! मेरी माँ को फाँसी नहीं होगी। मैं उन्हें फाँसी नहीं होने दूँगा रश्मि!"

हाँ, इस वक्त वो रश्मि के फ्लैट पर था।

वो जुनूनी अंदाज में कुर्सी पर झूल रहा था और शराब पी रहा था।

खूब पी रहा था।

इस समय वो साक्षात कोई 'दानव' नजर आ रहा था।

राक्षस।

"लेकिन कैसे बचाओगे तुम अपनी माँ को?" रश्मि डरे-डरे स्वर में बोली।

सहमी-सहमी-सी आवाज़ में।

"मैं खुद को कानून के हवाले कर दूँगा।" अखिल श्रीवास्तव हिंसकपूर्ण स्वर में बोला- "खुद फाँसी चढ़ जाऊँगा, लेकिन अपनी माँ को बेगुनाह फाँसी नहीं चढ़ने दूँगा। रश्मि; मेरी माँ औरत नहीं देवी है, देवी! जो अपने बेटे को पढ़ाने के लिए रात-दिन छिप-छिपकर सिलाई करती रही हों, वह देवी नहीं तो क्या होंगी। मेरे कारण ही मेरे डैडी को फाँसी हो गई और आज मेरे कारण ही मेरी माँ जेल में है।"

"य...यानी!" रश्मि अचंभित स्वर में बोली- "यानी तुम पुलिस के सामने जाकर यह कबूल कर लोगे कि तोलानी की हत्या तुमने की है?"

रश्मि चौंकी।

उसके दिमाग में धमाके हुए।

"हाँ, कबूल कर लूँगा मैं।" इस समय बिच्छू का चेहरा ज्वालामुखी का दहाना बना हुआ था- "ऐसा नहीं हो सकता कि जो कत्ल बेटे ने किया हो, उसके अपराध में माँ फाँसी चढ़ जाए।"

कहानी घूम रही थी।

बिच्छू अपने ही बनाए खेल में उलझ गया था।

जो चक्रव्यूह उसने अपने दिमाग से रचा, आज वो खुद अपने उसी चक्रव्यूह में फँस चुका था।

❑❑❑

इंस्पेक्टर तिवारी उस वक्त अपने कक्ष में बैठा एक केस-फाइल देख रहा था कि तभी भड़ाक से दरवाजे को धकेलते हुए बिच्छू ने अंदर कदम रखा।

दनदनाते हुए।

उसके चेहरे पर बेहद खतरनाक भाव थे।

"त...तुम!" तिवारी उसे देखते ही उछलकर खड़ा हो गया- "तुम यहाँ? और...और तुम्हारे जिस्म पर यह पट्टियाँ कैसी बँधी हैं?"

"यह वो जख्म हैं इंस्पेक्टर!" अखिल श्रीवास्तव आहत स्वर में बोला- "जिन्हें यह बिच्छू बचपन से झेलता आया है। कभी-कभी यह ज़रूर दब जाते हैं, लेकिन जब सीने पर कोई चोट पड़ती है और आसमान भी ठोकरें मारने लगता है, तो यह जख्म उभर आते हैं।"

"बड़ी अज़ीब बातें कर रहे हो।" तिवारी वापस कुर्सी पर बैठता हुआ बोला-"बैठो।"

"पहले मुझे यह बताओ इंस्पेक्टर, मेरी माँ कैसी है? उसे कोई तकलीफ तो नहीं पहुँचाई ना तुमने?"

"त...तुम...।"

"एक बात अच्छी तरह समझ लो इंस्पेक्टर!" बिच्छू उसकी आँखों में आँखें डालकर कहता चला गया- "अगर किसी ने मेरी माँ के उँगली भी टच की या फिर मारने के नाम पर छुआ भी उसे, तो मैं इस पूरे पुलिस स्टेशन में आग लगा दूँगा।"

"माइंड युअर लेंग्युवेज।" तिवारी दहाड़ उठा- "तुम्हें मालूम है अखिल; तुम क्या कह रहे हो और किसके सामने कह रहे हो?"

"मैं सब कुछ बखूबी जानता हूँ और इसीलिए आगाह कर देना चाहता हूँ तुम्हें।"

"लेकिन तुम्हारी माँ एक कातिल है।" तिवारी चिल्लाकर ही बोला- "और उसके साथ कातिलों जैसा ही व्यवहार होगा।"

"वो कातिल नहीं है।" बिच्छू ने गला फाड़ा।

वो चिल्लाया।

"वो कातिल ही है।" तिवारी उसी की तरह गला फाड़कर चिल्लाते हुए बोला- "यह देखो, फोरेन्सिक डिपार्टमेंट की रिपोर्ट आ चुकी है और रिपोर्ट में साफ-साफ लिखा है कि चाकू की मूठ से जो फिंगरप्रिंट्स बरामद हुए, वो आभा देवी के हैं।"

"मैं इस रिपोर्ट को नहीं जानता। मैं सिर्फ इतना जानता हूँ कि मेरी माँ ने सुरेंद्र भाई तोलानी का कत्ल नहीं किया।"

"फिर किसने किया?"

"मैंने किया। मैंने मारा सुरेंद्र भाई तोलानी को।" बिच्छू अपनी छाती ठोकता हुआ बोला- "मैं हूँ असली कातिल।"

"वैलडन! वैरी-वैरी वैलडन।" तिवारी उसे प्रशंसनीय नेत्रों से देखता हुआ बोला- "बिना शक तुम्हारी तारीफ करनी होगी अखिल! बेटा हो तो कोई तुम्हारे जैसा। जो अपनी माँ को बचाने के लिए खुद फाँसी चढ़ जाना चाहता है। लेकिन भारी अफसोस के साथ कहना पड़ रहा है कि तुम्हारा यह झूठ नहीं चलेगा।"

"झूठ...कौन-सा झूठ?"

"यही कि सुरेंद्र भाई तोलानी का कत्ल तुमने किया है।"

"इंस्पेक्टर!" बिच्छू चीख उठा- "यह झूठ नहीं सच है, सच! उतना ही बड़ा सच है, जैसे इस वक्त आप और मैं आमने-सामने बैठकर बातें कर रहे हैं। मैंने ही तोलानी को शूट किया है। मैंने ही गोली मारकर उसकी जान ली है।"

"लेकिन तुम तोलानी का कत्ल कैसे कर सकते हो अखिल ?"

तिवारी के चेहरे सवालिया निशान थे।

"क्योंकि पोस्टमार्टम रिपोर्ट के अनुसार तोलानी का कत्ल साढ़े आठ से साढ़े नौ बजे के दरम्यान हुआ और उस वक्त तो तुम बिलियर्ड क्लब में डी. आई. जी. के साथ मैच खेल रहे थे।"

"वो सब मेरी चाल थी इंस्पेक्टर, वो सब मेरी चाल थी।" बिच्छू अपने बाल झंझोड़ता हुआ बोला- "यह सच है कि उस वक्त के दरम्यान मैं मैच खेल रहा था, लेकिन यह भी सच है कि सुरेंद्र भाई तोलानी की हत्या मैंने की।"

"लेकिन एक व्यक्ति दो अलग-अलग स्पॉट पर एक ही टाइम में कैसे काम कर सकता है?" इंस्पेक्टर तिवारी दृढ़तापूर्वक बोला।

"मैंने किया?"

"मगर कैसे?"

"मेरी योजना सुनोगे, तो तुम भी उछल पड़ोगे इंस्पेक्टर! यह किसी जहरीली रासायनिक गैस और परमाणु बम से भी बहुत ज़्यादा विस्फोटक योजना है।"

"सचमुच वह इतनी ही विस्फोटक होगी, अगर एक व्यक्ति, एक ही समय में दो अलग-अलग स्पॉट पर काम कर सकता है तो।" इंस्पेक्टर तिवारी उसकी बातों में दिलचस्पी लेता हुआ बोला।

"सुनो, मैं तुम्हें कत्ल की योजना सुनाता हूँ कि किस तरह मैंने परफैक्ट ढंग से तोलानी का मर्डर किया।"

फिर अखिल श्रीवास्तव उसे अपनी योजना सुनाता चला गया।

बिल्कुल सच-सच सुनाता चला गया।

❑❑❑

थोड़ी देर बाद जब अखिल श्रीवास्तव उसे पूरी योजना सुना चुका, तो इंस्पेक्टर तिवारी के चेहरे पर ऐसे भाव देखे जा सकते थे, जैसे वह आश्चर्य के अनंत सागर में गोते लगा रहा हो।

या आकाश की सैर कर रहा हो।

यह बात सुनकर तो तिवारी कुछ ज़्यादा ही हैरान हो उठा कि 'भाईजी कास्ट्यूम सप्लायर्स' की दुकान में से उस दिन जो बूढ़े शायर वाली कास्ट्यूम चोरी हुई, वह भी अखिल श्रीवास्तव का ही कारनामा था।

वही वो आदमी था।

"इंस्पेक्टर!" अखिल ने उत्सुकतावश पूछा- "अब तो तुम्हें मेरी बात पर विश्वास आ गया होगा कि तोलानी का मर्डर मैंने किया है? मैंने ही उसे टाइमरयुक्त रिवॉल्वर से शूट किया और उस वक्त शूट किया, जब तुम यह समझ रहे थे कि मैं 'दैनिक गांडीव' के ऑफिस में फोन कर रहा हूँ।"

"इस योजना को सुनने के बाद एक बात तो वाकई पूरी तरह स्पष्ट हो जाती है।"

"क्या?"

"तुमने कहानी वाकई अच्छी गढ़ी है। शानदार! ज़बरदस्त!!" इंस्पेक्टर तिवारी बोला।

"यह कहानी नहीं, हक़ीकत है इंस्पेक्टर।" अखिल श्रीवास्तव चिल्लाया।

"मैं जानता हूँ कि यह कितनी कहानी है और कितनी हक़ीकत। अखिल, तुम यह कहानी अगर मुझे सुनाने की बजाय फिल्म प्रोड्यूसर एकता कपूर को सुनाते, तो शायद ज़्यादा बेटर होता। वह शायद इस कहानी पर कोई फिल्म या वेब सीरीज़ बना लेती और उससे तुम्हें भी कुछ फायदा होता।"

"इंस्पेक्टर, यह कहानी नहीं है। यह सच है, सच।"

अखिल श्रीवास्तव फिर चीखा।

"अगर यह सच है अखिल!" तिवारी चिल्लाकर बोला- "अगर वाकई तुमने ही तोलानी का कत्ल किया है, तो फिर तुम्हारी मम्मी की साड़ी का टुकड़ा मर्डर स्पॉट पर कैसे पहुँच गया? हाथीदाँत की मूठ वाला वो चाकू मर्डर स्पॉट पर कैसे पहुँच गया, जो कल तक तुम्हारे किचन की शोभा बनता था?"

"मैं पहले ही बता चुका हूँ।" अखिल श्रीवास्तव जुनूनी अंदाज में बोला-"वह चीजें किसी ने मर्डर स्पॉट पर प्लांट की हो सकती है। मेरी मम्मी को फँसाने के लिए वह किसी की साजिश हो सकती है। हत्यारा मैं हूँ, मैं। और फिर मम्मी क्यों तोलानी का कत्ल करेंगी?"

"तुमने क्यों किया?"

"मैंने अपने डैडी की मौत का बदला लेने के लिए उसे कत्ल किया, क्योंकि वो शहनाज बानो से मिला हुआ था।"

"दैट्स राइट। इसी वजह से तुम्हारी मम्मी ने भी उसे कत्ल किया हो सकता है?"

"लेकिन मम्मी को इस बारे में कुछ मालूम नहीं था। वो नहीं जानती थीं कि सुरेंद्र भाई तोलानी ने हमें धोखा दिया।"

"अखिल, जिस तरह तुम्हें यह मालूम हुआ कि तोलानी दगाबाज था, ठीक उसी तरह तुम्हारी मम्मी को भी यह बात मालूम हो सकती थी। यह कोई ऐसी करिश्मासाज बात नहीं, जो तुम अपनी माँ को बताते, तभी उन्हें पता चलती।"

अखिल श्रीवास्तव झुंझला उठा। उसने अपने बाल नोच लेने चाहे।

कैसी विचित्र बात थी, वो हत्यारा था।

वो खुद पुलिस स्टेशन में बैठा सिर्फ यह कबूल ही नहीं कर रहा था बल्कि हत्या की पूरी योजना भी उन्हें साफ़-साफ़ सुना रहा था कि उसने कब, कैसे, कहाँ वह पूरा षड्यन्त्र रचा।

लेकिन पुलिस उसे हत्यारा मानने को तैयार न थी।

कानून चीख-चीखकर कह रहा था कि उसने हत्या नहीं की।

और उस औरत को कानून हत्यारा मान रहा था, जो बेदाग थी। जिसके आँचल पर खून का एक धब्बा भी नहीं था।

जिसने कुछ नहीं किया था।

"इंस्पेक्टर!" अखिल श्रीवास्तव तेजी से कुछ विचारता हुआ बोला- "अगर मैं यह साबित कर दूँ कि मैंने ही तोलानी का कत्ल किया है, तब तो तुम मुझे हत्यारा कबूल करोगे?"

"लेकिन तुम साबित कैसे करोगे, क्योंकि खुद तुम्हारे ही मुताबिक, तुम हत्या के तमाम सबूतों को नष्ट कर चुके हो।"

"मैं फिर भी साबित कर दूँगा।"

"मगर कैसे?"

"मैंने तोलानी की हत्या एक पॉइंट 38 कैलीबर के स्मिथ एंड वैसन रिवॉल्वर से की थी और हत्या करने के बाद मैंने वह रिवॉल्वर दशाश्वमेध घाट पर फेंक दी थी। इंस्पेक्टर, वह रिवॉल्वर अभी भी दशाश्वमेध घाट में पड़ी होगी। उस स्मिथ एंड वैसन रिवॉल्वर के बरामद होने के बाद सब कुछ आइने की तरह साफ़ हो जाएगा। बैलेस्टिक एक्सपर्ट की रिपोर्ट यह साबित कर देगी कि तोलानी का कत्ल उसी रिवॉल्वर से हुआ। वही मर्डर वैपन है।"

इंस्पेक्टर तिवारी ने एक सिगरेट सुलगा ली और वह किसी गहरी सोच में डूब गया।

माथे पर बल पड़ गए।

"इंस्पेक्टर, यह एक जिंदगी और मौत का सवाल है।" अखिल उससे विनती करता हुआ बोला- "तुम मेरी मदद करो, मैं साबित कर दूँगा कि मैंने ही सुरेंद्र भाई तोलानी की हत्या की है।"

तिवारी खामोश बैठा हुआ सिगरेट पीता रहा और उसके चेहरे पर उभरने वाले भावों को देखता रहा।

बारीकी से देखता रहा।

"सोच क्या रहे हो इंस्पेक्टर!" अखिल श्रीवास्तव व्यग्र भाव से बोला-"तुम मेरे साथ अभी दशाश्वमेध घाट चलो, अभी सब कुछ साबित हो जाएगा कि तोलानी की हत्या किसने की है।"

❑❑❑

तिवारी ने सिगरेट ऐश-ट्रे में रगड़कर बुझाई और फिर मेज पर एक कोने में लगी बेल पुश की।

फौरन उसका विशेष सहायक कांस्टेबल अंदर हाजिर हुआ।

"जी गुरूजी!" वो सलाम ठोंककर बोला।

"खलीफा, तेरा बहुत दिनों से यह सोच-सोचकर हाजमा खराब हो रहा था न।" तिवारी बोला- "कि भाईजी कास्ट्यूम सप्लायर्स की दुकान से जिस आदमी ने कास्ट्यूम चुराई थी, उसने अभी तक कुछ किया क्यों नहीं?"

"हाँ।"

"लगता है, उसने अब कुछ कर दिया है और खलीफा; अगर उस आदमी की बात सच निकली, तो उसने ऐसा 'कुछ' कर दिया है, जो सचमुच तहलका मचा देने वाला है। वो ऐसी घटना है बिरादर, तो तूने न कभी पहले सुनी होगी और शायद न आइन्दा भविष्य में सुनेगा।"

"ऐसी क्या घटना है गुरूजी?" सहायक आतंकित होता हुआ बोला- "ऐसा क्या कर दिया है, उस शख्स ने?"

"इसे पहचानता है?" तिवारी ने एक दूसरी सिगरेट सुलगाते हुए अखिल श्रीवास्तव की तरफ इशारा किया।

"इन्हें आज की तारीख में पुलिस डिपार्टमेंट का कौन आदमी नहीं जानता होगा गुरूजी! आखिर कल रात इन्होंने डी. आई. जी. साहब को बिलियर्ड के मैच में हराया था।"

"करैक्ट! अब यह महाशय कहते हैं कि उस दिन वह कास्ट्यूम इन्होंने ही चुराई थी।"

"यह क्या कह रहे हैं आप? और....और इन्होंने उस कास्ट्यूम की बदौलत कारनामा क्या अंजाम दिया?" सहायक सख्त आश्चर्यजनक स्वर में बोला।

"कहते हैं कि रात इन्होंने सुरेंद्र भाई तोलानी की हत्या की।"

"ऐसा कैसे हो सकता है? तोलानी की हत्या तो इनकी मदर आभा देवी ने की; और गुरूजी, यह तो हत्या के वक्त हम सबके साथ क्लब में थे।"

"वही तो असल परेशानी है, वही तो परेशानी है।" इंस्पेक्टर तिवारी उलझे स्वर में बोला- "भाई, यह कहते हैं कि उस वक्त यह क्लब में बिलियर्ड भी खेल रहे थे और दूसरी तरफ सुरेंद्र भाई तोलानी की हत्या भी कर रहे थे।"

"ऐसा कैसे मुमकिन है?" सहायक के मुँह से एक तेज सिसकारी छूटी-"एक आदमी दो-दो जगह कैसे मौजूद रह सकता है?"

"ऐसा ही तो हुआ है कनखजूरे, ऐसा ही तो हुआ है।"

तिवारी ने उसे संक्षेप में अखिल श्रीवास्तव की पूरी योजना सुनाई।

हू-ब-हू सुनाई।

और उस हैरतअंगेज योजना को सुनकर सहायक के भी नेत्र फैल गए।

वह अपनी पलकें फड़फड़ाता हुआ गहन विस्मय से अखिल श्रीवास्तव को देखने लगा।

जैसे किसी अजूबे को देख रहा हो।

"खलीफा, अब तू एक काम कर।"

"क्या गुरूजी?

"तू जीप निकाल, हम लोग फौरन दशाश्वमेध घाट चल रहे हैं। रिवॉल्वर बरामद होने के बाद सब कुछ साबित हो जाएगा कि वास्तव में क्या किस्सा है।"

"मैं अभी जीप निकालता हूँ गुरूजी।"

सहायक तत्काल वहाँ से नौ-दो-ग्यारह हो गया।

उसकी खोपड़ी उड़नतश्तरी बन गई थी।

❑❑❑

अखिल श्रीवास्तव इस बात को लेकर पूरी तरह विश्वास से भरा था कि दशाश्वमेध घाट में से रिवॉल्वर बरामद होते ही यह बात साबित हो जाएगी कि सुरेंद्र भाई तोलानी की हत्या उसने की है और यह बात साबित होते ही उसकी माँ भी जेल से छूट जाएँगी।

अखिल को रह-रहक़र आभा देवी की याद आ रही थी।

उनका मासूम चेहरा।

क्या गुजर रही होगी उन पर?

किस तरह वो दर्द और आँसुओं के सैलाब में सुबक रही होंगी?

मम्मी की याद आते ही वो तड़प-तड़प उठता।

आँखों में आँसू आ जाते।

वह तीनों पुलिस जीप में सवार होकर दशाश्वमेध घाट पहुँचे।

अखिल श्रीवास्तव को यह बात बहुत आसान लग रही थी कि वो खुद को हत्यारा साबित कर देगा। लेकिन वास्तव में वो उतनी आसान थी नहीं।

उसने कत्ल की एक फुलप्रूफ योजना बनाई थी और वह इतनी फुलप्रूफ थी कि आने वाले दिनों में उसकी इस बात को साबित करते हुए तौबा बोल जानी थी कि वो कातिल है।

बहरहाल खेल तो अब शुरू हुआ था।

अभी तक बिच्छू खेल रहा था, अब किस्मत ने उसके साथ खेलना शुरू कर दिया था।

उसका फुल बैंड बजाने का प्लान बना लिया था किस्मत ने।

❑❑❑

दशाश्वमेध घाट पहुँचने के बाद उन्हें बड़ी सहूलियत से एक गोताखोर उपलब्ध हो गया।

ऐसे पेशेवर गोताखोर लगभग हर घाट पर मौजूद रहते हैं।

गोताखोर ने अपने हर घंटे के हिसाब से कुछ पैसे बताए, जिन्हें अखिल ने फौरन स्वीकार कर लिया।

उसके बाद गोताखोर को अपनी ग़ोताखोरी की ड्रेस पहनकर आने में दस मिनट लगे।

अब उसने अपनी पीठ पर एक छोटा-सा ऑक्सीजन सिलेंडर बाँधा हुआ था। आँखों पर स्विमिंग ऐनक चढ़ा हुआ था और गले में ऑक्सीजन के पाइप से जुड़ा एक मास्क झूल रहा था।

"अब बताइए।" वह उन तीनों के नजदीक आकर बोला- "आपने रिवॉल्वर घाट में किस जगह फेंकी थी?"

"मेरे साथ आइए।" अखिल उन सबके साथ दक्षिण दिशा की तरफ बढ़ा।

फिर दक्षिण दिशा में वो घाट के किनारे एक स्थान पर जा खड़ा हुआ।

"मैं कल रात इसी जगह आकर खड़ा हुआ था।" अखिल पूरे यकीन के साथ बोला- "और फिर मैंने यहीं खड़े होकर रिवॉल्वर इतने झटके से घाट में फेंकी थी कि वो कम से कम पंद्रह-बीस फुट आगे जाकर गिरी।"

"पंद्रह-बीस फुट।" गोताखोर घाट को देखते हुआ बोला।

"हाँ, पंद्रह-बीस फुट। इतना फासला तो ज़रूर रहा होगा।"

"आपको पूरा यकीन है कि रात आपने घाट पर यहीं से खड़े होकर रिवॉल्वर फेंकी?"

"बिल्कुल पूरा यकीन है। मैं यहीं खड़ा था, इसी पेड़ के नजदीक।"

अखिल श्रीवास्तव आसपास का नजारा देखता हुआ बोला।

"ओके, आप लोग थोड़ी प्रतीक्षा कीजिए, मैं अभी रिवॉल्वर निकालकर लाता हूँ।" कहने के साथ गोताखोर ने ऑक्सीजन मास्क अपने मुँह और नाक पर फिट किया तथा घाट में छलांग लगा दी।

देखते-ही-देखते वह उनकी नजरों से ओझल होता चला गया।

❑❑❑

कोई पंद्रह मिनट बाद गोताखोर की वापसी हुई।

वो खाली हाथ था और उसके चेहरे पर निराशा के भाव साफ प्रकट हो रहे थे। एकदम साफ।

"क्या हुआ?" अखिल तेजी से उसकी ओर लपका- "रिवॉल्वर मिली?"

"नहीं! रिवॉल्वर तो वहाँ दूर-दूर तक नहीं है।"

"ऐसा कैसे हो सकता है?" अखिल भौंचक्का रह गया- "रिवॉल्वर तो मैंने वहीं फेंकी थी!"

"लेकिन मैं हर जगह देख चुका हूँ, रिवॉल्वर वहाँ नहीं है।"

"कहीं ऐसा तो नहीं कि रात से अब तक किसी दूसरे गोताखोर ने वह रिवॉल्वर निकाल ली हो?" अखिल ने सहमते हुए आशंका व्यक्त की।

"ऐसा भी नहीं हो सकता।"

"क्यों?"

"क्योंकि रात को तो कोई भी गोताखोर यहाँ रहता नहीं।" गोताखोर बोला- "और दिन निकलने के बाद मेरी इस बात की गांरटी है कि कोई गोताखोर घाट की तलहटी तक नहीं गया।"

"फिर रिवॉल्वर कहाँ गई?"

"मुझे क्या मालूम!"

"अखिल!" तभी इंस्पेक्टर तिवारी, अखिल से बोला- "तुम्हें जगह को लेकर तो कोई गलतफहमी नहीं हो रही? मुमकिन है, तुमने किसी और जगह से रिवॉल्वर घाट में फेंकी हो।"

"नहीं।" अखिल का दृढ़ स्वर- "मैंने इसी जगह खड़े होकर रिवॉल्वर फेंकी थी।"

"पक्का?"

"सौ परसेंट पक्का!"

"फिर वो कहाँ गायब हो गई?"

"पता नहीं। तुम एक काम करो।" अखिल श्रीवास्तव गोताखोर से बोला-"तुम एक बार फिर घाट की तलहटी तक जाकर रिवॉल्वर तलाश करो। आसपास सभी जगह करो। रिवॉल्वर घाट में ही है, वो वहीं मिलेगी।"

गोताखोर ऑक्सीजन मास्क चढ़ाकर एक बार फिर घाट में कूद गया।

इस बार वो कोई चालीस मिनट तक घाट की तलहटी में घूमता रहा।

एक-एक पत्थर हटाकर देखता रहा और आखिरकार थक-हारकर लौट आया।

निराश मुद्रा में लौट आया।

"मिली रिवॉल्वर?" अखिल श्रीवास्तव पुन: बदहवासों की तरह उसकी तरफ दौड़ा।

गोताखोर ने सबसे पहले 'ऑक्सीजन मास्क' उतारा और फिर स्विमिंग ऐनक उतारा।

"मेरे भाई!" वो अपने कपड़ों का पानी निचोड़ता हुआ बोला- "मैं आधे से ज़्यादा घाट में घूम चुका हूँ, रिवॉल्वर कहीं भी नहीं है। अगर वो होती तो मुझे ज़रूर मिलती।"

"ऐसा नहीं हो सकता।" अब अखिल के चेहरे पर हवाइयाँ उड़ने लगीं- "रिवॉल्वर घाट में ही होनी चाहिए, मैंने यहीं फेंकी थी।"

"जब नहीं है, तो कोई क्या कर सकता है, मैं अब उसे जादू के जोर से पैदा करूँ?"

गोताखोर की आवाज़ में दृढ़ता थी।

"अखिल !" तब इंस्पेक्टर तिवारी, अखिल श्रीवास्तव से संबोधित होता हुआ बोला- "मैं समझाता हूँ कि तुम अपनी मम्मी को बचाने के लिए यह जो ड्रामेबाजी कर रहे हो, यह जो खामखाह का स्टंट खड़ा कर रहे हो, यह किसी मुकाम तक नहीं पहुँचने वाला। लास्ट में इस पूरे ड्रामे की हवा निकल जाएगी।"

"यह ड्रामा नहीं है।" अखिल एकाएक बिफरकर बोला- "यह ड्रामेबाजी नहीं है, इंस्पेक्टर! मैंने आपको तोलानी के कत्ल की जो योजना बताई है, उसका एक-एक अल्फाज सच है। मैं सचमुच कातिल हूँ। मैंने ही तोलानी की हत्या की है।"

"अगर तुमने तोलानी की हत्या की है, अखिल!" तिवारी कातर स्वर में बोला- "तो घाट में से मर्डर वैपन (रिवॉल्वर) कहाँ गई?"

अब अखिल श्रीवास्तव को एकाएक कोई जवाब न सूझा।

जवाब सूझता भी तो क्या?

कोई जवाब ही नहीं था।

"गोताखोर!" अखिल पुनः गोताखोर से संबोधित हुआ- "क्या तुम अपनी गोताखोरी की यह ड्रेस कुछ देर के लिए मुझे दोगे?"

"क्यों, आपको क्या करना है?"

"मैं खुद घाट में जाकर रिवॉल्वर ढूंढना चाहता हूँ।"

"लेकिन...।"

"घबराओ मत, मुझे तैरना आता है।"

गोताखोर ने इंस्पेक्टर तिवारी की तरफ देखा।

तिवारी ने उसे ड्रेस देने की इजाजत दे दी।

❑❑❑

एक घंटे बाद अखिल श्रीवास्तव भी लौट आया।

तब उसके दिमाग में सांय-सांय आँधी-सी चल रही थी।

आँखों में आश्चर्य-ही-आश्चर्य था।

घोर आश्चर्य।

वजह, रिवॉल्वर उसे भी नहीं मिली थी।

पूरी कोशिशों के बावजूद नहीं मिली थी।

"अब तुम क्या कहोगे?" तिवारी उसके करीब जाकर कुटिलतापूर्वक मुस्कुराता हुआ बोला- "क्या तुम अभी भी यही कहोगे कि सुरेंद्र भाई तोलानी की हत्या तुमने की है?"

"हाँ।" अखिल श्रीवास्तव ने अपने बालों का पानी झटका, वह साँप की तरह फुंफकारा- "हाँ, मैं अभी भी यही कहूँगा इंस्पेक्टर कि तोलानी की हत्या मैंने की है।"

"वैरी गुड। वैरी गुड।" तिवारी उसका मखौल उड़ाते हुए बोला- "लेकिन तुम यह साबित कैसे करोगे कि तुम हत्यारे हो?"

"मैं करूँगा साबित।"

"मगर कैसे?"

"मैंने टाइमर का चूरा करके गुरुबाग के पास एक कबाड़ी को बेचा है इंस्पेक्टर।" अखिल श्रीवास्तव जुनूनी मुद्रा में कहता चला गया- "अगर टाइमर का चूरा मुझे मिल जाए, तो उससे भी मेरा कसूर साबित हो सकता है, क्योंकि मैंने टाइमर का चूरा ज़रूर किया था, लेकिन मैं उसे जल्दबाजी में बिल्कुल खंड-खंड नहीं कर पाया था। वो टाइमर दोबारा से अपने मूर्त रूप में लाया जा सकता है।"

"यानी तुम अब कबाड़ी के पास जाना चाहते हो?"

"हाँ।"

"ठीक है।" तिवारी मुस्कुराकर बोला- "वहाँ भी चलो।"

तिवारी उसकी पूरी हेल्प कर रहा था।

❑❑❑

फिर वह तीनों जीप में सवार होकर गुरुबाग के पास कबाड़ी की दुकान पर पहुँचे।

उस वक्त कबाड़ी की दुकान पर सत्ताइस-अट्ठाइस साल का साँवली रंगत वाला कबाड़ी नौजवान बैठा था, जिसे अखिल ने रात लोहा बेचा था।

वह नौजवान कबाड़ी, अखिल श्रीवास्तव को देखते ही पहचान गया।

फौरन पहचान गया।

"क्या तुम्हें याद है कि मैं रात तुम्हें कुछ लोहा बेच गया था?" अखिल श्रीवास्तव ने उससे उत्सुकतावश पूछा।

"क्यों नहीं साहब!" नौजवान कबाड़ी तुरंत बोला- "इतनी जल्दी भी कहीं कोई कुछ भूलता है?"

अखिल श्रीवास्तव उत्साह से भर उठा।

उसकी आँखों में विजय की चमक नजर आने लगी।

उसने समझा, उसने मोर्चा जीत लिया है।

अब बाजी उसके हाथ थी।

"सुनो!" अखिल जल्दी से बोला- "तुम वह सारा लोहा मुझे वापस लाकर दो, जो मैं तुम्हें रात बेच गया था।"

अखिल की बात सुनकर नौजवान कबाड़ी हँसने लगा।

जैसे उसने कोई जोक सुन लिया हो।

"तुम हँस क्यों रहे हो?" अखिल चौंका।

"क्योंकि जनाब! आप शायद हमारी दुकान से पूरी तरह वाकिफ नहीं हैं।" कबाड़ी बोला- "हमारी दुकान कबाड़ के मामले में बनारस की सबसे बड़ी दुकान है। रोजाना इतना लोहा हमारे पास इकट्ठा हो जाता है कि दिन निकलते ही हम उसे लोहे को फैक्ट्री में भेज देते हैं।"

"य...यानी।" अखिल श्रीवास्तव हक़लाए स्वर में बोला- "यानी मैं रात तुम्हें जो लोहा बेच गया था, उसे तुमने फैक्ट्री में भेज दिया?"

"हाँ।"

"किस फैक्ट्री में?" अखिल श्रीवास्तव के मुँह से सनसनाया स्वर निकला।

"लोहे की बाल्टी बनाने वाली एक फैक्ट्री है, जिसका नाम अशोका इंडस्ट्रीज है।"

अखिल ने नौजवान कबाड़ी से अशोका इंडस्ट्रीज का एड्रेस लिया।

फिर वह तीनों अशोका इंडस्ट्रीज पहुँचे।

तुरंत ही पहुँचे।

❑❑❑

अशोका इंडस्ट्रीज में एक फोरमैन से उनकी मुलाकात हुई।

"आज सुबह मिट्ठन लाल कबाड़ी वाला के यहाँ से तुम्हारे पास कोई लोहे की खेप आई थी?" इंस्पेक्टर तिवारी ने उससे पूछा।

"बिल्कुल आई थी साहब! आज ही क्या, हर सुबह उनके यहाँ से बड़ी मात्रा में लोहे की खेप आती है।"

"हम एक नजर उस खेप को देखना चाहेंगे।" तिवारी ने बड़े रौब-दाब वाले लहजे में कहा।

"यह तो मुमकिन नहीं साहब।" फौरमैन फौरन बोला।

"क्योंकि मुमकिन नहीं?"

"क्योंकि आजकल बाल्टियों का खूब सीजन चल रहा है। हमारी बाल्टियों की आजकल इतनी डिमांड है कि इधर लोहा आता है और उधर हम उसे भट्टी में डाल देते हैं। जल्द ही उस सारे लोहे की बाल्टियाँ बन जाती हैं।"

"य...यानी!" अखिल के मुख से सिसकारी छूटी- "यानी मिट्ठन लाल कबाड़ी के यहाँ से आज सुबह लोहे की खेप जो आपके पास आई थी, उस सबकी बाल्टियाँ बन गईं?"

"हाँ।"

अखिल श्रीवास्तव ने अपना माथा पीट लिया।

उसका सिर फिरकिनी की तरह घूमने लगा।

तौबा!

हार!

फिर हार!!

❑❑❑

"अब बोलो।" इंस्पेक्टर तिवारी ने जीप में बैठते हुए अखिल श्रीवास्तव से कहा- "अब बोलो अखिल, क्या कहना चाहते हो तुम? और क्या है तुम्हारे पास कहने के लिए?"

"मेरी समझ में खुद कुछ नहीं आ रहा इंस्पेक्टर!" अखिल श्रीवास्तव अचंभित स्वर में बोला- "कि यह सब क्या हो रहा है? क्यों किस्मत मेरे साथ इतना धोखा कर रही है?"

"यानी तुम अभी भी यह कहते हो।" तिवारी हैरान अंदाज़ में बोला- "सुरेंद्र भाई तोलानी की हत्या तुमने की है?"

"यह एक ऐसा सच है इंस्पेक्टर!" अखिल शब्दों को चबाता हुआ बोला- "जिसे कभी नहीं झुठलाया जा सकता। तोलानी की हत्या मैंने ही की है। परफैक्ट प्लानिंग के तहत की है और यह बात मैं साबित करके रहूँगा कि मैं कातिल हूँ।"

"गुड न्यूज।" तिवारी मुस्कुराया- "फिलहाल हम जा रहे हैं अखिल ! जब तुम्हें ऐसा कोई और सूत्र सूझे, जिससें तुम कातिल साबित हो सकते होओ, तो हमसे संपर्क स्थापित करना। तब तक के लिए गुड बाय। में यू आलवेज बी लकी।"

अगले पल वह पुलिस जीप अखिल श्रीवास्तव को वहीं खड़ा छोड़कर दौड़ती चली गई।

और!

अखिल श्रीवास्तव वहीं खड़ा रह गया।

वहीं।

बेचारा अखिल!

❑❑❑

अखिल श्रीवास्तव के दाँत बज रहे थे।

लेकिन इस समय अखिल अपने चिर-परिचित अंदाज में 'बिच्छू' की तरह लहरा नहीं रहा था। उसकी आँखों से अंगारे नहीं बरस रहे थे।

बल्कि रो रहा था।

जेल की सलाखें पकड़े रो रहा था।

उसके सामने सलाखों के पार आभा देवी खड़ी थीं।

उसकी माँ आभा देवी।

"माँ!" अखिल श्रीवास्तव हिचकियों से रोते हुए कह रहा था- "माँ, मैं तुम्हें कुछ नहीं होने दूँगा। डैडी की तरह फाँसी नहीं चढ़ने दूँगा मैं तुम्हें।"

"लेकिन कैसे रोकेगा तू मुझे फाँसी चढ़ने से बिच्छू बेटा?" आभा देवी भावविह्वल स्वर में बोलीं- "क्या अपने डैडी को रोक सका था? कानून ने उन्हें भी तो बेगुनाह होते हुए भी फाँसी चढ़ा दिया था।"

"यह सच है माँ, मैं अपने डैडी को नहीं बचा सका। लेकिन मैं तुम्हें बचाऊंगा, तुम्हें मैं कोई सजा नहीं होने दूँगा माँ। तब मेरे सामने कुछ मजबूरियाँ थीं, जो अब नहीं हैं।"

"कैसी मजबूरियाँ?"

"जैसे डैडी वाले केस में मुझे यह मालूम नहीं था कि उस्मान भाई का कातिल कौन है। वास्तव में किसने की है उनकी हत्या।" बिच्छू जुनूनी अंदाज में कहता चला गया- "लेकिन...लेकिन इस मर्तबा मैं जानता हूँ कि तोलानी का असली कातिल कौन है?"

"क...कौन है तोलानी का असली कातिल?" आभा देवी के नेत्र रहस्यमयी मुद्रा में सिकुड़ गए।

"मैं हूँ! मैं हूँ तोलानी का असली कातिल!" अखिल दाँत चबाता हुआ कहता चला गया।

"य...यह तू क्या कह रहा है बिच्छू बेटे!" वह बात सुनकर आभा देवी के मुँह से चीख खारिज हो गई।

"सच कह रहा हूँ मैं माँ।" बिच्छू तड़पते हुए बोला- "मैंने ही तोलानी की हत्या की है। क्योंकि... क्योंकि उसने मेरे डैडी को बेगुनाह फाँसी चढ़वा दिया था माँ! वो जानबूझकर केस हार गया था। क्योंकि वो शहनाज बानो का ही आदमी था।"

आभा देवी, अखिल श्रीवास्तव की बातें सुनकर यूं सन्न खड़ी रह गई; जैसे उन्हें लकवा मार गया था।

जैसे उन्होंने कोई बहुत धमाकाखेज बात सुन ली हो।

"माँ!" अखिल श्रीवास्तव जेल की सलाखों को पकड़े हिस्टीरियाई अंदाज में रोते हुए कह रहा था- "माँ, एक बार तुमने बूढ़े शायर वाली कास्ट्यूम देखकर मुझसे कहा था न कि तू किसी खास मिशन की तैयारी में लगा मालूम होता है। तुमने सच कहा था। माँ! मैं सचमुच खास मिशन की तैयारी में लगा था। उस वक्त मैं तोलानी के कत्ल की योजना बना रहा था।"

"न...नहीं!"

आभा देवी चौंकीं।

हैरान हुईं।

"और यह कैसी हैरानी की बात है माँ!" अखिल बेहद दुःखी स्वर में बोला- "मेरी योजना इतनी परफैक्ट थी कि मैं अब खुद ही यह बात साबित नहीं कर पा रहा हूँ कि मैं तोलानी का कातिल हूँ।"

"नहीं बेटा!" आभा देवी ने तुरंत अपने हाथ सलाखों से बाहर निकालकर अखिल की बाहें पकड़ ली- "नहीं! अगर तूने तोलानी का कत्ल किया है, तो तुझे यह बात साबित करने की कोई ज़रूरत भी नहीं है। अच्छा है कि कानून मुझे ही हत्यारा समझता रहे। बिच्छू बेटा, तू मुझे फाँसी चढ़ जाने दे। मेरी जिंदगी तो अब वैसे भी एक ऐसी धूल है, जो हवा के चंद झोंकों के साथ उड़ जाना चाहती है।"

"ऐसा नहीं हो सकता माँ; कि मेरे जीते जी तुम फाँसी चढ़ जाओ।" अखिल श्रीवास्तव दृढ़ स्वर में बोला- "तुम्हें सजा हो जाए। अगर अपराध बिच्छू ने किया है, तो उसकी सजा भी बिच्छू को ही मिलेगी।"

"तुझे मेरी कसम है बेटा!" आभा देवी चिल्लाई।

वह चीखी।

"तुम्हारी साँसों के मुकाबले तुम्हारी हर कसम बहुत छोटी है माँ!" अखिल श्रीवास्तव पागलों की तरह कहता चला गया- "मैं नहीं चाहता कि डैडी के बाद तुम्हें भी मेरी वजह से कोई दुःख पहुँचे।"

और फिर अखिल श्रीवास्तव जेल से बाहर निकल गया।

उस वक्त उसके कदमों में 'बिच्छू' जैसी लहर थी। उसके मुँह से हिस्स-हिस्स की आवाज़ें निकल रही थीं।

वह सचमुच कोई शैतान नजर आ रहा था।

"बिच्छू बेटा...बिच्छू बेटा!!" पीछे आभा देवी जेल की सलाखों से हाथ निकाले चीखती ही रह गईं।

❑❑❑

"गुरूजी!" सहायक कांस्टेबल ने चाय में ग्लूकोज का बिस्किट डुबोकर खाते हुए कहा- "एक बात बोलूँ?"

"तू दो बोल।" तिवारी भी चाय की चुस्कियाँ भरते हुए बोला- "तेरी जबान को ब्रेक किसने लगाया है?"

"गुरूजी!" सहायक संभलकर बैठता हुआ बोला-"क्या ऐसा नहीं हो सकता कि सुरेंद्र भाई तोलानी की हत्या सचमुच अखिल ने ही की हो?"

तुरंत तिवारी के मुँह से चाय छलककर नीचे गिरते-गिरते बची।

बुरी तरह।

"क्या हुआ गुरूजी?" सहायक सकपकाकर बोला।

"अबे मेंटल, तूने मेरे मुँह की बात छीन ली।" तिवारी ने तुरंत कहा।

"क्या मतलब?"

"सच तो ये है, मैं भी अभी बैठा-बैठा खुद यही सोच रहा था कि ऐसा हो सकता है या नहीं।"

"फिर आपने क्या सोचा गुरूजी?" सहायक चाय वगैरह पीना भूल गया।

"मैंने जो सोचा है कबूतर, उसके भी दो पहलू हैं। यानी अखिल श्रीवास्तव हत्यारा हो भी सकता है और नहीं भी हो सकता।"

"यह क्या बात हुई?" सहायक हैरानी से नेत्र फैलाकर बोला।

"यही तो बात है पापड़चंद! यही तो वो गुत्थी है, जो सुलझ नहीं रही। अगर यह गुत्थी सुलझ जाए, तो मजे ही न आ जाएँ। बल्ले-बल्ले ही न हो जाए अपनी।"

"वैसे वो हत्यारा कैसे हो सकता है गुरूजी?"

"बहुत बढ़िया सवाल पूछा तूने खलीफा। सुन, वो इसलिए हत्यारा हो सकता है, क्योंकि उसने मुझसे कहा कि रात उसने कबाड़ी की दुकान पर लोहा बेचा, जिसमें टाइमर था। यह बात तो अभी साबित नहीं हुई कि उसमें टाइमर था या नहीं था, अलबत्ता यह बात ज़रूर साबित हो चुकी है कि रात अखिल श्रीवास्तव ने कबाड़ी को लोहा बेचा और इसी एक प्वाइंट से इस बात का आधार बनना शुरू होता है कि अखिल श्रीवास्तव जो कह रहा है, सच कह रहा है।"

"लेकिन अखिल ने अपनी बात को सच साबित करने के लिए यह खामखाह का प्रपंच भी तो खड़ा किया हो सकता है?" सहायक ने आशंका व्यक्त की।

"बिल्कुल किया हो सकता है, मगर प्रपंच रचने वाली बात में एक लूज प्वाइंट है।"

"क्या?"

"अगर अखिल श्रीवास्तव ने तोलानी की हत्या नहीं की है, तो फिर उसे रात ही यह बात कैसे पता चल गई थी कि तोलानी की हत्या होने वाली है और उस

हत्या के अपराध में उसकी माँ फँसने वाली है, जो उसने रात से ही अपनी माँ को बचाने का प्रपंच रचना शुरू कर दिया।"

सहायक की बोलती बंद हो गई।

तुरंत बंद हो गई।

"यानी!" फिर वो कुछ रुककर बोला- "अभी इस बारे में कुछ भी साफ़ नहीं कहा जा सकता कि हत्यारा कौन है?"

"हाँ।"

सहायक ने दोबारा चाय पीनी शुरू कर दी।

"गुरूजी!" सहायक थोड़ी देर बाद बोला।

"हूँ।"

"मुझे आज जल्दी घर जाना है। थोड़ा जल्दी छुट्टी चाहिए।"

"क्यों?"

"वो क्या है!" सहायक शरमाता हुआ बोला- "मेरी बीवी ने आज मुझे जल्दी घर बुलाया है।"

"क्यों?"

"मैंने उसके साथ वो डांस करना है, तू चीज बड़ी है मस्म-मस्त। तू चीज बड़ी है मस्त-मस्त।"

"अबे!" तिवारी हैरानी से बोला- "तू भांड कब से बन गया?"

"भांड नहीं गुरूजी! मैंने उसके साथ फिटिंग करनी है, फिटिंग।"

सहायक ने खीं-खीं करके दाँत चमकाए।

"फिटिंग? अबे झोपड़ी के छप्पर, यह कौन-सी जर्मनी जबान बोल रहा है तू?"

"ओफ्फो गुरूजी, तुम भी बस पुलिस महक़में के मतलब की ही चीज हो। फिटिंग से मेरा मतलब एनर्जी वेस्ट करने से है।"

"ओह! ओह!!" सहायक की बात सुनकर तिवारी के मुँह से हँसी का एक तेज फव्वारा छूटा।

सहायक भी अपनी बत्तीसी चमकाता हुआ हँसने लगा।

"खोखा बंद पापड़चंद! खोखा बंद!!" तिवारी एकाएक अपनी हँसी रोककर उस पर आँखों से बिजलियाँ गिराते हुए बोला- "स्साले, किसी दिन एक घूँसे में मैंने तेरे इस खोखे का सारा बारदाना झाड़ देना है।"

तुरंत सहायक की हँसी लोप हो गई।

एकदम बंद।

"और छुट्टी-वुट्टी को भूल जा खलीफा! मैंने तुझे पहले ही अलर्ट कर दिया था कि जितनी एनर्जी वेस्ट करनी हो, अभी कर ले, बाद में कई रोज तक तुझे ऐसा कोई मौका हासिल नहीं होने वाला।"

"लेकिन गुरूजी...!"

"अब दफा हो यहाँ से।"

सहायक कांस्टेबल अपना पिटा-सा मुँह लेकर ऑफिस से बाहर निकल गया।

चुपचाप।

❑❑❑

बनारस की एक खूबसूरत शाम।

पूरे फ्लैट में ऐसी नि:स्तब्धता छाई हुई थी, जैसी श्मशान में होती है।

अखिल श्रीवास्तव और रश्मि बेहद गमजदा हालत में दो अलग-अलग कुर्सियों पर बैठे थे।

अखिल सिगरेट पी रहा था।

"अखिल...!" रश्मि शुष्क स्वर में बोली- "अब तुम कैसे साबित करोगे कि तुम्हारी मम्मी बेकसूर हैं? उन्होंने तोलानी का कत्ल नहीं किया?"

"साबित तो मुझे किसी तरह करना होगा रश्मि!" अखिल श्रीवास्तव कुर्सी पर आगे-पीछे झूलने लगा- "लेकिन एक बात मेरी समझ नहीं आ रही।"

"क्या?"

"रिवॉल्वर दशाश्वमेध घाट में से कैसे गायब हुई? रिवॉल्वर का वहाँ से गायब होना भारी सस्पेंस पैदा कर रहा है। रात ही रात में वो घाट में से कैसे गायब हो गई?"

"कैसे गायब हुई?" रश्मि बोली।

"यही तो नहीं सूझ रहा।"

"कोई अंदाजा?"

"नहीं, अंदाजा भी नहीं।"

"मैं एक बात बोलूँ?" रश्मि ने कहा।

"हूँ!"

"कहीं ऐसा तो नहीं कि जब तुम दशाश्वमेध घाट में रिवॉल्वर फेंक रहे थे, तब कोई तुम्हें देख रहा हो?"

"नहीं, ऐसा नहीं हो सकता। मैंने भरपूर सावधानी बरतते हुए उस काम को अन्जाम दिया था।"

"फिर किसी को कैसे पता चल गया कि घाट में रिवॉल्वर पड़ी है, जो उसने बाद में निकाल ली?"

"मालूम नहीं कैसे पता चल गया!" अखिल श्रीवास्तव कुर्सी पर झूलते-झूलते रुका और फिर सिगरेट के तीन-चार लंबे-लंबे कश लेकर उसने सिगरेट एश-ट्रे में डाल दी - "इसके अलावा इस पूरे प्रकरण में एक बात और है, जो सस्पेंस पैदा कर रही है।"

"क्या?"

"मर्डर स्पॉट पर किचन के चाकू का पहुँचना और सुरेंद्र भाई तोलानी की मुट्ठी में साड़ी के टुकड़े का पहुँचना। मैं अभी तक यह फैसला नहीं कर पा रहा कि दोनों चीजें मर्डर स्पॉट पर कैसे पहुँच गईं? क्योंकि मैं जब रिवॉल्वर निकालने मर्डर स्पॉट पर गया था, तब तो उन दोनों में से कोई भी चीज वहाँ नहीं थी।"

"इसका मतलब वह दोनों चीजें मर्डर स्पॉट पर बाद में प्लान्ट की गईं?" रश्मि बोली।

"बिल्कुल। जाहिर-सी बात है कि ऐसा ही हुआ होगा।"

"इन सब बातों से एक बात साबित होती है।"

"क्या?"

"तुम्हारा कोई न कोई दुश्मन है।" रश्मि बोली- "जो तुम्हारे चारों तरफ चक्रव्यूह रच रहा है। जो तुम्हें इन तमाम मुश्किलों में उलझा रहा है।"

"मुझे भी अब ऐसा ही लगता है।" अखिल श्रीवास्तव सस्पेंसफुल स्वर में बोला।

"कौन हो सकता है वह दुश्मन?" रश्मि ने पूछा।

"वह भी नहीं सूझ रहा। चारों तरफ अँधेरा ही अँधेरा है।"

फ्लैट में पुनः निःस्तब्धता छा गई।

गहरी निःस्तब्धता।

अखिल श्रीवास्तव एक बार फिर कुर्सी पर आगे-पीछे झूलता हुआ गंभीरता से सोचने लगा था कि वो खुद को कातिल कैसे साबित करे?

सोचते-सोचते रात हो गई।

आधी रात गुजर गई।

"अब सो जाओ अखिल!" रश्मि उसके माथे पर चुंबन अंकित करते हुए बोली- "बहुत रात हो चुकी है।"

"मुझे नींद नहीं आ सकती रश्मि!" अखिल के स्वर में दर्द ही दर्द था- "वैसे भी नींद अब मुझे तब तक नहीं आ सकती, जब तक मैं मम्मी को आजाद नहीं करा लेता।"

"अखिल!" रश्मि ने अपने होंठ अखिल के सीने पर रख दिए और आँखें मूंद लीं- "मैं तुमसे पहले ही कहती थी अखिल, तोलानी की हत्या मत करो। ज़रूर कोई न कोई अनिष्ट होगा। और देखा, कितना बड़ा अनिष्ट हुआ है।"

"यह बात तो तब मैंने ख्वाब में भी नहीं सोची थी रश्मि; कि तोलानी की हत्या के जुर्म में मेरी मम्मी फँस जाएँगी।" अखिल श्रीवास्तव बोला- "मुझे तब कहाँ मालूम था कि मैं यह मर्डर की जो फुलप्रूफ योजना बना रहा हूँ, एक दिन यही फुलप्रूफ योजना मेरी मम्मी के लिए जानलेवा साबित हो जाएगी।" बोलते-बोलते अखिल की आँखें डबडबा आई थीं।

वो भावुक हो उठा था।

जज्बाती!

❑❑❑

"वेलकम! वेलकम!!" तिवारी, अखिल को देखकर थोड़े मजाकिया लहजे में उसका स्वागत करता हुआ बोला- "आइए, आइए जनाब! बैठिए।"

अखिल श्रीवास्तव एक कुर्सी खींचकर उसके सामने बैठ गया।

बिल्कुल सामने।

"क्या खुद को हत्यारा साबित करने के लिए कोई और सूत्र ढूँढ़ लाए हो?"

"हाँ।"

तब तक तिवारी का सहायक भी ऑफिस में आ गया था और निकट ही एक कुर्सी पर बैठ गया था।

दोनों की दिलचस्पी अब उस केस में बहुत बढ़ गई थी।

"वेरी गुड! वेरी गुड! जरा हम भी तो सुनें कि वह सूत्र क्या है?" तिवारी बोला।

"जगन!"

"वही जगन, जो शराब का कारोबार करता है?"

"हाँ, वही जगन! उसी जगन की बात कर रहा हूँ मैं!" अखिल श्रीवास्तव बोला, "जानते हो आप उसे?"

"बिल्कुल, खूब जानता हूँ। ऐसे लोगों को पुलिस नहीं जानेगी, तो कौन जानेगा?"

"इंस्पेक्टर, लेकिन शायद तुम यह नहीं जानते कि वो शराब के अलावा भी एक और कारोबार करता है।"

"कौन-सा कारोबार?" तिवारी ने उत्कंठावश पूछा।

"वो हथियार बना-बनाकर बेचता है; बल्कि अगर बात को यूं कहा जाए तो ज़्यादा बेहतर है कि उसका साला रेवती प्रकाश हथियार बनाता है और जगन अपने शराब के ठीये पर गुंडे-मवालियों को वो हथियार बेचता है। नकद दामों पर। कैश में।"

इंस्पेक्टर तिवारी ने गहन आश्चर्य से अपने सहायक की तरफ देखा।

उसकी आँखों में भी आश्चर्य के भाव थे।

चकित भाव।

"क्या तुम्हें मेरी बात पर विश्वास नहीं इंस्पेक्टर?"

"नहीं, विश्वास है।" तिवारी ने धैर्यपूर्वक कहा- "पहले भी हम कई मर्तबा यह उड़ती-उड़ती ख़बर सुन चुके हैं। लेकिन यह तुम्हीं से मालूम हो रहा है कि उसका साला रेवती प्रकाश हथियार बनाता है, जगन नहीं।"

"हथियार रेवती प्रकाश ही बनाता है।" अखिल श्रीवास्तव ने पूरे यकीन के साथ कहा।

"ज़रूर बनाता होगा।" तिवारी बोला- "लेकिन यह बात बताकर तुम साबित क्या करना चाहते हो?"

"मैं आपको यह बताना चाहता हूँ इंस्पेक्टर; कि पॉइंट 38 कैलीबर की जिस स्मिथ एंड वैसन रिवॉल्वर से मैंने तोलानी का कत्ल किया, वो रिवॉल्वर मैंने जगन के ठीये से ही हासिल की थी।"

"फिर?"

"फिर यह कि जगन अगर इस बात की गवाही दे दे कि फलां कैलीबर की फलां रिवॉल्वर मैंने उससे ली थी, तब भी बात बन जाएगी। तब भी साबित हो जाएगा कि तोलानी के कत्ल में मेरा हाथ है।"

इंस्पेक्टर तिवारी, अखिल श्रीवास्तव की बात सुनकर हँसने लगा।

अपने खास अंदाज में हँसने लगा।

"तुम हँस क्यों रहे हो?" अखिल श्रीवास्तव बुरी तरह हक़बकाया।

"लगता है तुम्हारी अक्ल पर पूरी तरह पर्दा पड़ गया है अखिल! तुम्हारी अक्ल को कोई धूनी-वूनी देनी पड़ेगी।" तिवारी का स्वर व्यंग्यपूर्ण था।

"मतलब?"

"मतलब एकदम आइने की तरह साफ है अखिल! अगर जगन हथियार बनाकर बेचता है, यानी एक गैरकानूनी काम करता है, तो फिर वो पुलिस के सामने ऐसी गवाही क्यों देगा, जिसमें खुद उसकी गर्दन फँसती हो।"

"शायद वो गवाही दे?" अखिल अनिश्चित स्वर में बोला- "शायद वो एक बूढ़ी औरत की जिंदगी पर दया दिखाकर गवाही दे? शायद 'माँ' शब्द का

आत्मीय अहसास उसके कलेजे को झंझोड़ दे? शायद उसके अंदर का इंसान जाग उठे?"

इंस्पेक्टर तिवारी गंभीर हो उठा।

बेहद गंभीर।

"तुम भावुक हो रहे हो अखिल!" तिवारी शुष्क स्वर में बोला।

"हाँ, मैं भावुक हो रहा हूँ।" अखिल श्रीवास्तव जज्बात की रौ में ही बोला- "क्योंकि अपनी उस बेगुनाह माँ का चेहरा मेरी आँखों के गिर्द चक्कर काट रहा है, जो इस वक्त जेल में बंद है। इंस्पेक्टर प्लीज, तुम मेरे साथ जगन के शराबखाने पर चलो। शायद कोई करिश्मा हो जाए। शायद वो कबूल ले।"

तिवारी फिर भी अनिश्चित-सी मुद्रा में बैठा रहा।

"प्लीज इंस्पेक्टर!"

"ठीक है।" तिवारी खड़े होने का उपक्रम करता हुआ बोला- "अगर तुम कहते हो, तो मैं चलता हूँ। लेकिन मुझे मालूम है कि वहाँ जाने से कुछ हासिल नहीं होगा।"

"न हो।"

"ओके।"

❑❑❑

वह तीनों जगन के शराबखाने पर पहुँचे।

वहाँ पहुँचने के बाद वही हुआ, जिसकी तिवारी को पहले से ही आशंका थी।

"क्या कह रहे हो इंस्पेक्टर साहब!" जगन ने अपनी एक पत्थर की आँख पर हाथ फिराते हुए यूं हैरानी जाहिर की, जैसे वह कोई बेहद अनोखी बात सुन रहा हो- "मैं और रिवॉल्वर बेचता हूँ??? राम का नाम लो हुजूर! मेरे में इतनी कुव्वत कहाँ, जो मैं कानून के यूं खिलाफ चलने लगूँ? इंस्पेक्टर साहब, मैंने तो आज तक असली रिवॉल्वर की सूरत भी नहीं देखी कि वो कैसी होती है।"

"देखो जगन सेठ!" अखिल श्रीवास्तव विनती करता हुआ आगे बढ़ा- "तुम शायद भूल रहे हो।"

"भूली तो वह बात जाती है साहेब, जो पहले हुई हो। लेकिन जब कुछ हुआ ही नहीं, जब सिरे से ही सारी बात गलत है, तो याद कैसे करूँ? मैं तो भईये, तुम्हारी सूरत भी आज पहली मर्तबा देख रहा हूँ।"

"मैं अपनी सूरत की बात नहीं कर रहा।" अखिल श्रीवास्तव जल्दी से बोला- "मैं उन बूढ़े मियां की बात कर रहा हूँ, जो तुम्हारे पास आए थे।"

"मियां जी, भईये कौन मियां जी? कैसे मियां जी?" जगन विस्मयपूर्वक बोला।

"जगन सेठ!" अखिल श्रीवास्तव आहत स्वर में बोला- "मेरी माँ की हालत पर रहम खाओ। एक बूढ़ी औरत की हालत पर रहम खाओ। तुम्हारा बयान उसे जिंदगी बख्श सकता है।"

"अजीब आदमी है भई तू!" जगन अपने गंजे सिर पर हाथ फेरता हुआ बोला- "अरे, मैं रहम तो तब खाऊं, जब हक़ीकत में ऐसा कुछ हुआ हो। या फिर तू यह चाहता है कि मैं जबरन अपनी गर्दन आरा-मशीन के ब्लेड पर रख दूँ?"

"देखो, तुम शायद सचमुच भूल रहे हो जगन सेठ!" अखिल श्रीवास्तव बोला- "मैं तुम्हें याद दिलाता हूँ। जो मियां जी तुम्हारे पास आए थे, उनकी लंबी-सी दाढ़ी थी। उन्होंने तुर्की टोपी लगा रखी थी और काली अचकन पहन रखी थी।"

"अचकन, यह अचकन क्या होती है?" जगन ने सकपकाने का अभिनय किया।

"अचकन उस काले कोट को कहते हैं, जो घुटनों तक लंबा होता है।"

"अच्छा!" जगन हैरानी प्रकट करता हुआ बोला- "मैंने तो आज तक ऐसा कोट नहीं देखा। न ही ऐसी कोई टोपी देखी, जिसका तू जिक्र कर रहा है, तुर्की टोपी।"

"जगन सेठ, मेहरबानी करके मुझ पर रहम खाओ। अगर हथियार बनाने के इल्जाम में पुलिस ने तुम्हें गिरफ्तार भी कर लिया, तो तुम्हें कितने साल की सजा होगी? एक या दो साल की। लेकिन मेरी माँ तो जिंदगी से महरूम हो जाएगी। उसकी तो उससे साँसे ही छीन ली जाएँगी।"

"अजीब खब्ती आदमी है।" जगन, तिवारी से संबोधित हुआ- "इंस्पेक्टर साहब, किस चिड़ियाघर से पकड़ लाए इसे? यह तो जानवरों की कोई सीरियस नस्ल मालूम देता है।"

"जगन सेठ!" तब अखिल श्रीवास्तव की आवाज़ में पहली बार सख्ती उभरी- "क्या यह झूठ है कि उस दिन मियां जी के मुँह से अपने साले रेवती प्रकाश का नाम सुनकर तुम्हारे छक्के छूट गए थे?"

"क्यों भई, अपने साले का नाम सुनकर मेरे क्यों छक्के छूटेंगे?"

जगन उसे घूरने लगा।

"क्योंकि तुम्हारा साला रेवती प्रकाश हथियार बनाता है? खैराद मशीन पर हथियार बनाता है?"

"ज़रूर तुम्हारे दिमाग के कल-पुर्जे लूज हैं। मुझे हँसी आ रही है तेरी बात सुनकर भी।"

"क्या यह भी झूठ है!" अखिल श्रीवास्तव भभके स्वर में बोला- "कि तुम अपने साले का नाम सुनकर उन मियां जी को ब्ल्यू रूम में ले गए थे?"

"ब्ल्यू रूम, यह किस घौंसले का नाम है?" जगन फिर चौंका।

"यह उस घौंसले का नाम है।" अखिल दाँत चबाता हुआ बोला- "जहाँ तुमने औरत-मर्दों की नंगी तस्वीरें लगा रखी हैं। सेक्स वाली तस्वीरें लगा रखी हैं और उस ब्ल्यू रूम का तुम्हारे ऑफिस से अंदर की तरफ रास्ता जाता है।"

"तौबा! तौबा!! कैसी गंदी-गंदी बातें कर रहा है तू? बड़ी लंबी-लंबी छोड़ रहा है भईये तू तो।" जगन एकाएक आतंकित स्वर में बोला- "तू तो छोड़ने में शेखचिल्ली का भी उस्ताद मालूम देता है बाप।"

अखिल श्रीवास्तव समझ गया कि वो इतनी आसानी से सब कुछ कबूलने वाला नहीं है।

वो प्यार-मौहब्बत की जबान नहीं समझेगा।

"सब इंस्पेक्टर!" अखिल श्रीवास्तव, तिवारी से बोला- "तुम अभी मेरे साथ जगन सेठ के ऑफिस में चलो। मैं तुम्हें अभी इसका वो ब्ल्यू रूम दिखाऊँगा, जहाँ इसके और मेरे बीच बातें हुई थीं। इंस्पेक्टर, मैं तुम्हें इसका वो विशाल गन कलेक्शन भी दिखाऊँगा, जिसमें से मैंने मर्डर वैपन ली। स्मिथ एंड वैसन रिवॉल्वर ली।"

तिवारी उसके साथ चलने को तत्पर आगे बढ़ा।

"रुक जाइए इंस्पेक्टर साहब!" जगन बड़ी तेजी से उनके सामने आकर खड़ा हो गया- "आप यूं मेरे शराबखाने की तलाशी नहीं ले सकते।"

"फिर कैसे ले सकते हैं?"

"इसके लिए आपको पहले सर्च वारंट लाना होगा। इतना कानून मैं भी जानता हूँ, जो इस समाज में रहक़र अपने हक़ूकों की रक्षा कर सकूँ।"

तुरंत इंस्पेक्टर तिवारी के दिमाग पर हथौड़े की चोटें पड़ने लगीं।

उसे लगने लगा, अखिल श्रीवास्तव की बात में कहीं न कहीं कुछ-न-कुछ सच्चाई ज़रूर है।

वह ठीक कह रहा है।

❑❑❑

तब तिवारी ने जगन पर अपना पैंतरा फेंका।

पुलिसिया पैंतरा!

"देखो जगन!" तिवारी उससे स्नेहशील स्वर में बोला- "यह बात आज अंडरवर्ल्ड के या फिर पुलिस के किसी आदमी से छुपी नहीं है कि तुम शराबखाने के इस ठीये पर हथियार बेचते हो। बकायदा जिस्मफरोशी का डैन खोल रखा है तुमने यहाँ। तुम अगर आज तक पुलिस के जालो-जलाल से, उसके कहर से बचे हुए हो, तो सिर्फ अपनी किस्मत की बदौलत। क्योंकि कभी बनारस पुलिस के हाथ तुम्हारे खिलाफ ऐसा कोई सबूत नहीं लगा, जिससे तुम्हारे काले कारनामों का पर्दाफाश किया जा सके।"

अब जगन साफ-साफ आतंकित नजर आने लगा।

भयभीत।

उसकी आँख में दहशत मंडराती नजर आने लगी।

"एक बात और अच्छी तरह समझ लो तुम।"

"क...क्या?" जगन के मुँह से यूं हवा खारिज हुई, जैसे कि गुब्बारे में से हवा निकली हो।

"हम इस वक्त तुम्हारे काले कारनामों का पर्दाफाश करने यहाँ नहीं आए। न ही तुम्हें कानून की गिरफ्त में लेने की फिलहाल मेरी कोई मंशा है। जगन, इस वक्त कानून तुम्हारे पास इस उम्मीद से आया है कि तुम 'तोलानी मर्डर केस' सॉल्व करने में उसकी हेल्प करोगे।"

"लेकिन मैं क्या हेल्प कर सकता हूँ आपकी इंस्पेक्टर साहब?" जगन आर्तनाद करना हुआ बोला।

"पहले अपने दिमाग से पुलिस का खौफ निकाल दो। कानून का खौफ निकाल दो।"

"निकाल दिया।"

"यह खौफ भी अपने दिमाग से निकाल दो कि यह मालूम होने पर कि तुम हथियार बना-बनाकर बेचते हो, मैं तुम्हें पकड़ लूँगा।"

"लेकिन इंस्पेक्टर साहब...!"

"मैं जो कह रहा हूँ, सिर्फ वह सुनो जगन!" तिवारी बोला-"मैं पहले ही कह चुका हूँ कि फिलहाल मेरी मंशा तुम्हें गिरफ्तार करने की नहीं। इस वक्त तुमसे और तुम्हारे हथियारों से कहीं ज़्यादा अहम मेरे लिए यह तोलानी मर्डर केस है।"

"ठीक है साहब!" जगन किसी बहुत भले आदमी की तरह मिमियाता हुआ बोला।

"अब यह बताओ।" जगन को पूरी तरह विश्वास में लेने के बाद तिवारी ने पूछा- "बेखौफ बताओ कि क्या वाकई वह मियां जी पॉइंट 38 कैलीबर की एक स्मिथ एंड वैसन रिवॉल्वर ले गए थे?"

"साहब, मैं आपको बता तो चुका हूँ कि मैंने आज तक कभी असली रिवॉल्वर की सूरत तक नहीं देखी।"

"फिर वही बकवास!" तिवारी चिल्लाया।

वह गरजा।

"मैं बकवास नहीं, हक़ीकत बयान कर रहा हूँ साहब!" जगन अपने चेहरे पर दयनीय भाव लाकर बोला- "मेरी इतनी हिम्मत कहाँ, जो मैं आप जैसे कानून के मुलाजिम के सामने बकवास करूँ!"

तिवारी समझ गया कि वो बहुत घुटा हुआ आदमी था।

बहुत ज़्यादा घुटा हुआ।

"अच्छा, यह तो बताओ कि वो इस तरह के कोई मियाँ जी तुमसे मिलने भी आए थे या नहीं, जैसे अखिल बयान कर रहा है? और सावधान, कोई झूठ न बोलना। प्लीज़! भगवान के लिए!" तिवारी आग्नेयपूण नेत्रों से उसे घूरता हुआ बोला- "अगर इस मर्तबा भी तुमने झूठ बोला, तो 'तोलानी मर्डर केस' की ऐसी की तैसी, पहले मैं तुम्हारी माँ बहन एक करूँगा।"

तिवारी की धमकी सुनकर जगन की आँखों में मौत नाच उठी।

"बोलो।" तिवारी गुर्राया- "आए थे तुम्हारे पास कोई मिंया जी?"

"ह...हाँ।" इस बार जगन की गर्दन स्वीकृति में हिली, उसने गले का थूक सटका- "आए थे।"

"उन्होंने काली अचकन पहनी हुई थी?"

"ह...हाँ।"

"काली अचकन को पहचानते हो?"

"हाँ।"

"सिर पर तुर्की टोपी लगाई हुई थी?"

"हाँ, वो भी लगाई हुई थी। उसमें लंबे-लंबे फुंदने लटक रहे थे।"

"दाढ़ी लंबी-सी थी?"

"हाँ, वो भी थी।"

"चलो।" तिवारी पलटता हुआ बोला- "चलो यहाँ से।"

वह तीनों शराबखाने से बाहर निकल गए।

पीछे जगन ने यूं लंबी छुटकारे की साँस ली, जैसे वो शेर के जबड़े में फँसते-फँसते बचा हो।

बस बाल-बाल बचा हो।

❑❑❑

"अब बताओ।" तिवारी, अखिल श्रीवास्तव के साथ जीप में बैठता हुआ बोला- "कैसे साबित करोगे कि वह रिवॉल्वर, वह स्मिथ एंड वैसन रिवॉल्वर तुमने जगन के ठीये से ली? जगन तो इस बात को ही कबूल करने को तैयार नहीं कि वो रिवॉल्वर बेचता है?"

"वो कबूलेगा!" अखिल श्रीवास्तव दाँत चबाता हुआ बोला।

बेहद सख्ती से बोला।

"कैसे कबूलेगा? कोई जादूगरी दिखाओगे? उस पर कोई मंतर पढ़ोगे?

तिवारी की आवाज़ में व्यंग्य था।

"नहीं।"

"फिर? मुझे तो बिल्कुल नहीं लगता कि वो भलमनसाहत से सब कुछ कबूल लेगा। तुमने देखा ही होगा कि मैंने उसे फँसाने की कितनी कोशिश की, लेकिन वो कहाँ फँसा?"

"आप तलाशी के लिए सर्च वारंट तैयार कीजिए, इंस्पेक्टर साहब!" अखिल श्रीवास्तव उसे रास्ता सुझाता हुआ बोला-"फिर मैं शराबखाने में जाकर आपको ब्ल्यू रूम और गन-कलैक्शन वगैरह वह सब चीजें दिखाऊँगा, जिनका मैंने वर्णन किया है।"

"अब वह चीजें तुम कभी नहीं दिखा सकोगे, अखिल!"

"क्यों?" बिच्छू चौंका।

"क्योंकि जब तक हम सर्च वारंट लेकर शराबखाने पर पहुँचेंगे, तब तक जगन वहाँ से सब कुछ गायब कर चुका होगा। वह पूरी तरह सफेदपोश बन चुका होगा।"

अखिल श्रीवास्तव विवशतावश अपनी मुट्ठियाँ खोलने और बंद करने लगा।

उसकी बेचैनी बढ़ती जा रही थी।

"एक बात तो यहाँ आने से साबित हो गई है इंस्पेक्टर साहब!"

"क्या?"

"यही कि मैं बूढ़े शायर वाली कास्ट्यूम पहनकर जगन के पास गया था?"

"अखिल, अभी यह साबित हुआ है कि एक ऐसे मियां जी जगन के पास गए थे, जिन्होंने तुर्की टोपी और काली अचकन पहन रखी थी। अभी यह साबित नहीं हुआ कि वो मियां जी तुम थे। यह बात एक ही तरीके से साबित हो सकती है।"

"किस तरीके से?"

"अगर तुम किसी तरह बूढ़े शायर वाली वह कास्ट्यूम और विग वगैरह मुझे दिखा दो।"

"उन सब चीजों को तो मैंने जला दिया।" अखिल श्रीवास्तव ने कहा।

"फिर तो तुम्हारा उद्धार नहीं होने वाला बिरादर! फिर तो तुम्हारी माँ की हर-हर गंगे ही होगी।" तिवारी बोला।

"देखो इंस्पेक्टर!" अखिल बोला- "तुम मानो या न मानो, लेकिन वो बूढ़ा मैं ही था। वो मियां जी मैं ही था।"

अखिल श्रीवास्तव उसे यकीन दिलाने की हरचंद कोशिश करता हुआ बोला।

"मेरे मानने या न मानने से क्या होता है बेटा! सवाल तो साबित होने से है। कानून मेरे घर की कोई अमलेदारी तो है नहीं।"

"तुम यह बात तो मानोगे कि जिस रात 'भाईजी कास्ट्यूम सप्लायर्स' की दुकान में से वह बूढ़े शायर वाली कास्ट्यूम चोरी हुई, उस रात उस चोर ने कास्ट्यूम पहनकर और बहरे बूड्ढे का अभिनय करके तुम दोनों को बेवकूफ बनाया था?"

तिवारी ने थोड़े आश्चर्य से अपने सहायक की तरफ देखा।

सहायक की आँखों में भी विस्मय के भाव थे।

आश्चर्य के भाव!

"इंस्पेक्टर!" अखिल श्रीवास्तव तत्परतापूर्वक कहता चला गया- "उस रात उस कास्ट्यूम चोर की और तुम्हारी आपस में जो बातें हुईं, वह सिर्फ तीन आदमी ही जान सकते हैं। तुम दोनों या फिर वह चोर।"

"तुम कहना क्या चाहते हो?"

"इंस्पेक्टर, मैं तुम्हें वो पूरी बातचीत सुना सकता हूँ। शब्द दर शब्द सुना सकता हूँ, जिससे साबित हो जाएगा कि वो कास्ट्यूम चोर मैं ही था। वो मियां जी भी मैं ही था।"

"बड़ी अजीब-अजीब बातें कर रहे हो!" तिवारी उसे हैरानी से देखता हुआ बोला।

"अजीब-अजीब बातें नहीं, बल्कि अपने गुनाह को साबित करने की कोशिश कर रहा हूँ। अपनी मजलूम, दु:खियारी और जमाने की सताई माँ को बचाने की लम्हा-लम्हा कोशिश कर रहा हूँ।"

"ठीक है।" तिवारी बोला- "बताओ, उस रात हमारे और उस कास्ट्यूम चोर के बीच क्या-क्या बातें हुई थीं?"

"तुम दोनों मोटरसाइकिल पर सवार थे।" अखिल श्रीवास्तव ने कहा।

"हाँ, थे।"

"उस रात खूब तेज मूसलाधार बारिश पड़ रही थी।"

"पड़ रही थी।"

"तुम दोनों ने ही खाकी रंग के रेनकोट पहन रखे थे और रेनकोट से जुड़े हुए कैप भी सिर पर थे।"

"बिल्कुल ठीक।"

"इंस्पेक्टर!" अखिल उल्लासपूर्वक कहता चला गया- "तुमने सबसे पहले उस कास्ट्यूम चोर से यानी मुझसे जो सवाल पूछा था, वो यह था- हुजूर! आपने अभी-अभी एक आदमी को इस गली में से भागते देखा है?"

तिवारी ने पुन: आश्चर्य से सहायक की तरफ देखा।

"क्या मैंने कोई गलत सेन्टेन्स बोला है इंस्पेक्टर साहब?"

"नहीं।" तिवारी सनसनाए स्वर में बोला- "नहीं, मैंने यही सेटेन्स बोला था, बिल्कुल यही।"

"थैंक्यू इंस्पेक्टर! उसके बाद मैंने अपने कान पर हाथ रखा था और जोर से चिल्लाकर पूछा था- 'क्या कह रहे हो?' तब तुमने अपना पहला वाला सेन्टेन्स फिर दोहराया। उसके बाद उस चोर ने कहा था- मियां, थोड़ा तेज बोलो, मुझे कम सुनाई देता है।"

एकाएक उस बरसात की रात का दृश्य तिवारी और उसके सहायक की आँखों के गिर्द घूमने लगा।

स्पष्ट घूमने लगा।

"इंस्पेक्टर साहब!" अखिल श्रीवास्तव आगे बोला- "तब तुम्हारे इन सहायक ने तुमसे कहा था-'गुरूजी! यह तो पक्का बहरा मालूम होता है।' तब तुम चोर के कान के पास अपना मुँह ले गए थे इंस्पेक्टर और हलक फाड़कर चीखते हुए एक बार फिर पहले वाला ही सेन्टेन्स बोला था और तब उस चोर ने अपने कान में उँगली घुमाते हुए पता है क्या कहा था?"

"क्या कहा था?"

तिवारी की स्तब्ध आवाज़!

"उसने कहा था- 'ओफ्फो मियां! तुम्हें भी जरा तमीज नहीं, ज़रूर किसी चण्डूखाने से छूटे मालूम होते हो। मियां, अगर तुम्हारा कुत्ता भाग गया तो मैं क्या करूँ? यहाँ बारिश में खड़े होकर चिल्ला क्यों रहे हो'?"

इंस्पेक्टर तिवारी और उसका सहायक विस्मय से अपने नेत्र फड़फड़ाते हुए यूं अखिल श्रीवास्तव को देखने लगे, जैसे वह अपने सामने साक्षात किसी अजूबे को खड़ा देख रहे हों।

"बताइए।" अखिल श्रीवास्तव व्यग्र भाव से बोला- "बताइए, क्या मैंने उस पूरे वार्तालाप का एक भी शब्द गलत बोला है?"

"नहीं।" तिवारी की गर्दन यूं इंकार की मुद्रा में हिली, जैसे किसी ने उसे हिप्नोटाइज्ड कर दिया हो- "नहीं! तुम्हारी एक-एक बात ठीक है।"

"इंस्पेक्टर!" अखिल श्रीवास्तव उत्साहित होता हुआ बोला- "तो फिर क्या इसी से साबित नहीं हो जाता कि मैं ही वो कास्ट्यूम चोर था? मैंने ही 'भाईजी कास्ट्यूम सप्लायर्स' की दुकान से वो कास्ट्यूम चुराई थी और फिर उस कास्ट्यूम को पहनकर मैं जगन के ठीये पर पहुँचा था, जहाँ से मैंने रिवॉल्वर हासिल की?"

तिवारी अपनी गर्दन खुजाने पर विवश हो गया।

उसके दिमाग में अनार छूट रहे थे।

"क्या सोच रहे हो इंस्पेक्टर?"

"अखिल, तुम हर पल मेरे लिए एक पहेली बनते जा रहे हो। एक बेहद सनसनीखेज पहेली।"

"ऐसा तुम्हें इसलिए लग रहा है इंस्पेक्टर, क्योंकि तुम्हें मेरी बात पर यकीन नहीं है। तुम मुझे धोखेबाज समझ रहे हो। सुनो, तुम 'भाईजी कास्ट्यूम सप्लायर्स' की दुकान पर जीप लेकर चलो।"

"उससे क्या होगा?"

"जीप लेकर चलो, वह भी मालूम हो जाएगा।" अखिल बोला।

तिवारी ने बेहद सस्पेंस के आलम में जीप 'भाईजी कास्ट्यूम सप्लायर्स' की दुकान की तरफ दौड़ा दी।

❑❑❑

कुछ देर बाद जीप गोदौलिया बाज़ार के बीच में स्थित कास्ट्यूम की दुकान पर जाकर रुकी।

वह तीनों जैसे ही दुकान में दाखिल हुए, तुरंत चुस्के आम जैसी सूरत वाले भाईजी और पतीली का ढक्कन उनका गंजा नौकर हड़बड़ाकर उठ खड़े हुए।

चौंककर।

पुलिस का आना हरेक आदमी के लिए खतरे की घंटी ही होता है।

"क्या हो गया जी?" भाईजी अपनी माइक्रोफोन जैसी आवाज़ में बोलते हुए तिवारी की तरफ दौड़े- "कोई नई बात हो गई जी?"

"पता नहीं क्या बात हो गई!" तिवारी के स्वर में असमंजसता का पुट था-"मुझे तो यह साहब लाए हैं।"

भाईजी ने तुरंत अपनी गोल टोपी ठीक करते हुए अखिल श्रीवास्तव की तरफ देखा।

ध्यान से देखा।

"तुम कौन हो बाऊजी?"

"मुझे नहीं पहचाना आपने?" अखिल श्रीवास्तव उनके सामने फैलकर खड़ा होता हुआ बोला।

"नहीं तो।"

तब अखिल गंजे नौजवान नौकर की तरफ मुड़ा- "और मिस्टर पतीली के ढक्कन, क्या तुम भी मुझे नहीं पहचान पा रहे?"

पतीली का ढक्कन, अखिल को देखता हुआ गंभीरता से कुछ सोचने पर विवश हो गया।

कोई दो मिनट तक दुकान में शांति छाई रही।

"पहचाना!" फिर पतीली का ढक्कन एकाएक यूं खुशी से उछला,जैसे कोई बच्चा गधे की पूंछ में पटाखे की लड़ी बाँधकर खुश हुआ हो- "बाऊजी, तुम तो नाटक-लेखक हो। वही नाटक-लेखक, जो उस दिन हमारी कास्ट्यूमों में अपना हीरो तलाशने आए थे।"

"करैक्ट।" अखिल श्रीवास्तव मुस्कुराया- "तुमने बिल्कुल ठीक पहचाना मुझे।"

"अब मैंने भी पहचान लिया जी तुम्हें।" भाईजी पुनः अपनी माइक्रोफोन जैसी आवाज़ में बोले- "उस दिन तुमने काउंटर पर हमारी ढेरों कास्ट्यूमें खुलवा-खुलवा कर फैला दी थीं, लेकिन लिया कुछ नहीं। हमारा नफा कुछ नहीं हुआ जी।"

"आप बिल्कुल ठीक कह रहे हैं।"

"लेकिन यह सब चक्कर क्या है?" तिवारी अभी भी बुरी तरह उलझा हुआ बोला- "कैसा नाटक-लेखक? कैसा हीरो?"

"दरअसल क्या है!" अखिल श्रीवास्तव बोला- "चोरी करने से पहले मैं यहाँ ये देखने आया था कि मेरे मतलब की कोई कास्ट्यूम इस दुकान में है भी या नहीं। तुम इन दोनों में से किसी से भी पूछ सकते हो कि इनकी दुकान में जिस रात चोरी हुई, मैं उसी दिन इनके पास आया था या नहीं?"

तिवारी ने भाईजी की तरफ देखा।

सवालिया अंदाज में देखा।

"यह बिल्कुल सही कह रहे हैं जी।" भाईजी अपने बाइफोकल्स में से तिवारी को देखते हुए बोला- "जिस रात हमारी दुकान में चोरी हुई, यह उसी शाम को आए थे।"

अखिल श्रीवास्तव विजेता जैसे अंदाज में तिवारी को देखने लगा।

जबकि तिवारी की आँखों में एक बार फिर हैरानी का सागर उमड़ पड़ा था।

केस बड़े नए-नए मोड़ ले रहा था।

"इस बात से क्या साबित करना चाहते हो तुम?" तिवारी बोला।

"इस बात से मैं साबित करना चाहता हूँ कि वो कास्ट्यूम चोर मैं ही था। हैंड्रेड परसेंट मैं ही था, क्योंकि अगर मैं कास्ट्यूम चोर न होता तो मुझे नाटक-लेखक बनकर यहाँ आने की क्या ज़रूरत थी? हीरो तलाशने का बहाना बनाकर कास्ट्यूमें देखने की क्या ज़रूरत थी? इंस्पेक्टर, क्या मैं नाटक लेखक हूँ? क्या मुझे वाकई में हीरो की तलाश थी?"

तिवारी का दिमाग राकेट बनकर अंतरिक्ष में घूमने लगा।

जोर-जोर से घूमने लगा।

ऐसा केस, ऐसा बेहद विचित्र केस उसकी जिंदगी में सचमुच पहले कभी नहीं आया था।

❑❑❑

कुछ देर बाद वह तीनों पुलिस स्टेशन में बैठे चाय पी रहे थे।

उनके बीच खामोशी थी।

"देखो।" तिवारी चाय चुस्काते हुए बोला- "यह सच है कि तुमने अभी तक जितने सबूत पेश करने की कोशिश की है अखिल, वह सभी शक पैदा करते हैं। उन सभी से कहीं न कहीं यह आभास होता है कि मर्डर मिस्ट्री उतनी सिंपल नहीं, जितनी नजर आती है लेकिन... लेकिन इन सभी बातों से यह कहीं साबित नहीं होता कि तोलानी का कत्ल तुमने किया है।"

"क्यों साबित नहीं होता, मैंने कास्ट्यूम चुराई। मैंने वही कास्ट्यूम पहनकर जगन के यहाँ से रिवॉल्वर ली।"

"देखो...अगर पुलिस यह मान भी ले कि तुमने कास्ट्यूम चुराई।" तिवारी शांत लहजे में बोला- "तब भी तोलानी के कत्ल की जो कहानी तुम सुना रहे हो, उसमें कास्ट्यूम की कोई भूमिका हो सकती है। लेकिन पुलिस तोलानी के कत्ल से आगे जो स्टोरी लेकर चल रही है, उसमें कास्ट्यूम की कोई भूमिका नहीं है। कास्ट्यूम की भूमिका तब तो महत्त्वपूर्ण हो सकती है, जब यह साबित हो जाए कि सुरेंद्र तोलानी का कत्ल तुमने किया।"

"यानी अभी यह साबित नहीं होता कि तोलानी का कत्ल मैंने किया?"

"तुम्हीं बताओ।" तिवारी बोला- "कहाँ साबित होता है कि तोलानी का कत्ल तुमने किया? तुम्हारे पास सबूत के तौर पर अदालत में दिखाने के लिए मर्डर वैपन

रिवॉल्वर नहीं है। टाइमर नहीं है। कास्ट्यूम नहीं है। विग नहीं है। क्या है तुम्हारे पास? कैसे तुम खुद को कातिल साबित करोगे मेरे भाई?"

अखिल श्रीवास्तव अपना माथा पकड़कर बैठ गया।

उसके दिमाग में अब चींटियाँ रेंग रही थीं।

ऐसा बेबस उसने खुद को जिंदगी में पहले कभी अनुभव नहीं किया था।

"एक बात और सुनो अखिल!" तिवारी बोला- "परसों तुम्हारी मम्मी की अदालत में पहली पेशी है। परसों से केस शुरू हो जाएगा। इस बीच अपनी मम्मी के लिए कोई अच्छा-सा क्रिमनल लॉयर कर लेना।"

अखिल श्रीवास्तव का दिल चाह रहा था कि वो अपने बालों को नोचना शुरू कर दे।

बुरी तरह नोचना शुरू कर दे।

"सुनो!" तिवारी पुनः बोला- "तुम्हारे फायदे के लिए ही बता रहा हूँ। अब खुद को हत्यारा साबित करने का यह नाटक खेलना बंद कर दो, बहुत हो चुकी यह भाग-दौड़। जितनी मेहनत तुम जबरदस्ती खुद को हत्यारा साबित करने के लिए कर रहे हो, उतनी मेहनत अगर तुम अपनी मम्मी के केस के लिए करोगे, तो शायद उन्हें फाँसी या उम्रकैद होने से बच जाए। शायद तब दस-पंद्रह साल की सजा ही हो उन्हें।"

❑❑❑

अखिल श्रीवास्तव की आँखों में आँसू झिलमिला रहे थे।

वह रो रहा था।

रश्मि की गोद में सिर रखे रो रहा था बिच्छू!

बिल्कुल बच्चों की तरह।

"दस-पंद्रह साल!" वो गहरी निःश्वास छोड़ता हुआ बोला- "कितनी आसानी से कह दिया इंस्पेक्टर ने कि मेरी मम्मी को दस-पंद्रह साल की सजा होगी। लेकिन रश्मि, दस-पंद्रह साल में तो उनकी साँसे खत्म हो चुकी होंगी। राख में परिवर्तित हो चुकी होंगी वो।"

"तुम तिवारी की बातों का गलत मतलब निकाल रहे हो अखिल!" रश्मि उसके बालों के खम सुलझाते हुए शुष्क स्वर में बोली।

"क्या गलत मतलब निकाल रहा हूँ मैं?"

"सोचो अखिल, अपने दिल और दिमाग पर पूरी तरह जोर देकर सोचो। क्या तुम सच में खुद को तोलानी का हत्यारा साबित कर सकते हो?"

अखिल ने हैरानी से रश्मि की तरफ देखा।

बेहद आश्चर्य से देखा।

"नहीं कर सकते अखिल, मैं जानती हूँ कि तुम खुद को हत्यारा साबित नहीं कर सकते। तुमने वाकई कत्ल की एक परफैक्ट स्कीम बनाई थी, बेहद फुलप्रूफ योजना बनाई थी और उसी का खामियाजा अब तुम्हें भुगतना पड़ रहा है। फिर अखिल, एक बात को तुम अभी तक नजरअंदाज करते रहे हो।"

"किस बात को?" अखिल श्रीवास्तव बोला।

"तुम्हारा कोई दुश्मन पूरी तरह तुम्हारे पीछे लगा हुआ है। जिसने तुम्हारे डैडी बाबू श्रीवास्तव की हत्या की। जिसने तुम्हारी मम्मी की साड़ी का टुकड़ा और किचन नाइफ यानी रसोई का चाकू मर्डर स्पॉट पर पहुँचाया। जिसने दशाश्वमेध घाट से रिवॉल्वर गायब की। अखिल, यह सारे काम तुम्हारे किसी दुश्मन ने किए हैं।"

अखिल श्रीवास्तव एकदम उठकर खड़ा हो गया।

"कौन हो सकता है मेरा दुश्मन?" वह साँप की मानिंद फुंफकारा।

"वह जो भी है, बहुत चालाक है। मुमकिन है कि वो तुम्हारी आस्तीन में ही पल रहा हो।"

अखिल श्रीवास्तव झटके से रश्मि की तरफ मुड़ा और उसने उसे अजीब-सी नजरों से देखा।

"मैं सच कह रही हूँ अखिल!" रश्मि के स्वर में दर्द ही दर्द था- "तुम पूरी तरह चक्रव्यूह में घिर चुके हो। अब इस चक्रव्यूह से बाहर निकलना तुम्हारे बस का नहीं, क्योंकि यह चक्रव्यूह भी खुद तुम्हारा ही रचा हुआ है। इसलिए तिवारी ने ठीक कहा है तुमसे, अब तुम अपने आपको हत्यारा साबित करने का विचार अपने दिमाग से निकाल दो। अच्छा है कि तुम अब से इस बात की तरफ ध्यान दो कि तुम्हारी मम्मी को कम-से-कम सजा हो।"

अखिल श्रीवास्तव अपने होठों को बुरी तरह दाँतों से कुचलने लगा।

यह अहसास ही उसे चीखें मार-मारकर रोने के लिए मजबूर कर रहा था कि उसकी माँ को सजा होगी।

उसकी देवी जैसी माँ को सजा होगी!

❑❑❑

"मैं यह आखिरी कोशिश कर रहा हूँ इंस्पेक्टर।"

बिच्छू के मुँह से अल्फाज निकलते हुए काँप रहे थे, वो बड़ी मुश्किल से अपनी रुलाई फूटने से रोक पा रहा था।

"तुम सचमुच एक पागल इंसान हो अखिल!" तिवारी सिगरेट पीता हुआ गुस्से में बोला- "मैंने तुम्हें कल ही बता दिया था कि तुम यह कभी साबित नहीं कर

पाओगे कि सुरेंद्र भाई तोलानी की हत्या तुमने की। वैसे भी यह आइने की तरफ साफ हो चुका है कि तोलानी की हत्या तुम्हारी मम्मी ने की। तुम्हें शायद मालूम नहीं है, लेकिन तुम्हारी मम्मी ने पुलिस को रात एक बयान दिया है, जिसमें उन्होंने साफ़ तौर पर इस बात को कबूला है कि तोलानी की असली कातिल वह ही हैं।"

"वह झूठ बोल रही हैं।" बिच्छू चीख उठा।

उसने आवेश में इतनी जोर से मेज पर घूँसा मारा कि मेज पर रखा पेपरवेट उछलकर नीचे गिरते-गिरते बचा।

तिवारी ने वह पेपरवेट लपक लिया।

तुरंत लपक लिया।

"लेकिन उन्हें झूठ बोलकर क्या मिलेगा अखिल?" तिवारी भी गुर्राया।

"क्योंकि वह अपने बेटे को बचाना चाहती हैं। जो अपराध उनके बेटे ने किया है, उस अपराध के बदले में खुद फाँसी चढ़ जाना चाहती हैं।"

तिवारी ने सिगरेट के दो-तीन लंबे-लंबे कश लेकर धुआँ छत की तरफ उछाला।

उसके चेहरे पर एकाएक गहरी उलझन के भाव नमूदार हो उठे थे।

वह कुछ भी समझ नहीं पा रहा था।

"मेरे तो अभी यही समझ में नहीं आ रहा बिरादर!" तिवारी बोला- "कि तुम माँ-बेटे में असली कातिल कौन है और कौन दूसरे के लिए कुर्बानी देना चाहता है?"

"तुम सब समझ जाओगे इंस्पेक्टर, सब समझ जाओगे तुम। प्लीज, खड़े हो जाओ, मैं तुम्हें एक जगह ले जाना चाहता हूँ।"

"पर कहाँ?"

"तुम खड़े तो होओ इंस्पेक्टर।"

"देखो, मैं फिर कहता हूँ कि तुम खामखाह मेहनत कर रहे हो। तुम पुलिस या कानून की नजरों में खुद को जबरदस्ती हत्यारा साबित नहीं कर सकते। यह बेकार की भाग-दौड़ है।"

"मैं सिर्फ एक आखिरी कोशिश करना चाहता हूँ इंस्पेक्टर!" अखिल श्रीवास्तव विनती करता हुआ बोला- "मेरी मदद करो।"

वह तिवारी के सामने लगभग गिड़गिड़ा रहा था।

जैसे अपनी माँ की साँसों के लिए फरियाद कर रहा हो।

भीख माँग रहा हो।

"ठीक है।" तिवारी ने हताश भाव से पीक-कैप उठाकर अपने सिर पर रखी- "लेकिन सावधान, तुम्हारी यह कोशिश आखिरी कोशिश होगी।"

"मुझे मंजूर है।" अखिल श्रीवास्तव ने गहरी साँस लेकर कहा।

❑❑❑

अखिल श्रीवास्तव, इंस्पेक्टर तिवारी और उसके सहायक के साथ 'दैनिक गांडीव' समाचार पत्र के ऑफिस में पहुँचा।

अखबार का एडिटर अखिल श्रीवास्तव को देखते ही पहचान गया।

तुरंत पहचान गया।

"अरे तुम!" एडिटर उसे देखकर खुशी से कुर्सी छोड़कर खड़ा होता हुआ बोला- "तुम दोबारा इधर आए नहीं अखिल और न ही तुमने कोई फोन किया। तुम्हारे लिए एक खुशख़बरी है, हमने तुम्हें अपने अखबार में अपॉइन्ट कर लिया है।"

"सॉरी एडिटर साहब!" अखिल खेद प्रकट करता हुआ बोला- "सॉरी, उस नौकरी की अब मुझे कोई ज़रूरत नहीं है।"

"अरे क्यों?" संपादक चौंका।

"दरअसल मैंने आपको अपनी ऐलीबाई बनाने के लिए वह सब ड्रामा रचा था।"

"ऐलीबाई? ड्रामा?" संपादक बेहद हैरानी से बोला- "यह क्या कह रहे हो तुम?"

"इंस्पेक्टर!" अखिल श्रीवास्तव, तिवारी से संबोधित हुआ- "मैं कत्ल की योजना के तहत ही इनके पास जॉब के लिए आया था। मैंने इनसे जानबूझकर आठ मई रात नौ बजे फोन करने को कहा, ताकि जब मैं बिलियर्ड क्लब से तोलानी को फोन कर रहा होऊं, तो मेरे पास डी. आई. जी. को या फिर तुम लोगों को बताने के लिए यह बहाना हो कि मैं 'दैनिक गांडीव' के ऑफिस में फोन कर रहा हूँ।"

"सिर्फ इसलिए तुमने यह नौकरी वाला नाटक खेला?" तिवारी की आवाज़ में हैरानी थी।

"जी हाँ। इसके अलावा मैंने एक काम और किया।"

"क्या?"

"मैंने आठ मई की शाम को इनकी टेलीफोन की वायरें काट दीं।"

"वो सब तुम्हारा काम था?" संपादक भड़क उठा।

वो बाकायदा गुस्से में ही चीखा।

"जी हाँ, वो मेरा ही काम था। इस बात का मुझे तहेदिल से अफसोस है कि मेरे कारण आपको परेशानी उठानी पड़ी एडिटर साहब!"

"लेकिन तुमने टेलीफोन की वायरें क्यों काटीं?" तिवारी ने उत्कंठावश पूछा।

"क्योंकि मैं योजना में कहीं भी कोई बारीक से बारीक लूज प्वाइंट नहीं छोड़ना चाहता था।" अखिल श्रीवास्तव बोला- "दरअसल तुम्हें याद होगा इंस्पेक्टर कि मैंने बिलियर्ड क्लब में दोबारा यह कहते हुए टेलीफोन का रिसीवर रख दिया था कि शायद दैनिक गांडीव अखबार के ऑफिस का फोन खराब मालूम होता है।"

"इससे क्या सिद्ध करना चाहते थे तुम?" तिवारी के नेत्र पुन: सिकुड़ गए।

"इससे मैं यह सिद्ध करना चाहता था कि अगर कल को पुलिस मुझ पर शक करने लगे, तो मैं यह कह सकूँ कि पहली मर्तबा रांग नंबर इसलिए मिला, क्योंकि 'दैनिक गांडीव' का फोन नंबर खराब था। दूसरी मर्तबा भी इसी वजह से मेरा 'दैनिक गांडीव' से संपर्क नहीं हो सका। बाद में जब पुलिस तहक़ीकात करती, तो वह पाती कि वाकई आठ मई को 'दैनिक गांडीव' का टेलीफोन खराब था। यानी पुलिस के पास ऐसा कोई सूत्र न होता, जिससे मुझे शक के दायरे में भी लाया जा सके।"

इंस्पेक्टर तिवारी, एडिटर और सहायक; सब अखिल श्रीवास्तव को हैरानी से देखने लगे।

उसकी विलक्षण बुद्धि की मन-ही-मन प्रशंसा करने लगे कि कैसा अद्‌भुत दिमाग पाया था उसने!

कैसा आश्चर्यजनक दिमाग पाया था!

लेकिन उसके उसी अद्‌भुत दिमाग ने फिलहाल उसका गुड़-गोबर कर दिया था।

उसका पुलंदा बाँध दिया था।

उसकी फुलप्रूफ योजना अब खुद उसी के गले की हड्‌डी बन गई थी।

❑❑❑

अखिल श्रीवास्तव उसके बाद तिवारी को लेकर सुरेंद्र भाई तोलानी के उस गार्ड के पास पहुँचा, जो कोठी के गेट पर खड़े होकर पहरा दे रहा था।

वो गार्ड अखिल श्रीवास्तव को तोलानी की कोठी पर तो न मिला, लेकिन वो आसपास के लोगों से पूछकर उसके घर जा पहुँचा।

गार्ड तब भी अपने साहब के गम में मातमी सूरत बनाए बैठा था।

बहुत दु:खी था।

वो अखिल श्रीवास्तव को देखते ही उससे लिपटकर औरतों की तरह रोने लगा।

तब तक शायद उसे यह मालूम नहीं हुआ था कि अखिल श्रीवास्तव की मम्मी उसके तोलानी के कत्ल के अपराध में गिरफ्तार हैं।

अखिल श्रीवास्तव ने पहले उसे धीरज बँधाया, फिर बोला- "तुम्हें याद है, तुम्हारे साहब की हत्या किस दिन हुई थी?"

"जी हाँ, वो आठ मई की मनहूस रात थी।" गार्ड बेहद रूआँसे स्वर में बोला।

"आठ मई!" अखिल श्रीवास्तव ने यूं साँस छोड़ी, जैसे खुद उसे यह बात पहली मर्तबा मालूम हो रही हो कि तोलानी की हत्या आठ मई को हुई- "गार्ड, अब मैं तुमसे आठ मई से ताल्लुक रखता एक सवाल पूछने जा रहा हूँ, अपने दिमाग को दुरुस्त कर लो। क्या आठ मई की शाम पाँच बजे तोलानी साहब से मिलने कोई आदमी कोठी पर आया था?"

गार्ड की आँखों में फौरन ऐसे भाव उभरने लगे, जैसे उसकी आँखों में फ्लैश बैक की कोई रील चल रही हो।

"गार्ड!" अखिल श्रीवास्तव उसे चेतावनी देता हुआ बोला- "मेरे इस सवाल का जवाब खूब सोच-समझकर देना, क्योंकि तुम्हारे जवाब से एक जिंदगी का वास्ता है।"

"आठ मई को?" गार्ड यूं बड़बड़ाया, जैसे वह नींद में बोल रहा हो।

"हाँ।"

"शाम को पाँच बजे?"

"हाँ।"

"याद आया।" गार्ड की आँखों में एकाएक तेज़ चमक पैदा हुई- "याद आया।"

"क्या याद आया?" अखिल उसके बिल्कुल करीब पहुँच गया।

"साहब, आठ मई की शाम पाँच बजे एक बूढ़े मुसलमान मियां जी तोलानी साहब से मिलने आए थे।"

"क्या उन्होंने काली लंबी अचकन पहन रखी थी?" अखिल श्रीवास्तव गहन उत्सुकतावश बोला।

"हाँ-हाँ, उन्होंने काली लंबी अचकन पहन रखी थी।" गार्ड अभी भी जैसे नींद में बडबड़ा रहा था।

"सिर पर तुर्की टोपी थी। बिल्कुल वैसी तुर्की टोपी, जैसी तुमने स्कूल की किताबों में अक्सर शायर गालिब को पहने देखी होगी। जो लंबी होती है, जिसमें बड़े-बड़े रेशमी फुंदने लटके रहते हैं।"

"हाँ-हाँ, ऐसी ही टोपी पहन रखी थी उन मियां जी ने।"

"तुमसे क्या कह रहे थे वो मियां जी?" अखिल का स्वर उल्लासपूर्ण था।

"मुझसे कह रहे थे कि 'मैं कोर्ट से आ रहा हूँ। पीछे-पीछे तोलानी साहब भी आ रहे हैं। तोलानी साहब ने कहा है कि मैं कोठी पर उनका इंतज़ार करूँ'।"

"फिर तुमने क्या किया?"

"मैं क्या करता, मैंने सीधे स्वभाव उन्हें ड्राइंगहॉल में ले जाकर बिठा दिया और खुद वापस बाहर गेट पर आकर खड़ा हो गया।"

"उसके बाद?"

"उसके बाद मियां जी कोई दस मिनट बाद बाहर आए।"

"क्यों आए?"

"बोले, वो अपने केस के डॉक्यूमेंट घर पर भूल आए हैं। तोलानी साहब आ जाएँ, तो उनसे कहना कि मैं अभी पंद्रह मिनट में डॉक्यूमेंट लेकर आ रहा हूँ।"

"फिर आए वो मियां जी?"

"कहाँ आए! फिर तो एक और हैरान कर देने वाली बात हुई।" गार्ड बोला- "तोलानी साहब के कोठी आने के बाद जब मैंने उन्हें मियां जी वाली बात बतायी, तो तोलानी साहब बोले कि उन्होंने तो किन्हीं मियां जी को टाइम नहीं दिया था। न ही उस रोज ऐसे कोई मियां जी उनसे कोर्ट में मिले।"

"थैंक्यू- थैंक्यू वेरी मच।" अखिल श्रीवास्तव उत्साहपूर्वक कहता चला गया- "तुम्हारा बहुत-बहुत धन्यवाद, जो तुमने यह सब बातें मुझे बताईं।"

अखिल के चेहरे पर पुनः उम्मीद की किरण चमक उठी थी

❑❑❑

पुलिस जीप वापस पुलिस स्टेशन दौड़ी चली जा रही थी।

तिवारी के चेहरे पर अभी भी सनसनीखेज भाव थे।

"तुम आठ मई को बूढ़े शायर वाली वह कास्ट्यूम पहनकर!" तिवारी ने बेहद कौतुहलतावश पूछा- "तोलानी की कोठी पर क्यों गए थे?"

"टाइमरयुक्त रिवॉल्वर फिट करने के लिए।" अखिल श्रीवास्तव जैसे रहस्योद्घाटन करता हुआ बोला।

"टाइमरयुक्त रिवॉल्वर?"

"हाँ। जाहिर था कि मैंने वह रिवॉल्वर फिट करने के लिए वहाँ जाना ही था इंस्पेक्टर, अब तुम मेरी एक ख़ास बात सुनो। तुम कल कह रहे थे कि उन मियां जी का या फिर उस कास्ट्यूम का मेरी कहानी के अनुसार कोई महत्त्व हो सकता है, लेकिन पुलिस की निगाह में उन सब बातों का कोई महत्त्व नहीं। क्योंकि पुलिस कत्ल से आगे स्टोरी लेकर चल रही है और अतीत में झाँकने की कोशिश कर रही है। यही कहा था न कल तुमने?"

"हाँ।" तिवारी हिचकिचाते हुए बोला- "यही कहा था।"

"ठीक है। अब मैं पुलिस के रूटीन जॉब से ही खुद को हत्यारा साबित करने की कोशिश करता हूँ।" अखिल श्रीवास्तव बोला।

"ठीक है, साबित करो।"

"अब तुम यूं समझो इंस्पेक्टर!" अखिल श्रीवास्तव बोला- "कि अभी-अभी तुम मकतूल सुरेंद्र भाई तोलानी के गार्ड का बयान लेकर आ रहे हो और गार्ड ने तुम्हें यह बयान दिया है कि जिस दिन उसके साहब की हत्या हुई, उसी दिन एक रहस्यमयी मियां जी कोठी पर आए थे। जो दस-पंद्रह मिनट के अंदर पूरी कोठी में अकेले रहे और फिर चले गए। उसके बाद उसके साहब ने आकर उसे बताया कि उसकी ऐसे किसी मियां जी से कोई अप्वाइंटमेंट ही नहीं थी। वह मियां जी कोई फ्रॉड थे। धोखेबाज थे। चार सौ बीस थे। इंस्पेक्टर, अब तुम बताओ कि गार्ड के ऐसा बयान देने के बाद तुम क्या करोंगे?"

"क्या करूँगा?"

"तुम बताओ कि तुम क्या करोगे? तुम्हारा पुलिस रूटीन जॉब क्या कहता है कि तुम्हें अगला कदम क्या उठाना चाहिए?"

"जाहिर है, उन मियां जी के बारे में छानबीन करना मेरी पहल होगी।"

तिवारी के नेत्र सिकुड़े हुए थे।

"क्यों करना चाहोगे तुम उन मियां जी के बारे में छानबीन?"

"क्योंकि वह मियां जी, तोलानी के कातिल हो सकते हैं।"

"करैक्ट! एब्सोल्यूटली राइट!!" अखिल हर्षनाद करता हुआ बोला- "मैं तुम्हारे मुँह से यही कहलवाना चाहता था इंस्पेक्टर! अब तुम उन मियां जी के बारे में छानबीन करो और मैं उस छानबीन में तुम्हें सहयोग दूँगा।"

"चलो।" तिवारी कसमसाये स्वर में बोला- "इस स्टेप पर आकर मैं एक परसेंट मान लेता हूँ कि उन्हीं रहस्यमयी मियां जी ने सुरेंद्र भाई तोलानी की हत्या की। लेकिन इससे यह तो साबित नहीं होता कि तुम्हीं वो रहस्यमयी मियां जी हो? तुम्हारे पास कास्ट्यूम, विग वगैरह कुछ भी नहीं है।"

"फिर भी साबित होता है इंस्पेक्टर!" अखिल श्रीवास्तव अपने शब्दों पर जोर देता हुआ बोला- "फिर भी साबित होता है।"

"कैसे साबित होता है?" तिवारी का हतप्रभ स्वर।

"अगर मैं वही मियां जी न होता इंस्पेक्टर, तो मुझे मियां जी की तमाम एक्टीविटीज के बारे में भी मालूम न होता। बताओ, अगर मैं वह मियां जी नहीं हूँ; तो मुझे यह कैसे पता चला कि मियां जी वाली वह कास्ट्यूम फलां वक्त, फलां दुकान से चोरी हुई? या फिर कास्ट्यूम चोर ने मियां जी वाली कास्ट्यूम पहनकर तुम दोनों से क्या-क्या बातें कीं? या फिर वो जगन के शराबखाने पर पहुँचा? या

फिर वो आठ मई की शाम को पाँच बजे तोलानी की कोठी पर पहुँचा? बताओ, अगर मैं खुद वो नहीं हूँ, तो यह तमाम बातें मुझें कैसे मालूम हुईं?"

तिवारी के दिमाग में फुलझड़ियाँ छूटने लगीं।

जबरदस्त फुलझड़ियाँ!

अखिल श्रीवास्तव की बातों ने उसके दिमाग को भिन्नाकर रख दिया था।

"एक तरीके से तुम्हें यह तमाम बातें मालूम हुई हो सकती हैं।" एकाएक तिवारी का सहायक बोला।

"किस तरीके से?"

अखिल श्रीवास्तव की निगाह सहायक की तरफ उठी।

"मुमकिन है कि तुमने उन मियां जी की तमाम एक्टीविटीज को फॉलो किया हो।"

"हाँ।" तिवारी भी अपने सहायक की बात पर प्रफुल्लित होता हुआ बोला- "यह बात हो सकती है।"

"लेकिन मैं ऐसा क्यों करूँगा?"

अखिल श्रीवास्तव ने तुरंत सवाल दागा।

"यह तो तुम जानो कि तुम ऐसा क्यों करोगे।" तिवारी बोला।

अब अखिल श्रीवास्तव के दिमाग में दर्द होने लगा था।

उसे अपने सारे शस्त्र निरर्थक महसूस होने लगे।

बेकार!

"अखिल !" तिवारी का स्वर स्नेहशील था- "तुम्हारे सभी तर्क बहुत उम्दा हैं। बहुत बेहतरीन है। बल्कि मैं तो यह कहूँगा कि तुम्हारे जैसा माइंडेड व्यक्ति ही इस तरह से सब कुछ सोच पा रहा है और इस गहरे अत्यन्त विचित्र जंजाल में से निकलने की कोशिश कर रहा है। लेकिन एक बात तुम्हें माननी होगी।"

"क्या?"

"तुम्हारे इन तर्कों में से कोई भी तर्क तुम्हें अदालत में हत्यारा साबित नहीं कर सकेगा।"

अखिल श्रीवास्तव अपना सिर पकड़कर बैठ गया।

हताश होकर बैठ गया।

❑❑❑

बिच्छू अब थक चुका था।

उसका दिमाग काम नहीं कर रहा था।

उसे लगने लगा था कि अब वो जल्द ही पागल हो जाएगा।

उसने कल्पना भी नहीं की थी वह जो कत्ल की स्कीम बना रहा है, वह इतनी परफेक्ट होगी।

बहरहाल बिच्छू जब निराशा के अनंत सागर में गोते लगा रहा था, तभी सुबह हुई। तभी रोशनी की किरणें फूटीं।

वह सब कुछ इस तरह हुआ, जैसे कुछ दिन तक आसमान पर काली बदली छाई रहने के बाद एकाएक सूरज निकल आया हो।

उस समय शाम के छः बज रहे थे। रश्मि ऑफिस से घर आ चुकी थी। तभी इंस्पेक्टर तिवारी, अखिल श्रीवास्तव को ढूँढ़ता वहाँ आ पहुँचा।

"मुबारक हो।" वो फ्लैट में दाखिल होता हुआ बोला- "मुबारक हो अखिल!"

तिवारी का चेहरा उस वक्त यूं जगमग-जगमग कर रहा था, जैसे कोई हजार वाट का बल्ब जल रहा हो।

जैसे चेहरे पर तेज रोशनी हो रही हो।

"अखिल, साबित हो गया कि तुम्हीं सुरेंद्र भाई तोलानी के हत्यारे हो।"

अखिल श्रीवास्तव जो तब तक इत्मीनान से बेड पर बैठा था, वो एकाएक यूं उछलकर खड़ा हुआ, जैसे चार सौ चालीस वोल्ट का करंट लग गया हो।

वह चौंका।

"क्या कह रहे हो तुम?" वो अचंभित स्वर में बोला- "कैसे साबित हो गया कि मैं कातिल हूँ?"

"दरअसल दशाश्वमेध घाट में से स्मिथ एंड वैसन रिवॉल्वर बरामद हो गई है।"

"अच्छा!" अखिल श्रीवास्तव के मुँह से पुनः सिसकारी छूटी- "कैसे हुई रिवॉल्वर बरामद?"

"पता नहीं कैसे हुई रिवॉल्वर बरामद। बस करिश्मा हो गया। जिस गोताखोर से हमने उस दिन घाट में वह रिवॉल्वर ढुंढवाई थी।" तिवारी बोला- "आज वही गोताखोर किसी दूसरे काम से फिर घाट की तलहटी में गया था, तो वहाँ उसे वो रिवॉल्वर पड़ी मिल गई।"

"अपने आप?" अखिल श्रीवास्तव गहन विस्मय से बोला।

आश्चर्य से।

"हाँ, अपने आप। वरना तब वो इस मंशा से घाट की तलहटी में थोड़े ही गया था।"

अखिल श्रीवास्तव का अचेतन मस्तिष्क जागने लगा।

यह तो सचमुच करिश्मा हो गया था।

"अब एक बात सुनो।" तिवारी धमाके पर धमाका करता हुआ बोला-"तुमने जो टाइमर बनाया था, वह भी खंड-खंड हालत में मिल गया है।"

"अरे वो कहाँ से मिला?" अखिल के मुख से पुनः तेज सिसकारी छूटी।

"उसी कबाड़ी की दुकान से मिला, जिस पर तुमने उसे बेचा था। किस्मत, किस्मत है सब। अखिल, इत्तेफाक देखो कितना बड़ा हुआ है। तुमने जो लोहा कबाड़ी को बेचा, उसने वह सब तो बाल्टी बनाने वाली फैक्ट्री में भेज दिया, लेकिन जिस डिब्बे में तुमने टाइमर बंद किया था, वह डिब्बा इत्तेफाक से मेज के नीचे पड़ा रह गया, जो उसे मिला। डिब्बा मिलते ही उसे फौरन तुम्हारी याद आ गई और उसने तुरंत पुलिस स्टेशन फोन किया।"

"थैंक गॉड!" अखिल श्रीवास्तव ने अपना सिर पकड़ लिया- "यह तो सचमुच करिश्मा हो गया है इंस्पेक्टर।"

"हाँ, मुझे खुद हैरानी हो रही है और एक घटना तो ऐसी घटी है अखिल, जिसकी कोई कल्पना भी नहीं कर सकता।"

"अच्छा!" अखिल श्रीवास्तव की आँखों की पुतलियाँ तेजी से घूमीं- "ऐसी क्या घटना घट गई?"

अखिल का दिल धड़कने लगा।

"सी.आई.डी. डिपार्टमेंट को बनारस के एक उद्योगपति पर यह शक था कि वो स्मैक का धंधा करता है, इसीलिए कुछ सी.आई.डी. ऑफिसर्स टेलीफोन विभाग की मदद से उसकी कॉल्स को टेप कर रहे थे कि शायद कोई रहस्य उजागर हो जाएँ, परंतु इत्तेफाक देखो, आठ मई की रात उस उद्योगपति की कॉलें तो टेप नहीं हुईं, उसकी जगह तुम्हारी वो कॉल टेप हो गई, जो तुमने नौ बजे बिलियर्ड क्लब से तोलानी को की। उस टेप में गोली चलने की आवाज़, तोलानी के चीखने की आवाज़, सब आवाज़ें भरी हैं। वह अकेला टेप तुम्हें हत्यारा साबित करने के लिए काफी है।"

अखिल श्रीवास्तव खुशी से झूमता एक कुर्सी पर गिर पड़ा।

उसका दिल धड़क-धड़क जा रहा था।

उसकी आँखों से खुशी के आँसू इस तरह बह रहे थे, जैसे एकाएक उसने पूरी दुनिया पर फतेह पा ली हो।

जैसे वह सबसे खुशनसीब आदमी हो।

❑❑❑

अगले दिन पहली पेशी पर अदालत ने आभा देवी को छोड़ दिया और उनकी जगह अखिल श्रीवास्तव को गिरफ्तार कर लिया गया।

वह मुजरिम बन गया।

अलबत्ता यह बात अलग है कि अभी इस राज़ के ऊपर से पर्दा नहीं उठ सका था कि मर्डर स्पॉट पर आभा देवी की साड़ी का टुकड़ा और किचन नाइफ कैसे पहुँचा?

अखिल श्रीवास्तव के विरुद्ध केस लड़ने के लिए कोर्ट में जो पब्लिक प्रॉसीक्यूटर खड़ी थीं, वो वही पब्लिक प्रॉसीक्यूटर रजनीबाली थीं, जिन्होंने उसके डैडी यानी बाबू श्रीवास्तव के विरुद्ध केस लड़ा था।

"मीलार्ड!" पब्लिक प्रॉसीक्यूटर रजनीबाला अदालत में घनगरज करती हुई बोली- "इंस्पेक्टर तिवारी की फाइनल रिपोर्ट पढ़ने के बाद आपने यह तो अंदाजा लगा ही लिया होगा कि मुजरिम अखिल श्रीवास्तव, एक बेहद खतरनाक दिमाग का मालिक है। इसने क्रिमनल लायर सुरेंद्र भाई तोलानी की हत्या करने के लिए जो प्लानिंग बनाई, वह बेहद चौंका देने वाली थी। अगर इत्तेफाक से मुजरिम की माँ आभा देवी, तोलानी के कत्ल के अपराध में न फँस गई होतीं, तो मैं यह बात दावे से कह सकती हूँ कि मुजरिम कभी भी पुलिस के शिकंजे में न फँसता और 'तोलानी मर्डर केस' बनारस पुलिस के लिए हमेशा-हमेशा के लिए बस एक पहेली बनकर रह जाता।"

बोलते-बोलते कुछ क्षण के लिए रुकीं पब्लिक प्रॉसीक्यूटर रजनीबाला, फिर आगे बोली- "बहरहाल मीलार्ड, मुजरिम ने इंतकाम की आग में अंधे होकर सुरेंद्र भाई तोलानी जैसे एक बेहद आलिम फाजिल और जहीन इंसान का कत्ल किया है और अब जब मुजरिम ने यह कबूल भी लिया है कि वो हत्यारा है, तो मेरी अदालत से दरख्वास्त है कि मुजरिम को उसके पिता बाबू की तरह ही सख्त-से-सख्त सजा दी जाए।"

न्यायाधीश महोदय ने कागज पर कुछ नोट्स लिखे और फिर नजर उठाकर अखिल की तरफ देखा।

अखिल श्रीवास्तव, जो चुप खड़ा था।

"अखिल श्रीवास्तव!" न्यायाधीश महोदय अपनी रोबदार आवाज़ में कहा- "क्या तुमने अपना बचाव पक्ष प्रस्तुत करने के लिए कोई डिफेंस काउंसल किया है?"

"नहीं, मीलार्ड!" अखिल श्रीवास्तव के होठों पर इस समय षड्यन्त्रपूर्ण मुस्कान दौड़ रही थी- "आज अदालत में जो कुछ कहूँगा, मैं खुद कहूँगा।"

"क्या कहना चाहते हो तुम?" पब्लिक प्रॉसीक्यूटर ने उसकी तरफ मजाकिया लहजे में देखा- "क्या इतना सब कुछ करने के बाद तुम्हारे पास अभी भी कुछ कहना बाकी है?"

"जी हाँ, बहुत कुछ है आज मेरे पास कहने के लिए।" अखिल, पब्लिक प्रॉसीक्यूटर की भांति ही घनगरज करता हुआ बोला- "आप क्या समझती हैं पब्लिक प्रॉसीक्यूटर साहिबा, यह अदालत मुझे इतनी आसानी से फाँसी की सजा दे सकती है? नहीं, मुझे कोई फाँसी की सजा नहीं दे सकता।" अखिल श्रीवास्तव चीखता हुआ कहता चला गया- "क्योंकि इसी वक्त के लिए मैं तबसे मेहनत कर रहा हूँ, जब मेरे डैडी को इसी अदालत ने बेगुनाह फाँसी पर लटका दिया। बेगुनाह मार डाला उन्हें। हत्यारा न मै हूँ, न मेरे डैडी थे, हत्यारा यह कानून है। यह अदालत हत्यारी है।"

अखिल श्रीवास्तव चीखकर बोलता चला गया।

"अखिल!" न्यायाधीश महोदय चिल्लाए- "माइंड युअर लेंग्युवेज! डोन्ट गेट एक्साइटेड! तुम्हें शायद मालूम नहीं है कि तुम क्या कह रहे हो।"

"मैं सब कुछ जानता हूँ मीलार्ड!" अखिल श्रीवास्तव तेज़ स्वर में बोला, उस समय उसके चेहरे पर दर्द-ही-दर्द था- "यह बिच्छू सब कुछ जानता है। अफसोस तो इस बात का है कि यह कानून कुछ न जान सका। यह अदालत कुछ न जान सकी। काश! जब मेरे डैडी को आप फाँसी की सजा सुना रहे थे मीलार्ड, तभी इस न्याय की देवी ने भी आपसे चीखकर कहा होता कि 'माइंड युअर लेंग्युवेज! डोंट गेट एक्साइटेड!!', मीलार्ड, तो आज यह नौबत किसी हालत में न आती।"

"मीलार्ड!" रजनीबाला, अखिल श्रीवास्तव की बात काटकर चिल्लाईं- "मुजरिम खामखाह की इमोशनल और बेहूदी बातें करके अदालत का कीमती वक़्त बर्बाद कर रहा है।"

"आई ऑब्जेक्शन मीलार्ड!" अखिल श्रीवास्तव कटघरे में खड़े-खड़े बुलंद आवाज़ में चीखा- "मेरी अदालत से दरख्वास्त है कि पब्लिक प्रॉसीक्यूटर साहिबा मुझे मुजरिम न कहें।"

वह उस समय पूरे जोश में था।

"क्यों न कहें मुजरिम?" रजनीबाला स्वयं चिल्लाईं- "तुम्हारा जुर्म साबित हो चुका है।"

"गलत कह कर रही हैं आप प्रॉसीक्यूटर साहिबा!" अखिल श्रीवास्तव हँसकर बोला- "अभी तक सिर्फ वो साबित हुआ है, जो मैंने साबित किया है। तुम्हारे कानून की इसमें कोई भूमिका नहीं।"

"क्या मतलब?" प्रॉसीक्यूटर चिहुंकी।

हैरानी से उसने अखिल श्रीवास्तव की तरफ देखा।

"मतलब यह कि मैंने सुरेंद्र भाई तोलानी की हत्या नहीं की।" अखिल श्रीवास्तव एक नया धमाका करता हुआ बोला।

नया विस्फोट!

"ऐसा कैसे हो सकता है!" रजनीबाला के स्वर में आश्चर्य था- "तुम शायद भूल रहे हो अखिल कि अदालत के पास वो टेप मौजूद है, जिसमें तुम्हारा और तोलानी का वार्तालाप भरा है। जिसमें गोली चलने की आवाज़ और चीखने की आवाज़ भरी है। इसके अलावा अदालत के पास अब मर्डर वैपन भी है, टाइमर भी है।"

अखिल श्रीवास्तव, रजनीबाला की बातें सुन-सुनकर मुस्कराता रहा।

व्यंग्यपूर्वक मुस्कराता रहा।

"पब्लिक प्रॉसीक्यूटर साहिबा!" फिर वो बड़े मनोरंजक भाव में बोला-"मैंने अभी अदालत में एक बात कही थी कि कानून मेरे बारे में सिर्फ वो साबित कर सका है, जो मैंने साबित करने की कोशिश की। यानी मैंने कानून को कठपुतली की तरह जिस दिशा में चाहा, नचाया।"

"अखिल!" न्यायाधीश महोदय दहाड़े- "तुम कानून का अपमान कर रहे हो।"

उनका चेहरा भभक उठा।

"जी नहीं, मैं कानून का अपमान नहीं कर रहा।" अखिल श्रीवास्तव संजीदगी के साथ बोला- "मेरे जैसा इंसान कानून का अपमान कर भी नहीं सकता। क्योंकि इसी कानून को पढ़ाने के लिए मेरे डैडी अपना खून बेचते रहे। रातों को जाग-जागकर आटो-रिक्शा चलाते रहे। मेरी माँ कपड़े सीती रही। क्योंकि मेरे माँ-बाप की आँखों में एक ही सपना था कि हमारा बेटा वकील बनेगा, कानून का मुहाफिज बनेगा। मीलार्ड, आज मैं कानून की आँखें खोल देने की एक मामूली कोशिश कर रहा हूँ। मैं आज अदालत को यह बताना चाहता हूँ कि कोई भी माइंडेड इंसान कानून के साथ किस तरह खेल सकता है।"

"किस तरह खेल सकता है?"

"सुनिए, तोलानी मर्डर केस सिर्फ एक पुलंदा है। साजिशों का एक जाल है।" अखिल विस्फोट पर विस्फोट करता हुआ बोला- "यह पूरा केस मेरे और सुरेंद्र भाई तोलानी के संयुक्त प्रयासों का फल है।"

"क्या कह रहे हो तुम?" न्यायाधीश महोदय के चेहरे पर हैरानी फैलती चली गई।

आश्चर्य!

"मैं ठीक ही कह रहा हूँ मीलार्ड!" अखिल श्रीवास्तव बोला- "सुरेंद्र भाई तोलानी न कभी उस्मान भाई का आदमी था और न तोलानी ने शहनाज बानो के किसी दबाव में आकर मेरे डैडी का केस लड़ा। तोलानी ने मेरे डैडी का केस अपनी अंतर्रात्मा की आवाज़ पर लड़ा और पूरे दिल से लड़ा।"

उस विचित्र रहस्योद्घाटन पर पूरे कोर्टरूम में सनसनी दौड़ती चली गई।

सब चौंके।

"अगर यह बात है।" न्यायाधीश महोदय बोले- "तो तुमने तोलानी की हत्या क्यों की?"

"मैंने कहाँ की तोलानी की हत्या मीलार्ड!" अखिल श्रीवास्तव बोला- "मैं अभी अदालत को बता चुका हूँ कि यह पूरा मर्डर केस तोलानी की और मेरी एक चाल है।"

"कैसी चाल?"

कोई कुछ नहीं समझ पा रहा था।

सब सस्पेंस में डूबे हुए थे।

"दरअसल जब इस अदालत ने मेरे बेगुनाह डैडी को फाँसी की सजा दे दी, तो उसी क्षण तोलानी ने और मैंने फैसला किया कि हम दोनों मिलकर कत्ल का एक ऐसा झूठा प्रपंच रचेंगे, जिसमें कानून बुरी तरह उलझकर रह जाए और हम अदालत के सामने यह साबित कर सकें कि सिर्फ सबूत ही सच्चाई का आधार नहीं होते। सबूत किसी को भी फँसाने के लिए प्लांट किए जा सकते हैं। गढ़े जा सकते हैं।"

"यानी तुमने तोलानी के कत्ल का वह सारा झूठा नाटक रचा?" पब्लिक प्रॉसीक्यूटर रजनीबाला विस्मय से बोलीं।

"जी हाँ।"

"कैसे रच पाए तुम वो सारा नाटक?"

अदालत अब अखिल की बात सुनने के लिए बैचेन हो गई थी।

"इस सारे नाटक की शुरूआत सबसे पहले तोलानी ने की। उसने बाजारू लड़कियों के साथ खुलेआम पब्लिक प्लेसों पर घूम-घूमकर यह शो करना शुरू किया, जैसे वो उस्मान भाई का आदमी हो। या फिर जैसे वो बाजारू लड़कियाँ उसके हरम की रौनकें हैं, जिनके साथ अब वो मस्ती कर रहा है। मीलार्ड!" अखिल श्रीवास्तव चीखता हुआ बोला- "उसके बाद मैंने कत्ल की एक योजना बनाई। एक परफेक्ट योजना! उस योजना पर मैंने वाकई इस तरह दिल से काम किया, जैसे मैं सचमुच कोई कत्ल करने जा रहा हूँ। बारीक से बारीक प्वाइंट पर मैंने गंभीरता से सोचा और फिर आठ मई की रात नौ बजे मैंने एक जबरदस्त ड्रामे के तहत तोलानी की हत्या कर दी।"

"तोलानी की हत्या?" न्यायाधीश महोदय के मुँह से सिसकारी छूटी।

"जी हाँ, तोलानी की हत्या। दुनिया को दिखाने के लिए वो तोलानी की ही हत्या की गई थी, जबकि वास्तव में वो बनारस के एक गुंडे की लाश थी, जो

उसी दिन एक गैंगवार में मारा गया था। मीलार्ड, जिन लोगों ने तोलानी की लाश देखी, वो बता देंगे कि गोली उसके चेहरे पर लगी थी और इसलिए जानबूझकर उसके चेहरे के चीथड़े उडाए गए, ताकि लोग उसे तोलानी की लाश ही समझें।"

"ओह!" रजनीबाला के मुँह से भी सिसकारी छूटी- "और मर्डर स्पॉट पर तुम्हारी मम्मी की साड़ी का टुकड़ा तथा किचन नाइफ कैसे पहुँचा?"

"वह भी मैंने ही पहुँचाया।"

"क्या कह रहे हो तुम?" प्रॉसीक्यूटर रजनीबाला अचंभित रह गईं-"त... तुमने!"

वह हैरान हुई।

"यह सच है मैडम, वह मेरी ही कारस्तानी थी; और ऐसा मैंने अदालत के सामने यह साबित करने के लिए किया, ताकि आपको बता सकूँ कि कोई भी माइंडेड व्यक्ति किस तरह अपने अपराध में किसी दूसरे बेगुनाह इंसान को फँसा सकता है, मीलार्ड!" अखिल श्रीवास्तव घनगरज करता हुआ बोला- "अगर मैं अपनी मम्मी को खुद बेगुनाह साबित करने की कोशिश न करता, तो यह अदालत उन्हें ही तोलानी के कत्ल का मुख्य अपराधी मानकर फाँसी चढ़ा देती।"

पूरी अदालत में एकाएक तेज शोर-सा उमड़ने लगा।

हंगामा-सा मच गया।

अखिल श्रीवास्तव के चमत्कारिक बयान ने सभी को अचंभित कर दिया था।

"ऑर्डर-ऑर्डर!" न्यायाधीश महोदय ने मेज पर हथौड़ी पीटते हुए अदालत में पुनः शांति स्थापित की।

"एक बात समझ नहीं आती।" पब्लिक प्रॉसीक्यूटर बोली-"अगर तुमने कत्ल का यह सारा नाटक झूठा रचा था, तो तुमने वो सारे सबूत क्यों मिटाए, जिनसे तुम खुद को बाद में हत्यारा साबित कर सकते थे?"

"मैंने सारे सबूत नहीं मिटाए प्रॉसीक्यूटर साहिबा!" अखिल मुस्कुराते हुए बोला- "आपको शायद यह सुनकर हैरानी होगी कि दशाश्वमेध घाट के जिस गोताखोर ने बाद में मर्डर वैपन पुलिस को लाकर दी, वह मेरा ही आदमी था। उसने सब कुछ मेरे इशारे पर किया। अगर उसे पहली मर्तबा दशाश्वमेध घाट की तलहटी में कोई रिवॉल्वर नहीं दिखाई दी, तो सिर्फ इसलिए, क्योंकि कुछ रुपए पहले ही उसकी जेब में पहुँच चुके थे।"

अदालत में एक बार फिर सनसनी दौड़ गई।

पहले से भी ज़्यादा सनसनी।

"प्रॉसीक्यूटर साहिबा!" अखिल श्रीवास्तव बोला- "इसी तरह वो कबाड़ी भी मेरा ही आदमी था। उसकी दुकान में टाइमर वाला डिब्बा इत्तेफाक से नहीं

रह गया था, बल्कि उसने उसे जानबूझकर फैक्ट्री में नहीं भेजा। अलबत्ता एक इत्तेफाक ज़रूर हुआ और बड़ा शानदार इत्तेफाक हुआ।"

"क्या?"

सब स्तब्ध हुए।

"मेरी टेलीफोन कॉल जो टेप हो गई, मीलार्ड!" अखिल श्रीवास्तव थोड़ा रुककर बोला- "इस साजिश में सिर्फ दो आदमी थे, मैं और तोलानी। यहाँ तक कि मैंने अपनों से भी यह बात छिपाकर रखी। मेरे और तोलानी के अलावा कोई नहीं जानता था कि क्यों यह खेल खेला जा रहा है।"

"यानी सुरेंद्र भाई तोलानी जिंदा हैं?" न्यायाधीश महोदय ने पूछा।

बेहद हैरान होकर पूछा।

"जी हाँ, वो न सिर्फ जिंदा हैं बल्कि थोड़ी देर बाद अदालत में भी आने वाले हैं। इस वक्त मिस्टर तोलानी बनारस की पश्चिम सीमा में दस किलोमीटर दूर एक गाँव में गए हुए हैं, जहाँ से वो उस्मान भाई के असली कातिल को लेकर जल्द ही यहाँ आ जाएँगे।"

"उस्मान भाई का असली कातिल?" सब हड़बड़ाए।

एक और धमाका।

"हाँ, अब यह भी साबित हो गया है कि मेरे डैडी बेकसूर थे और उन्हें बेगुनाह फाँसी पर लटकाया गया। उस्मान भाई का कत्ल एक कॉलगर्ल ने किया, जो उस वक्त वहीं एक पर्दे के पीछे छिपी थी, जब मेरे डैडी और उस्मान भाई के बीच झड़प हो रही थी। दरअसल उस औरत को उस्मान भाई ने ही जबरदस्ती कॉलगर्ल बनाया था और उस दिन उसे मौका मिल गया। उसने मेरे डैडी के जाते ही उस्मान भाई की हत्या कर दी और तिजोरी में रखे पाँच लाख रुपयों में से सिर्फ 1 लाख रुपए इसलिए निकालकर ले गई, ताकि हत्या का ब्लेम मेरे डैडी पर लगे और जैसाकि हुआ भी।"

"तुम्हें यह बात कैसे मालूम हुई?" पब्लिक प्रॉसीक्यूटर रजनीबाला ने पूछा- "कि उस्मान भाई की हत्या उस औरत ने की?"

एक-एक घटना हैरान कर देने वाली थी।

"उसी औरत ने आकर मुझे बताया। दरअसल इन दिनों वह औरत मौत की घड़ियाँ गिन रही है। वो एड्स से बुरी तरह पीड़ित है और उसे लगता है, उसकी बीमारी इसी बात का नतीजा है कि उसने एक बेगुनाह आदमी को फाँसी पर चढ़वाया, इसलिए अब वो अपने अंतिम समय में प्रायश्चित करना चाहती है।"

पूरी अदालत में एकाएक सन्नाटा खिंच गया था।

ब्लेड की धार से भी पैना सन्नाटा।

केस एकाएक इतने सनसनीखेज मोड़ पर पहुँच गया था कि सब साँस रोके यूं स्तब्ध बैठे थे, जैसे बैठे-बैठे उन्हें मौत आ गई हो।

जैसे वह सबके सब मर गए हों।

❑❑❑

"मिस्टर तोलानी उस औरत को लेकर कितनी देर में यहाँ पहुंच जाएँगे?" पब्लिक प्रॉसीक्यूटर ने बेचैनीपूर्वक अपनी रिस्टवॉच देखते हुए कहा।

"वह दरअसल अपनी कार से आने वाले थे, लेकिन आज सुबह उनकी कार अचानक खराब हो गई। इस वक्त ग्यारह बजकर पैंतीस मिनट हो रहे हैं।" अखिल श्रीवास्तव भी अपनी रिस्टवॉच देखते हुए बोला- "ठीक सवा ग्यारह बजे उस गाँव से एक बस बनारस के लिए चलती है। इसलिए वह दोनों अब अर्जेंसी में उसी बस से आ रहे होंगे और मुश्किल से दस-पंद्रह मिनट बाद यहाँ मौजूद होंगे।"

सब साँस रोककर तोलानी और उस रहस्यमयी औरत के आने की प्रतीक्षा करने लगे।

एक-एक सेकंड जैसे पहाड़ की तरह गुजर रहा था।

टिक...टिक...टिक...।

यही एक आवाज़ कोर्टरूम में गूँज रही थी।

दस-पंद्रह मिनट गुजर गए।

बीस मिनट गुजर गए।

लेकिन न तोलानी कोर्टरूम में आया, न उस्मान भाई की कातिल वह औरत आई।

माहौल बेहद सस्पेंसफुल था।

तभी एक ऐसी घटना घटी, जिसने अखिल श्रीवास्तव के होश फना कर दिए।

एक गनमैन भागा-भागा कोर्टरूम के अंदर आया।

उसके चेहरे पर दहशत ही दहशत थी। होंठ कागज की तरह फड़फड़ा रहे थे। आँखों में सफेदी पुती थी।

"मीलार्ड!" वो अंदर आते ही बदहवासों की तरह बोला- "अभी-अभी सूचना मिली है कि पश्चिम वाले गाँव से सवा ग्यारह बजे जो बस चलती है, वो बम फटने के कारण चीथड़े-चीथड़े होकर उड़ गई है। सिर्फ यही नहीं, बस में जितने पैसेंजर थे, वह सब मारे गए और इतनी बुरी तरह मारे गए कि किसी की लाश को पहचान पाना बिल्कुल नामुमकिन है।"

"नहीं।" उस ख़बर को सुनकर अखिल श्रीवास्तव के हलक से इतनी तेज चीख खारिज हुई कि पूरा कोर्टरूम दहल उठा।

दर्शकदीर्घा में एक बार फिर तेज शोर उमड़ने लगा।

❑❑❑

"ऑर्डर! ऑर्डर!!" न्यायाधीश महोदय ने मेज पर हथौड़ी पीटते हुए अदालत में पुनः शांति स्थापित की।

"फैन्टास्टिक।" जबकि पब्लिक प्रॉसीक्यूटर रजनीबाला अब कोर्टरूम में जोर-जोर से तालियाँ बजा रही थी- "बहुत अच्छे अखिल! बहुत अच्छे!! कहानी गढ़ना तो कोई तुमसे सीखे। सचमुच गजब का दिमाग पाया है तुमने। एक पल के लिए तो मैं भी तुम्हारी मनगढ़ंत कहानी पर विश्वास कर बैठी थी।"

"मनगढ़ंत कहानी?" अखिल श्रीवास्तव का पूरा चेहरा पसीनों से तर था।

होश गुम।

"हाँ, मनगढ़ंत कहानी।" प्रॉसीक्यूटर रजनीबाला चीखती हुई बोली- "अखिल, हक़ीकत यह है कि तुम कानून को एक बार फिर धोखा देने की कोशिश कर रहे थे।"

"कैसा धोखा?" अखिल के होंठ फड़फड़ाए।

वह चौंका।

"अब मैं तुम्हें तुम्हारी असलियत बताती हूँ मिस्टर बिच्छू! सुनो, हक़ीकत यही है कि सुरेंद्र भाई तोलानी, उस्मान भाई का आदमी था। तुमने सचमुच उन्हें आठ मई की रात नौ बजे मार डाला। और अब, जब तुम अदालत में खड़े होकर यह जो कहानी सुना रहे हो कि तोलानी जिंदा है, तोलानी ने और तुमने मिलकर हत्या का यह झूठा ड्रामा रचा, यह सब बिल्कुल झूठ और वाहियात बातें हैं। बल्कि मैं तो समझती हूँ कि अपनी कहानी को हक़ीकत का रंग देने के लिए बस में भी तुमने ही ब्लास्ट कराया है। यह किसी आतंकवादी का काम नहीं है। क्योंकि लाशों के चीथड़े-चीथड़े उड़ने के बाद अब तुम कह सकते हो कि सुरेंद्र भाई तोलानी और वह औरत उसी बस में थे, लेकिन अब लाशों को पहचान पाना नामुमकिन है।"

"यह सच है।" अखिल श्रीवास्तव वहशियों की तरह चिल्लाता हुआ बोला- "यह सच है कि दोनों उसी बस में थे।"

"चलो, तुम्हारी ही बात मान ली कि वह दोनों उसी बस में थे।" रजनीबाला हँसती हुई बोली- "लेकिन अब तुम यह साबित कैसे करोगे अखिल; कि वह दोनों उसी बस में थे? तुम यह कैसे साबित करोगे कि तुमने तोलानी की हत्या आठ मई को नहीं की? या फिर यह साबित कैसे करोगे कि तुम्हारे डैडी बेकसूर थे?"

अखिल श्रीवास्तव को अपनी आँखों के गिर्द अंधेरा घिरता महसूस होने लगा।

उसे चक्कर आने लगे।

"मिस्टर बिच्छू!" पब्लिक प्रॉसीक्यूटर ने व्यंग्यपूर्वक कहा- "तुम अपने ही रचे खेल में फँस चुके हो। अब तुम्हारा भी वही अंजाम होगा, जो तुम्हारे डैडी का हुआ।"

बिच्छू ने अपनी आँखें बंद कर लीं।

होंठ कसकर दाँतों से भींच लिए।

उसके दिमाग में सांय-सांय आँधी चलने लगी और फिर वो विटनेस बॉक्स में किसी पराजित योद्धा की तरह उसी प्रकार बैठता चला गया।

सचमुच किस्मत ने कितना बड़ा धोखा दिया था उसे।

एकाएक उसकी पूरी बाजी को उलटकर रख दिया था।

उसे अपनी आँखों के सामने मौत मंडराती नजर आने लगी।

फाँसी का फंदा नजर आने लगा।

वो सचमुच बेगुनाह होकर भी फँस गया था।

बुरी तरह फँस गया था।

"हैलो एवरीबडी!" तभी सुरेंद्र भाई तोलानी की आवाज़ कोर्टरूम में गूँजी- "साईं, मुझे इस बात का अफसोस है कि मैं थोड़ा लेट हो गया। दरअसल वह बस मुझसे छूट गई और अब मैं टैक्सी करके सीधा यहाँ आ रहा हूँ।"

अखिल श्रीवास्तव ने झटके से आँखें खोलीं।

एकदम से।

कोर्टरूम के दरवाजे पर सुरेंद्र भाई तोलानी उस औरत के साथ मुस्कुरा रहा था, जिसने वास्तव में उस्मान भाई का कत्ल किया था।

तोलानी को देखते ही बिच्छू के सारे दुःख दूर हो गए।

वो हिस्स-हिस्स करता और अपने बालों को लहराता इतनी तेजी से दोबारा विटनेस बॉक्स में खड़ा हुआ, जैसे उसके शरीर में बिजली प्रवाहित हो गई हो।

जैसे उसे नया जीवन मिल गया हो।

❑❑❑

लंच के बाद सुरेंद्र भाई तोलानी और सुमन नाम की उस औरत का बयान हुआ, जिसने वास्तव में उस्मान भाई की हत्या की थी।

फिर न्यायाधीश महोदय ने अपना फैसला सुनाया-

"निःसंदेह अखिल श्रीवास्तव उर्फ बिच्छू ने सुरेंद्र भाई तोलानी के कत्ल का एक झूठा ड्रामा स्टेज करके आज अदालत में यह साबित कर दिया है।" न्यायाधीश महोदय अपनी भारी और रौबदार आवाज़ में बोले- "कि अगर कोई

बुद्धिमान अपराधी चाहे, तो कानून के साथ पूरी तरह खिलवाड़ कर सकता है। उसे खूब कठपुतली की तरह नचा सकता है। ऐसी परिस्थिति में कानून का यह ज़्यादा से ज़्यादा दायित्व हो जाता है कि वो अपनी आँखें पूरी तरह खुली रखे और किसी को फाँसी जैसी बड़ी सजा सुनाने से पहले खूब जाँच-पड़ताल करे। क्योंकि कभी-कभी सबूत भी झूठ बोलते हैं। जैसाकि बाबू श्रीवास्तव के साथ हुआ। सुमन के बयान के बाद यह साबित हो जाता है कि बाबू श्रीवास्तव बेगुनाह थे। वो बेकसूर फाँसी पर चढ़े। यह अदालत अखिल को उनके डैडी वापस तो नहीं दे सकती; लेकिन हाँ, आज एक वादा ज़रूर करती है कि बाबू श्रीवास्तव का नाम कानून की किताबों में हमेशा-हमेशा स्वर्णिम अल्फाजों में दर्ज रहेगा, ताकि कोई भी जज किसी भी मुजरिम को फाँसी की सजा सुनाने से पहले बाबू वाले केस से प्रेरणा ले सके कि कहीं वो किसी बेगुनाह को तो सजा नहीं दे रहा।"

फैसला पढ़ते-पढ़ते रुके न्यायाधीश महोदय, फिर आगे बोले- "इसके अलावा यह अदालत अखिल श्रीवास्तव को भी बाइज्जत बरी करती है और उसे हिदायत देती है कि वो एल.एल.बी में एडमिशन ले। उसकी पढ़ाई का तमाम खर्चा यह अदालत वहन करेगी। क्योंकि बाबू श्रीवास्तव के सबसे बड़े सपने को पूरा करना अब इस अदालत का कर्तव्य है। सुमन को यह अदालत उस्मान भाई के कत्ल के इल्जाम में दस साल की बामुशक्कत सख्त कैद की सजा सुनाती है। यह शायद कानून के इतिहास में पहला केस होगा, जब एक ही केस का दो बार फैसला हुआ। जब एक ही केस में दो बार सज़ा हुई।"

उसके बाद अदालत बर्खास्त हो गई।

विटनेस बॉक्स से बाहर निकलते ही जिसने अखिल श्रीवास्तव को सबसे पहले बधाई दी, वो पब्लिक प्रॉसीक्यूटर रजनीबाला थी।

उसने उसे दिल से बधाई दी।

"अखिल!" पब्लिक प्रॉसीक्यूटर प्रभावित स्वर में बोली- "तुम्हारी कोर्ट में फर्स्ट परफॉरमेन्स ही बहुत अच्छी रही। तुम्हारे बुद्धिकौशल को देखते हुए मैं अनुमान लगा सकती हूँ कि तुम एक दिन बनारस के सबसे बेहतरीन वकील बनोगे।"

"थैंक्यू।"

फिर अखिल श्रीवास्तव आँखों में खुशी के आँसू लिए अपनी माँ की तरफ बढ़ा और उन्हें गले लगा लिया।

आभा देवी भी कसकर अपने बेटे से चिपक गईं।

अपने होनहार बेटे से।

❑❑❑

शाम का वक्त था।

रश्मि ने डोरबेल की आवाज़ सुनकर जैसे ही अपने फ्लैट का दरवाजा खोला, वह इस तरह उछली जैसे बिच्छू ने डंक मारा हो।

सामने बिच्छू वकीलों वाला काला चोगा पहने और सिर पर कोई एक मीटर लंबा पाँच-पाँच सौ के नोटों का सेहरा बांधे खड़ा था।

"य...यह क्या!" रश्मि के मुँह से चीख निकल गई- "त... तुमने शादी कर ली?"

"नहीं, मलिका-ए-आलिया!" बिच्छू अपना सिर झुकाकर बोला- "मैं अभी अपनी दुल्हन को लेने आया हूँ।"

"क....क्या? कहाँ है दुल्हन?"

रश्मि चौंकी।

उसके दिमाग में अनार छूटे।

"मेरे सामने खड़ी है। शायद आप भूल रही हैं कि एक दिन इस खाकसार ने, इस नमकख्वार ने आपसे वादा किया था कि किसी दिन मैं अपनी मम्मी को साथ लेकर आपकी चौखट पर आऊँगा और आपको दुल्हन बनाकर यहाँ से अपने घर ले जाऊँगा।"

"य...यानी...!" रश्मि के मुँह से खुशीभरी किलकारी छूटी- "तुम्हारी मम्मी भी तुम्हारे साथ आई हैं?"

"हाँ, आप नीचे देखें मलिका-ए-आलिया, मैं पूरे इंतजाम से आया हूँ। और तुम्हारे लिए एक बहुत बड़ा सरप्राइज गिफ्ट भी है।"

"सरप्राइज गिफ्ट?"

"यस।"

रश्मि ने फौरन टैरेस से नीचे झाँककर देखा। अगले पल उसकी खुशी बेपनाह बढ़ गई।

नीचे फूलों से सजी एक शानदार कार खड़ी थी, जिसमें आभा देवी बैठी थीं और उस कार के आगे-पीछे बनारस के दो बेहतरीन बैंड थे।

इतना ही नहीं, नीचे आज उसके पापा भी मौजूद थे। जो उसका कन्यादान करने आए थे। उन्होंने उसे माफ़ कर दिया था।

रश्मि के लिए वह सच में सबसे बड़ा गिफ्ट था।

उसकी आँखों में आँसू आ गए।

ख़ुशी के आँसू!

बिच्छू ने उसी पल रश्मि के मखमली जिस्म को बड़े प्यार से अपनी गोद में उठा लिया।

"तो मलिका-ए-आलिया, हनीमून के लिए तैयार?"

"तैयार जहाँपनाह, एकदम तैयार।"

"वेरी गुड!"

रश्मि कसकर उसके सीने से चिपट गई और उसने आनंदवश आँखें मूँद लीं।

जबकि बिच्छू उसके दुधिया, मखमली बदन को अपनी गोद में उठाए तेजी से सीढ़ियाँ उतरता चला गया था।

जहाँ खुशियाँ उनका इंतज़ार कर रही थीं।

वह जैसे ही नीचे पहुँचा, फौरन बनारस के बैंडों ने तेजी से धुन बजानी शुरू कर दी।

समाप्त

लेखक के अन्य प्रकाशित उपन्यास